Love Laps

AVA AVERY

Love Laps

TITAN RACING LEGACY

Ein Roman von

AVA AVERY

Deutschsprachige Erstausgabe: August 2021
Deutschsprachige Neuauflage: März 2025

Copyright © Ava Avery

ISBN: 978-3-7693-8935-7

Verlag: BoD · Books on Demand GmbH,
In de Tarpen 42, 22848 Norderstedt, bod@bod.de

Druck: Libri Plureos GmbH,
Friedensallee 273, 22763 Hamburg

Lektorat: Elisabeth Klein

Cover Design & Illustration: Carmen Design

Bibliografische Information der Deutschen Nationalbibliothek:
Die Deutsche Nationalbibliothek verzeichnet diese Publikation in
der Deutschen Nationalbibliografie; detaillierte bibliografische
Daten sind im Internet über dnb.dnb.de abrufbar.

Website & Newsletter:
www.avaavery.de

Instagram:
avaavery.autorin

TikTok:
@avaaverybooks

Facebook:
www.facebook.com/avaavery.autorin

20+ Bonuskapitel & 0 Euro Roman:
https://bookhip.com/RPGKPQC

*Manchmal führt der schwerste Weg zu den schönsten
Zielen. Habe den Mut, weiterzugehen.*

HINWEIS - TRIGGERWARNUNG

Liebe Leser:innen,

Dieses Buch enthält potenziell triggernde Inhalte.
Deshalb findet ihr auf Seite 365 eine Triggerwarnung.

Achtung: Diese enthält Spoiler für das gesamte Buch.

Ich wünsche euch allen ein wundervolles Leseerlebnis.

Eure *Ava*

EXKLUSIV FÜR DICH

Sichere dir jetzt als Dankeschön für deine Treue über 20 Bonuskapitel zu meinen Romanen. Scanne dazu einfach den QR-Code oder nutze diesen Link:

https://BookHip.com/RPGKPQC

Ich wünsche dir ganz viel Spaß beim Lesen.

PROLOG

DANTE

»Hallo?«

Mit verschlafener, leicht belegter Stimme beantworte ich den eingehenden Anruf auf meinem Handy.

Von draußen schien die Sonne hell und strahlend in das luxuriöse Hotelzimmer an der Copacabana. Der Tag war also schon weit vorangeschritten. Trotzdem habe ich bis eben gepennt. Warum auch nicht? Ich konnte tun und lassen, was ich wollte. Seit meinem Ausscheiden aus der *Serie del Rey* war ich offiziell Rentner. Und das mit nur zweiunddreißig Jahren. Aber mit zweiunddreißig Jahren und zweiunddreißig Millionen auf dem Konto war das problemlos möglich.

Ob es auch besonders erfüllend war ... nun ja, darüber ließ sich streiten, doch es war eindeutig zu früh und zu sonnig, um sich mit dieser Diskussion den Tag vermiesen zu lassen.

Normalerweise wäre ich vor dem ersten Kaffee nicht mal ans Telefon gegangen, doch da es seit Minuten unablässig und immer wieder klingelte, hatte ich das Gespräch, entgegen meiner sonstigen Gewohnheit, angenommen.

Es gab nur wenige Leute, die meine Handynummer besaßen. Die Leute, die mir wichtig waren. Wenn sie also so vehement und hartnäckig versuchten, mich zu erreichen, dann hatte das einen triftigen Grund.

»Dante? Hier ist Byron. Byron King.«

»Hm?«, brummte ich verwundert und schob die sexy Brünette, die sich nackt neben mir räkelte und mich neckisch auf das Kinn zu küssen begann, von mir. »Wer?«

Der Kerl am anderen Ende der Leitung seufzte verdrossen, so als hielte er mich für leicht unterbemittelt. »Der Teammanager von *Titan Racing*.«

Ah Fuck, ich wusste doch, dass bei dem Namen etwas geklingelt hatte. Aber mein Gehirn lief vor meinem ersten Kaffee nur im Sparmodus und war bestenfalls in der Lage, Befehle an meine Körperteile für eine schnelle, schmutzige Nummer auszusenden, aber ganz sicher nicht, um meinen grauen Zellen die nötigen Impulse für ein geistreiches Gespräch zu liefern.

»Sorry, ist noch früh«, murmelte ich entschuldigend und nahm stirnrunzelnd zur Kenntnis, wie die Brünette die Bettdecke zur Seite schob und ihre Hand zu meinem Schwanz gleiten ließ, der halb erigiert vom Schlaf auf meinem Bauch lag.

»Es ist halb eins ... *mittags*«, entgegnete Byron. Die offenkundige Irritation in seiner Stimme entging mir nicht.

»Sag ich ja. Früh. Das Leben an der Copacabana beginnt erst am Abend. Tagsüber läuft hier außer Pool, chillen, Sex und schlafen gar nichts.«

Byron schnaubte belustigt. »Danke für diesen wertvollen Insight. Das nächste Mal, wenn ich vor Ort bin, werde ich definitiv eine Badehose einpacken. Doch dieses Mal muss ich leider passen.«

Ich runzelte die Stirn. »*Dieses* Mal?«

Was meinte er damit? Das klang ja fast so, als ...

»Ich bin hier. Im *Palace*. In der Lobby, um genau zu sein. Was sagst du, essen wir zusammen zu Mittag? Ich würde gern etwas mit dir besprechen.«

Seine Worte überraschten mich dermaßen, dass ich die Brünette, die ihren Mund über meine Eichel stülpte und an meinem Schwanz zu lutschen begann, überhaupt nicht wahrnahm.

»Dante? Bist du noch dran?«, hörte ich Byrons Stimme von weit entfernt zu mir durchdringen.

»Äh ja ... ja, bin ich«, beeilte ich mich zu sagen. »Machst du hier Urlaub?«

Es entstand ein Schweigen, das mich in meiner Vermutung bestärkte. Kein Urlaub.

»Ich bin beruflich hier. Alles Weitere klären wir persönlich. Ich warte im *Pérgula* auf dich. Bis gleich.«

Dann legte er einfach auf, ohne meine Antwort abzuwarten.

»Wer war das?«, wollte die Brünette, an deren Namen ich mich nicht erinnerte, neugierig wissen.

Kurz überlegte ich, es ihr zu sagen, doch da stülpte sie schon wieder ihre aufgepumpten Lippen über meinen Schwanz und begann ihn genüsslich zu saugen, sodass ich ihr und mir die Antwort ersparte und mich lieber darauf konzentrierte, ihr all den Saft zu geben, nachdem sie so gierig verlangte.

»Hey«, begrüßte ich Byron King, als ich eine halbe Stunde später in Jeans und T-Shirt in das *Pérgula*, eines der noblen Restaurants des *Palace*, schlenderte.

»Ich dachte schon, du kommst nicht«, antwortete er, legte die Tageszeitung, in der er las, zur Seite und bedachte mich mit einem abschätzigen Blick, so als wollte er mich abchecken.

»War beschäftigt, sorry«, erwiderte ich lapidar und ließ mich in den Stuhl ihm gegenüber plumpsen.

Dass ich mir einen blasen gelassen und die Kleine danach unter der Dusche noch ausgiebig in den Arsch gefickt hatte, musste er ja nicht unbedingt wissen.

Ich bestellte einen doppelten Espresso und lehnte mich danach entspannt in die Polster des Stuhls. Ungeniert erwiderte ich Byron Kings durchdringenden Blick. Er sollte nicht glauben, dass ich mich von Manager-Typen wie ihm einschüchtern ließ.

»Woher weißt du, wo ich mich aufhalte?«, fragte ich, als er nichts auf meine Antwort entgegnete.

Zwar hatten wir noch nie wirklich miteinander zu tun gehabt, doch in der *Serie del Rey* war es üblich, sich zu duzen, weshalb ich mir die steifen Formalitäten ersparte.

»Liam«, sagte er, als würde das alles erklären.

Liam war mein Kumpel und mein Manager. Einer der wenigen Menschen, die mich in- und auswendig kannten und die über mich im Bilde waren. Die meine Geschichte und meine Vergangenheit mit mir durchlebt hatten. Die wussten, was damals wirklich geschehen war. Damals, an dem Tag, als sich alles für immer veränderte und sich ein Schatten über mein Leben legte.

Ich schüttelte die dunklen Gedanken, die mich jedes Mal von neuem mit sich in die Tiefe rissen, ab und widmete meine Aufmerksamkeit wieder dem Mann, der mir gegenübersaß.

»Du bist also beruflich hier, ja?«

Er nickte und legte einen Arm auf der Stuhllehne ab.

»Hast du von dem Unfall gehört? Dem, von Juan Sanchez?«

Ich zuckte mit den Achseln. »Klar. Tut mir leid für ihn. Juan ist in Ordnung. Ein netter Kerl. Ich hoffe, er kommt wieder auf die Beine.«

»Das wird er. Aber es wird dauern«, meinte Byron und lehnte sich zu mir vor. »Was mich zu dem Anlass meines Besuchs führt«, fuhr er mit gesenkter Stimme fort, so als wollte er nicht riskieren, dass jemand unser

Gespräch zufällig belauschte. »Wir brauchen dringend einen Fahrer, der für *Titan Racing* in der *Serie del Rey* bis zu Juans Rückkehr wichtige Punkte einfährt, damit wir in der Weltmeisterschaft weiter um den Sieg kämpfen können.«

»Was ist mit Ben Collins?«, fragte ich verwundert.

Jedes *Serie del Rey* Team ernannte zu Beginn einer jeden Saison zwei Stammfahrer und einen Ersatz- beziehungsweise Testfahrer, der in genau solchen Situationen zum Einsatz kam. Letzterer war Ben Collins für *Titan Racing*. Es war also sein Job, während Juans Abwesenheit dessen Platz einzunehmen. Natürlich konnte das Team auch einen anderen Fahrer dafür verpflichten, doch eigentlich war es Sinn und Zweck der Sache, dass der Fahrer, der das Auto als Testfahrer sowieso schon kannte, diese Aufgabe übernahm.

»Ben ist gut, aber nicht gut genug«, lautete Byrons direkte, unverblümte Antwort.

Aha. Daher wehte also der Wind. An meinen Mundwinkeln zupfte ein Lächeln. Ich mochte Menschen, die sich nicht mit ihrem politisch korrekten Geschwafel selbst die Eier abschnitten. Das machte sie in meinen Augen sympathisch.

»Tut mir leid für euch. Aber warum erzählst du mir das?«

Byron schwieg und wartete, bis der Kellner, der meinen doppelten Espresso servierte, sich wieder von unserem Tisch entfernte. Das musste ja hochgeheimnisvoll sein, was er mir mitteilen wollte.

»Weil wir glauben, dass du gut genug wärst, um

die Erwartungen, die wir an einen *Titan Racing* Fahrer stellen, zu erfüllen.«

Ich verschluckte mich bei Byrons Antwort auf meine Frage an dem heißen Espresso, den ich soeben zu meinem Mund geführt und getrunken hatte und begann heftig zu husten.

»Bitte?«, röchelte ich wenig elegant.

Natürlich war mir klar gewesen, dass Byrons beruflicher Besuch mit mir als ehemaligem *Serie del Rey* Fahrer zusammenhängen musste. Doch dass er mir einen Platz als Stammfahrer anbot, damit hatte ich nun wirklich nicht gerechnet.

Immerhin galt ich in der Königsklasse des Motorsports als *Enfant Terrible*, mit dem es kein Team lange aushielt.

Ich hasste Regeln und Disziplin langweilte mich, weshalb ich öfter mal in ... nun ja ... *unangenehme Situationen* geriet, die viel Geld und Punkte kosteten und schlussendlich dann auch meinen Job als Rennfahrer.

So eine Nummer konnte man ein Mal bringen. Vielleicht auch zwei Mal. Aber ich hatte es in den letzten Jahren mit den Rausschmissen etwas übertrieben, weshalb mir kein Team mehr eine Chance geben wollte.

Also hatte ich meine Karriere zum Ende der letzten Saison an den Nagel gehangen und seitdem als potenzfähiger Rentner im besten Alter die Vorzüge des Lebens in Rio genossen.

Immerhin stiegen hier die geilsten Partys mit den schärfsten Chicas und das Wetter war das ganze Jahr über verdammt angenehm mit dem Meer quasi direkt vor meiner Haustür. Darüber freuten sich die latein-amerikanischen Wurzeln in mir, die sich an einem so gechillten Ort wie diesem sehr wohl fühlten.

»Ich bin hier, um dir einen Job anzubieten«, zog Byron meine Aufmerksamkeit zurück auf das Gespräch. »Wir wollen, dass du Juans Cockpit über-nimmst, bis er wieder genesen ist. Ab sofort. Du soll-test also deine Koffer packen und mit mir mitkommen. Ich habe uns zwei First Class Tickets gebucht. Abflug morgen. Hier ist das Angebot, das wir dir unterbreiten. Was sagst du? Bist du dabei?«

Er schob einen Zettel zu mir rüber, auf dem eine Zahl stand. Eine sehr große Zahl.

Anerkennend pfiff ich durch die Zähne. »Das lasst ihr euch ja ordentlich was kosten.«

Byron verzog die Lippen zu einem angedeuteten Lächeln. »Ich weiß, wann ich in der Lage bin, hart zu verhandeln und wann nicht. Gerade bin ich es nicht, weil du meine einzige Option bist. Also zahle ich dir einen Preis, den du nicht ablehnen kannst.«

»Ach ja? Wenn das so ist, könnte ich noch mehr rauspressen.« Ein belustigtes Grinsen stahl sich auf mein Gesicht, als ich den Zettel zu ihm zurückschob.

»Nein, könntest du nicht. Das ist unser erstes und letztes Angebot. Entweder du akzeptierst es, oder du lässt es. Das kommt ganz darauf an, wie wichtig es dir ist, der Welt zu zeigen, dass du nicht der arrogante, unberechenbare und nutzlose Arsch bist, für den dich alle halten. Wir beide wissen, dass das hier deine einzige und letzte Chance ist. Und wir beide wissen auch, dass mein Angebot mehr als großzügig ist. Ich halte dich zwar für einen Hitzkopf und auch für durchgeknallt, aber dumm bist du nicht. Also überleg dir deine Antwort gut. Denn wenn ich aufstehe und diesen Tisch verlasse, war es das.«

Ich kniff die Augen zusammen und ballte die Hände wütend zu Fäusten. Was bildete sich dieser Kerl eigentlich ein? Niemand sprach so mit mir. Vor allem niemand, der extra bis nach Südamerika geflogen war, um mit mir zu reden. Das allein zeigte doch schon, wie enorm wichtig ihm dieses Anliegen war. Also sollte er gefälligst etwas mehr Respekt an den Tag legen.

»Ich mag es nicht, wenn man mich unter Druck zu setzen versucht.«

»Und ich mag es nicht, wenn man versucht, mich zu verarschen«, konterte Byron mit einem Blick auf seine Armbanduhr. Eine scheißteure Rolex. »Und ich schätze, wir mögen es beide nicht, unsere wertvolle Zeit zu verschwenden. Also, was sagst du? Lassen wir das Schwanzmessen und sprechen stattdessen über die Details des Deals, oder kneifst du und gehst lieber als *Enfant Terrible* der *Serie del Rey* in die Geschichtsbücher ein? Es liegt allein bei dir.«

1

RILEY

»Hast du es schon gehört?«, flüsterte Kayla mir verschwörerisch zu.

»Was soll ich denn gehört haben?«, flüsterte ich nicht minder verschwörerisch zurück, konnte mir aber einen ironischen Unterton nicht verkneifen.

Kayla gehörte zur Motorhome Catering Crew und war eine Klatschtante. Sie liebte es zu tratschen und sich über das Leben anderer auszulassen. Deshalb stand sie auf meiner roten Liste weit oben, zusammen mit zwei Dutzend Journalisten, die ich allesamt auf Abstand hielt.

»Angeblich ist Dante Di Santo gesichtet worden«, erzählte sie mit weit aufgerissenen Augen und fächerte sich mit einer Zeitung Luft zu.

»Ach, echt? Na das ist ja nichts Neues. Der Typ sorgt doch jede Woche mit seinen Eskapaden für

Schlagzeilen. Letzte Woche hat er seinen Ferrari geschrottet. Die Woche davor hat ein brasilianisches Topmodel seinetwegen einem italienischen Topmodel ein blaues Auge verpasst, weil die Italienerin ihr nach eigener Aussage Dante ausgespannt hat. Dabei hatte er mit beiden gleichzeitig was am Laufen. Die Woche davor ...«

»Ja ich weiß«, unterbrach mich Kayla kichernd. »Was *Il Diavolo* betrifft, bin ich immer auf dem Laufenden. Der Typ ist so unfassbar heiß, dass ich sämtliche Klatschblätter in der Hoffnung auf ein Foto von seinem Traumkörper durchforste.«

Il Diavolo, der Teufel, war Dantes Spitzname. Sein eigentlicher Name, Dante Di Santo, also Dante *der Heilige*, passt so wenig zu ihm, wie ein Schneesturm zu den Malediven.

»Zum Glück geht uns all das nichts mehr an. Denn laut den Journalisten, wohnt er seit ein paar Monaten an der *Copacabana* und genießt dort mit seinen zweiunddreißig Jahren das Rentnerdasein.«

»Eben nicht«, bekräftigte Kayla. »Du hast mich falsch verstanden. Er ist *hier* gesichtet worden. *Hier* an der *Rennstrecke*. Heute.«

»*Bitte was?*«

Vor lauter Schreck über Kaylas Aussage, hatte ich mir den siedend heißen Kaffee, den sie mir soeben gereicht hatte, über die Hand gekippt. Leise fluchend stellte ich den dampfenden Becher hastig ab.

»Du hast richtig gehört. Dante Di Santo ist angeblich heute im Morgengrauen an der Rennstrecke eingetroffen. Mit zwei großen Koffern im Gepäck, Basecap und Kapuzenpulli. Es war noch dunkel, deshalb sind die Fotos alle unscharf, aber die Fotografen schwören Stein und Bein, dass er es war.«

Ich riss Kayla das Handy aus der Hand und vergrößerte die verschwommenen Fotos auf dem Display.

Das konnte Dante sein.

Oder auch nicht.

»Sag mal, müsstest du über solche Sachen als Pressechefin nicht informiert sein?«, stänkerte Kayla sichtlich zufrieden mit sich und der Welt. Dass sie eine vermeintliche Sensation noch vor der Pressechefin wusste, gab ihr anscheinend Oberwasser.

Ich bemühte mich um einen freundlichen Ton, als ich erwiderte, »Dafür gibt es ja solche Herzchen wie dich, die ihre Augen und Ohren stets offenhalten und dafür sorgen, dass der Buschfunk fleißig bedient wird.«

Kayla schien angestrengt zu überlegen, ob meine Bemerkung nun als Kompliment oder als Beleidigung gemeint war.

Ich nutzte die Gunst der Stunde und floh in die hinteren Räume des Motorhomes, in dem sich die beiden Fahrerräume, das Büro der Ingenieure, das Marketing- und Kommunikationsbüro, sowie die Büros des Teamchefs und des Teammanagers befanden.

»Du siehst aus, als wäre dir der Geist von Ted Bundy höchstpersönlich über den Weg gelaufen«, kommentierte meine Freundin und Chefin der Sponsorenabteilung, Dakota Bennet.

»Wer?«, murmelte ich gedankenverloren und

klappte meinen Laptop auf, um die Meldungen des Tages nach dem Gerücht abzusuchen, das Kayla soeben gestreut hatte.

»Ted Bundy? Einer der berühmtesten Serienmörder der USA? Unverschämt attraktiv, höllisch charmant und unberechenbar gefährlich.«

»Wenn man höllisch charmant mit höllisch ungehobelt austauscht, könnte das sogar hinkommen«, antwortete ich abwesend, während die Artikel, die ich überflog, das bestätigten, was Kayla mir soeben unter die Nase gerieben hatte.

»Ich verstehe nur Bahnhof. Wie meinst du das, Süße?« Dakota zog die Stirn kraus und lehnte sich gegen meinen provisorischen Schreibtisch.

»Angeblich ist *Il Diavolo* im Paddock gesichtet worden. Heute.«

»Woher weißt du das?«

»Kayla«, beantwortete ich ihre Frage.

Dakota rollte genervt mit den Augen. »Die alte Klatschtante.«

»Oh ja, das ist sie. Aber dieses Mal scheint ihr Klatsch Hand und Fuß zu haben.«

Ich drehte den Laptop zu Dakota und tippte auf den Bildschirm. »Ich dachte eigentlich, dass die *Serie del Rey* Dante Di Santo nach den Eskapaden der letzten Saison endgültig los sei. Welches Team will ihn denn noch, nachdem er es in seiner Karriere geschafft hat, unehrenhaft aus sage und schreibe vier der zehn Teams der *Serie del Rey* zu fliegen?«

»Vielleicht hat er seine Millionen alle verprasst und ist jetzt als TV-Moderator unterwegs, um seinen exklusiven Lebensstil aufrechtzuerhalten?«, mutmaßte Dakota.

Ich schüttelte den Kopf. »Nein. So etwas wüsste ich. Das stünde in den Presseinformationen, die uns die TV-Sender vor jedem Rennwochenende zukommen lassen.«

»Na dann kann es nur eins bedeuten: Dante Di Santo ist zurück in der *Serie del Rey*.« Dakota zuckte mit den Achseln und warf einen letzten, ungläubigen Blick auf den Bildschirm.

»Lass uns beten, dass wir uns irren«, seufzte ich. »Die Pressesprecherin des Teams, die diesen durchgeknallten Typen an der Backe haben wird, tut mir jetzt schon leid. Wenn ich den Kolleginnen, die ihn in der Vergangenheit betreut haben, Glauben schenke, ist der Begriff *Albtraum* noch ein Kompliment für ihn.«

»In Ordnung. Ich bete für dich, Schatz«, zwinkerte Dakota und drückte mir aufmunternd die Schulter.

»Wieso denn für mich?«

»Na vielleicht hat ihn ja *Titan Racing* unter Vertrag genommen. Dann wärst du für ihn zuständig.«

»Ausgeschlossen.« Mir fiel bei diesem angsteinflößenden Gedanken die Kinnlade hinunter. »Das hätte mir die Geschäftsführung mitgeteilt. Ich bin schließlich die Pressechefin von *Titan Racing*. Solche Informationen kann man mir nicht vorenthalten.«

2

RILEY

»Alles okay bei euch?«

Kenzie, die Assistentin des Teamchefs von *Titan Racing,* steckte den Kopf zur Tür herein und musterte uns fragend.

»Das kommt darauf an. Dante Di Santo ist angeblich heute Morgen im Paddock gesichtet worden. Weißt du rein zufällig etwas darüber?«

Kenzies ertappter Gesichtsausdruck ließ mir die Augen aus dem Kopf kullern.

Naja fast.

»Kenz! Diesen Gesichtsausdruck kenne ich! Bitte sag mir, dass das nicht wahr ist!«

»Was denn für einen Gesichtsausdruck?«, entgegnete Kenzie und versuchte ein Pokerface aufzusetzen.

Vergeblich.

»Der *Es-tut-mir-so-leid-ihr-seid-meine-allerbesten-Freundinnen-aber-ich-durfte-es-euch-nicht-sagen-weil-*

mein-Job-als-Assistentin-des-Teamchefs-mich-zu-absolu-ter-Geheimhaltung-verpflichtet.-Habt-ihr-mich-trotzdem-noch-lieb Gesichtsausdruck.«

Kenzie war so ziemlich die loyalste und diskreteste Person, die ich kannte. Toni, unser Teamchef, vertraute ihr blind. Ihr Job brachte sie jedoch des Öfteren in die Zwickmühle zwischen ihrem beruflichen Pflichtgefühl und ihrer Freundschaft zu der Eventchefin Allegra, der Sponsorenchefin Dakota, der Cateringchefin Skye und zu mir, der Pressechefin. Denn die geheimen und teils brisanten Informationen, die sie in den zahlreichen Meetings mit der Geschäftsführung erfuhr, musste sie stets für sich behalten, selbst wenn sie uns, ihre Freundinnen, betrafen.

»Tja. Das hast du wohl falsch interpretiert. Denn das ist mein *Ihr-seid-meine-allerbesten-Freundinnen-wie-wär's-wenn-wir-uns-heute-Abend-ein-paar-Drinks-genehmigen* Blick.«

»Du willst uns nur bestechen, damit wir auch weiterhin deine besten Freundinnen bleiben«, konterte ich.

»Wie kommst du darauf?«

»Weil du die Drinks jedes Mal vorschiebst, wenn du eine Hiobsbotschaft zu verkünden hast. Also raus damit, was willst du?«

Kenzie rang sich ein schiefes Grinsen ab. »Gut, ich gebe auf. Toni und Byron wollen mit dir sprechen, Riley. Jetzt.«

»Oh, oh«, raunte Dakota.

»Ich bringe dich um, Kenz, wenn dieses Gespräch das ist, wofür ich es halte.«

»Das sagst du jedes Mal und dann tust du es doch nicht«, flötete Kenzie gut gelaunt.

»Dieses Mal ist es anders«, brummte ich.

»Das sagst du auch jedes Mal.«

»Sprich dein letztes Gebet, Kenz. Ich finde dich, egal wo du dich versteckst«, zischte ich drohend und ging an ihr vorbei, um Toni, unseren Teamchef, und Byron, unseren Teammanager, aufzusuchen.

»Riley, Schatz. Du siehst heute fantastisch aus. Hast du irgendetwas mit deinen Haaren gemacht?«, begrüßte mich Toni in Byrons Büro.

Byron stand unschlüssig daneben und sah zwischen mir und Toni hin und her.

»Spar dir das Süßholzgeraspel und sag mir eins: Stimmt es, dass Dante Di Santo heute hier an der Strecke ist?«

Toni und Byron tauschten einen vielsagenden Blick.

»Ja, das stimmt«, hüstelte Toni.

»Und *was* genau will er hier?«

»Nun ja, also weißt du, Riley ...«, begann Toni.

»Die Kurzversion, bitte. Ich habe eine Pressekonferenz vorzubereiten.«

»Das hast du allerdings«, gluckste Byron und biss sich bei meinem hochgiftigen Blick ertappt auf die Zunge.

»Dante Di Santo ersetzt Juan Sanchez so lange, bis Juan wieder fit ist und zu uns zurückkehren kann.«

Juan Sanchez und Tom Clark waren unsere beiden Stammfahrer. Doch Juan wurde vor drei Wochen im kanadischen Montreal Opfer eines furchtbaren Rennunfalls und wäre um ein Haar bei lebendigem Leibe verbrannt. Bis zu seiner vollständigen Genesung würde es noch ein oder zwei Monate dauern. Deshalb hatte man Ben Collins, unserem Ersatzfahrer, übergangsweise das Renncockpit von Juan zugeteilt.

»Habt ihr gerade gesagt, dass Dante Juan ersetzen soll? Ben Collins ersetzt Juan Sanchez, soviel ich weiß. Jedenfalls war es Ben Collins, der vor zwei Wochen in Silverstone das Rennen für uns gefahren ist ...«

»Und den achten Platz belegt hat, während die Fahrer von *Racing Rosso* und den *Roaring Bulls* ihn überholt und somit den Rückstand in der Teamweltmeisterschaft verkürzt haben«, unterbrach mich Byron.

»Und deshalb wollt ihr jetzt Ben mit Dante ersetzen? Nach nur einem Rennen, das Ben gefahren ist? Wie wäre es, wenn ihr Ben einfach noch ein paar Rennen Zeit gebt, sich an das Auto und an die Abläufe zu gewöhnen?«

Toni schüttelte bedauernd den Kopf. »Zeit ist etwas, das wir nicht haben, Riley. Wir brauchen sehr gute Resultate. Sofort. Und die Auswertung von Bens Daten in Silverstone sprechen eine eindeutige Sprache: Er ist nicht schnell genug, um ganz vorn mitzufahren. Weder nach einem, noch nach zehn Rennen.«

»Die Entscheidung ist gefallen, Riley«, teilte mir Byron mit und schob die Hände in die Hosentaschen.

»Dante Di Santo wird ab sofort als Fahrer für *Titan Racing* an den Start gehen.«

Byrons endgültige Worte trafen mich wie gezielte Faustschläge ins Gesicht. Benommen taumelte ich in Richtung Wand.

»Wie könnt ihr mir das antun? Ihr seid von allen guten Geistern verlassen! Nein, ich korrigiere: Ihr seid irre. Komplett irre! Und wenn ihr mich jetzt aufgrund dieser respektlosen Bemerkung feuern wollt: nur zu. Ihr tätet mir damit einen enormen Gefallen.«

»Keiner feuert dich, Riley.« Toni hob beschwichtigend die Hände.

»Aber wieso denn nicht? Ich flehe euch an!«

»Ausgeschlossen. Wir brauchen dich jetzt mehr denn je«, wies Toni meine Forderung entschieden zurück.

Sie brauchten mich jetzt mehr denn je? Das war ja zum Totlachen! Die hatten wirklich keine Ahnung, *wie sehr* sie mich jetzt brauchten, um das außer Kontrolle geratene Schiff auf Kurs zu halten, bevor es im Bermudadreieck elendig versank.

Kostenlos würde ich mich sicher nicht auf diese zum Scheitern verurteilte Schwachsinnsmission begeben. Dante Di Santo zu betreuen, glich dem Versuch, Nord-Korea für den Friedensnobelpreis zu nominieren.

»Dann will ich eine Gehaltserhöhung. Minimum fünfundzwanzig Prozent!«

»Netter Versuch, Riley.«

»Ich werde wegen diesem Kerl binnen Wochen um Jahre altern und muss auch noch das Kindermädchen für ihn spielen. Da ist eine Gehaltserhöhung das

Mindeste. Die grauen Haare zu färben, die mir wegen ihm wachsen werden, kostet schließlich Geld. Viel Geld!«

»Wir finden bestimmt einen Kompromiss. Und so schlimm, wie du es darstellst, wird es schon nicht werden.«

»Byron, ich schätze dich sehr, aber im Gegensatz zu dir *kenne* ich Dante Di Santo alias *Il Diavolo,* oder besser gesagt den Ruf, der ihm vorauseilt. Und wenn ich dir eins mit meinem Leben versichern kann, dann, dass es niemanden auf der Welt gibt, der einen unpassenderen Nachnamen trägt, als dieser Kerl.«

Byron presste seine hübschen Lippen fest aufeinander. Ich hoffte inständig für ihn, dass er es schaffte, sich sein aufflammendes Grinsen zu verkneifen. Ich war gerade ziemlich auf Krawall gebürstet. Und da spielte es keine Rolle, dass mit dem Teamchef und dem Teammanager die zwei ranghöchsten Teammitglieder vor mir standen.

»Dante ist ein teuflisch guter Fahrer, Riley. Mit ihm können wir das Ruder rumreißen und im Rennen um die Weltmeisterschaft ein Wörtchen mitreden bis Juan zurückkehrt«, versuchte es Toni noch einmal.

»Dante ist zudem der einzig *verfügbare* Fahrer mit dem nötigen Talent, um das Ruder herumzureißen. Willst du gewinnen oder nicht, Riley?«

»Natürlich will ich gewinnen, aber zu welchem Preis? Ja, okay, der Kerl hat es drauf. Er weiß, wie man Auto fährt. Aber alles an ihm ist ein totales PR-Desaster. Ich gebe ihm keine vierundzwanzig Stunden, bis er in irgendeinem Bordell eine Schlägerei anzettelt, sich besoffen hinters Steuer setzt oder nackt aus seinem Fenster auf Passanten pinkelt.«

Wütend überkreuzte ich die Arme vor der Brust.

»Wenn das die schlimmsten Geschichten sind, die du über mich gehört hast, Süße, bist du eine noch viel schlechtere PR-Tante, als ich dachte«, ertönte in diesem Moment eine höhnisch glucksende Stimme hinter mir.

3
DANTE

Toni, Byron und die sexy Lady, die wutentbrannt mit ihnen über mich diskutierte, drehten sich ertappt zu mir um.

Lässig lehnte ich im Türrahmen und musterte die aufgebrachte Frau mit den langen schwarzen Haaren, deren Wangen vor Zorn gerötet waren.

»Das sind die einzigen Geschichten von dir, die ich laut ausspreche. Denn deine anderen Eskapaden unterliegen selbst der Altersfreigabe für Erwachsene und der von Rentnern mit einem schwachen Herzen erst recht.«

Sie ließ sich von meinem durchdringenden Blick, mit dem ich sie abschätzend taxierte, nicht aus der Fassung bringen. Mit blitzenden Augen funkelte sie mich an und war gerade im Begriff, weiterzusprechen, als eine zuckersüße Stimme die Stille durchbrach.

»Oh Verzeihung, ich wollte nicht in euer Meeting platzen.«

Die braunhaarige Schönheit sah von ihren Dokumenten auf und erstarrte. Ihr Mund formte ein überraschtes »O«, als sie mich erblickte.

»Dante Di Santo. Es stimmt also tatsächlich, was geredet wird.«

»Was denn, Süße? Dass ich in echt noch viel schärfer bin als im Fernsehen?« Ich wackelte einladend mit den Augenbrauen.

»Siehst du! Das meine ich«, keifte die schwarzhaarige Kratzbürste. »Er hat keinen Respekt. Keinen Anstand. Keine Ahnung, wann es besser ist, die Klappe zu halten. Der Kerl ist eine tickende Bombe und ich will nicht im Raum sein, wenn sie hochgeht. Verdammt, ich will nicht mal im selben Land sein, wenn es passiert.«

»Schluss jetzt«, dröhnte Byrons bedrohliche Stimme durch den Raum.

Ich könnte schwören, dass er mir während meiner Unterhaltung mit der rassigen Brünetten soeben einen vernichtenden Blick zugeworfen hatte, aber bevor ich näher darüber nachdenken konnte, sprach er bereits weiter.

»Riley, du findest dich besser damit ab, dass Dante Juan ersetzt, bis der wieder genesen ist und Dante, du solltest versuchen, dich nicht direkt am ersten Tag von unserer Pressechefin abstechen zu lassen, weil du sonst nichts mehr von dem beachtlichen Batzen Geld haben wirst, den wir dir zahlen. Nun, da wir das geklärt haben, solltet ihr beide euch zusammenraufen und an der PR-Strategie feilen. Pressekonferenz ist in zwei Stunden. Dann weiß die ganze Welt, dass Dante unser neuer Ersatzfahrer ist. Also stellt sicher, dass ihr bis dahin wisst, was ihr den Menschen da draußen Nettes erzählen wollt und lächelt vor allen Dingen in die Kameras, als hättet ihr euch ganz doll lieb.«

Riley fixierte mich, als wäre ich eine hochgiftige Schlange, die sie umgehend töten musste. Ich hielt ihrem Blick stand. Wer von uns beiden die giftige Schlange war, lag ja wohl auf der Hand.

Die Kleine war eine Schwarze Mamba. Aber sowas von!

»Falls noch Fragen bestehen, stellt sie mir und Toni jetzt. Ansonsten raus hier, damit ich mich in Ruhe mit meiner Eventchefin über das morgige CEO Event unterhalten kann«, polterte Byron.

»Wir sprechen uns noch! Diese Granate hätte man auch anders werfen können, statt sie in meinem Gesicht hochgehen zu lassen«, beschwerte sich die Schwarze Mamba vorwurfsvoll.

Fast glaubte ich, Schaum vor ihrem Mund zu sehen, als sie Toni vernichtend ansah und erhobenen Hauptes an mir vorbeiging.

Eine Schwarze Mamba mit Tollwut? Gab es so etwas?

»Na was ist, Di Santo? Kommst du? Fürs dumm Rumstehen wirst du meines Erachtens nicht bezahlt. Außerdem habe ich nicht den ganzen Tag Zeit«, schleuderte sie in meine Richtung und schritt zielstrebig auf eines der angrenzenden provisorischen

Büros zu, ohne sich noch einmal nach mir umzudrehen.

Widerwillig folgte ich ihr.

Das konnte ja heiter werden.

4
DANTE

»**I**ch bin mir nicht sicher, ob wir drei zusammen in einen Raum passen«, schnaubte die Kratzbürste sarkastisch.

»Wir drei?«

»Dein Ego, du und ich. Es erscheint mir abartig groß.«

»Bezieht sich abartig groß auf mein Ego oder auf ein bestimmtes Körperteil von mir?« Scheinbar beiläufig rückte ich meinen Schritt zurecht, was die Mamba mit einem angedeuteten Würgereiz quittierte.

Eine tollwütige, verklemmte, humorlose Schwarze Mamba also.

Das wurde ja immer besser.

»Ich bin Riley. Die Pressechefin von *Titan Racing*«, teilte mir die Giftschlange nun unterkühlt mit.

»Eigentlich hat jeder unserer beiden Stammfahrer eine Pressesprecherin, die ihn während der Rennwochenenden begleitet und die Interviewtermine mit ihm wahrnimmt, aber was dich betrifft, werde ich das selbst erledigen.«

»Aha. Und warum?«

Riley legte den Kopf schief und betrachtete mich, als würde sie überlegen, ob ich geistig unterbemittelt sei. »Ist das nicht offensichtlich?«

»Nein, sonst würde ich kaum fragen«, erwiderte ich gereizt. Normalerweise brachte mich nichts so leicht aus der Ruhe, aber diese Frau schaffte es, mich im Handumdrehen aus der Haut fahren zu lassen.

»Du gerätst gern außer Kontrolle und ich behalte gern die Kontrolle. Also werde ich persönlich ein Auge auf dich haben.«

»Was soll das heißen?«

»Im Klartext soll das heißen, dass ich dir keine deiner beschissenen Eskapaden durchgehen lasse. Seien wir ehrlich: Ich will dich nicht in diesem Team. Doch leider habe ich das nicht zu bestimmen. Also werde ich die Entscheidung meiner Bosse akzeptieren und das Beste daraus machen. Sie wollen das Dante-Spiel spielen? In Ordnung. Aber nach meinen Spielregeln.«

»Das Dante-Spiel?«

»Ja, du weißt schon. Wie Monopoly. Man würfelt und hofft, dass man nicht auf das Gefängnis-Feld hüpft, nur dass bei dem Dante-Spiel jedes Feld ein Gefängnisfeld ist und die *Du-kommst-aus-dem-Gefäng-nis-Frei-Karte* gibt es dort nicht.«

»Sehr witzig.«

»Findest du? Ich finde das überhaupt nicht witzig.

Dieses Team hat vor drei Wochen beinahe einen seiner Fahrer durch ein in Flammen stehendes Auto verloren. Juan ist ein Freund. Ein Teil unserer Familie. Und jetzt kommst du von der *Copacabana* daher stolziert und sollst seinen Platz einnehmen. Ausgerechnet du! Wie lange brauchst du, bis du dir den ersten Ärger einhandelst? Einen Tag? Zwei? Eine Stunde?«

»Ich habe mich geändert. Ich …«

Riley lachte laut auf. »Ja klar hast du das. Die einzige Veränderung, die ich sehen kann, sind die paar Kilos mehr auf deinen Rippen und die Falten um deine Augen. Du bist eben nicht mehr der Jüngste. Wieso bist du nicht einfach in Rio geblieben, anstatt uns hier das Leben unnötig schwer zu machen?«

»Du magst mich nicht. Ist angekommen. Und weißt du was: Es ist mir herzlich egal. Willst du mir jetzt weitere Beleidigungen an den Kopf werfen, oder verrätst du mir, was ich in der Pressekonferenz, die in weniger als zwei Stunden stattfindet, sagen soll?«

Riley und ich duellierten uns mit zornigen Blicken, bis sie schließlich nachgab und sich mir gegenüber auf einem Stuhl niederließ.

Mit eisiger Stimme klärte sie mich über den anstehenden Termin auf.

»Toni wird dich als Ersatzfahrer für Juan vorstellen. Danach wird er dir das Wort überlassen. Du wirst beteuern, wie sehr du dich auf deine Aufgabe freust und wie stolz du bist, ein Teil von *Titan Racing* zu werden. Erzähl ihnen, dass du es kaum erwarten kannst, ins Auto zu steigen und gute Resultate für das Team zu erzielen.«

»Gute Resultate? Ich bin hier, um zu gewinnen, nicht um gute Resultate zu erzielen.«

»Es ist mir bewusst, dass Bescheidenheit nicht zu deinen Stärken zählt. Genauso wenig wie die Fähigkeit, auf das zu hören, was man dir rät. Also tu doch einfach, was du willst. Falls du anschließend ins Auto steigst und es nicht schaffen solltest, vorn mitzufahren, weil du seit acht Monaten komplett aus dem Renngeschehen raus bist, wundere dich nicht, wenn dich sämtliche Zeitungen und TV-Sender als Angeber verhöhnen, der sich maßlos mit seiner großen Klappe überschätzt hat.«

»Überlass das Fahren mal mir. Selbst nach acht Monaten bin ich noch besser als die talentlosen Dumpfbacken der *Roaring Bulls*.«

»Wie du willst. Aber behaupte nachher nicht, ich hätte dich nicht gewarnt.«

»Hab's kapiert.«

Riley schnalzte missbilligend mit der Zunge und fuhr fort. »Ich werde den Journalisten anbieten, dir Fragen zu stellen, jedoch ausschließlich Fragen, die mit dem Rennfahren zu tun haben. Keine privaten Fragen und nichts, was deine Tätigkeit für die vorherigen Teams betrifft. Du weißt schon, die vier Teams, die dich hochkant rausgeschmissen haben.«

Ich knurrte entnervt und kniff die Augen zu kleinen Schlitzen zusammen. Bemühte mich, Ruhe zu bewahren.

»Falls eine Frage reinkommt, die darauf abzielt, dich in die Falle zu locken, werde ich eingreifen.«

»Ich brauche keinen Aufpasser.«

»Wenn du nicht andauernd Scheiße bauen würdest, bräuchtest du tatsächlich keinen Aufpasser. Vielleicht dient dir das ja als Anreiz, dich in Zukunft aus Schwierigkeiten rauszuhalten? Je besser du dich benimmst, desto weniger werden wir beide miteinander zu tun haben.«

»Das klingt tatsächlich sehr erstrebenswert. Für dich. Denn je weniger Zeit du mit mir verbringen musst, desto mehr Zeit hast du, einen armen Kerl zu finden, bei dem du all deine aufgestaute Frustration entladen kannst.«

Sie schnappte hörbar nach Luft und sprang ruckartig auf. Ihr Stuhl fiel krachend zu Boden.

»Was hast du gerade gesagt?«

»Dafür, dass du die Pressechefin in diesem Laden bist, lässt deine Auffassungsgabe ziemlich zu wünschen übrig. Müssen die Journalisten bei dir auch alles wiederholen? Falls das so ist, stelle ich mich besser mal auf einen langen Nachmittag ein.« Ich gähnte provozierend und machte mir nicht die Mühe, den Mund mit meiner Hand zu bedecken.

»Ich bin *nicht* frustriert. Merk dir das.«

»Wie du meinst. War's das? Soweit ich mich erinnere, sollte ich jetzt im Briefing mit den Ingenieuren sitzen.«

Sie schloss für einen Moment die Augen und als sie sie wieder öffnete, wich die erboste Glut in ihren azurblauen Iriden einem aufgesetzt fröhlichen Lächeln.

»Ich werde dich den Ingenieuren vorstellen und versuchen, es so aussehen zu lassen, als freue ich mich, dass du bei uns bist. Wenn du Glück hast, werden sie dich dann nicht auf der Stelle bei lebendigem Leibe verspeisen. Garantieren kann ich es allerdings nicht. Denn bei deiner charmanten Art werden sie ziemlich schnell die Messer wetzen.«

Ich warf ihr einen Luftkuss zu, den sie mit ihrem Klemmbrett zerschmetterte.

»Um Punkt fünfzehn Uhr komme ich dich zur Pressekonferenz abholen. Stell sicher, dass du das Teamshirt trägst. Ich organisiere es für dich und lege es in dein Fahrerzimmer, zusammen mit der Uhr von *Chausseur & Cie.*, unserem Uhrensponsor. Und sei pünktlich. Sonst werde ich ungemütlich.«

Ungemütlich? Diese Frau war ungemütlicher als ein Brett voller Nägel anstelle einer weichen Matratze. Ungemütlicher konnte es kaum werden.

Oder etwa doch?

5
RILEY

»Ich freue mich sehr, Ihnen heute mitteilen zu können, dass wir den erfahrenen und überaus erfolgreichen Rennfahrer Dante Di Santo für *Titan Racing* engagieren konnten. Er wird ab sofort den Platz von Juan Sanchez einnehmen, bis dieser nach seiner Genesung ins Team zurückkehrt. Wir möchten außerdem unseren Ersatzfahrer Ben Collins würdigen und ihm unseren Dank aussprechen. Er hat dem Team während des Grand Prix in Silverstone einen wertvollen Dienst erwiesen und wird weiterhin eng mit dem Team zusammenarbeiten«, eröffnete Toni die Pressekonferenz.

Toni saß mit Byron und Dante auf minimalistischen Barhockern vor der bodentiefen Hintergrundgrafik, auf der all unsere Sponsorenlogos prangten und lächelte zuversichtlich in die Kameralinsen.

Ich stand links daneben, dezent genug, um nicht

aufdringlich zu wirken, aber nah genug, um jederzeit einschreiten zu können.

»Nun möchte ich unserem Neuzugang die Chance geben, ein paar Worte an Sie zu richten.«

Toni reichte Dante das Mikrofon und mein Herz begann augenblicklich schneller zu schlagen. Ich traute Dante nicht. Kein bisschen. Sein Ruf eilte ihm voraus und mehr als eine Pressesprecherin hatte wegen ihm in der Vergangenheit den Job geschmissen.

Kayla kam mit einer Flasche Wasser auf die drei Männer zu und reichte sie Dante mit einem koketten Lächeln. Ihr üppiges Dekolleté stellte sie mit den großzügig geöffneten Knöpfen ihrer Bluse einladend zur Schau.

Angewidert schüttelte ich den Kopf.

Dante übte diese östrogenüberproduzierende Wirkung auf Frauen aus. Wenn Dante in der Nähe war, verloren sie jeglichen gesunden Menschenverstand und verwandelten sich in nervige, kleine Hündchen auf der Jagd nach dem großen Knochen.

Auch wenn ich es, selbst unter Folter, niemals zugeben würde: Ich konnte es nachvollziehen.

Dante war das nahezu identische Abbild von Jon Bon Jovi in den frühen neunziger Jahren: Eine wilde, lange, dunkelblonde Mähne, goldene ringförmige Ohrringe, ein extrem markantes Kinn, durchdringend blaue Augen und ein immerzu leger aufgeknöpftes Shirt, das seine dunklen männlichen Brusthaare enthüllte.

Der Mistkerl war einfach höllisch attraktiv.

Aber charakterlich leider ein mieses Schwein. Er

benutzte Frauen wie Servietten. Nahm sich was und wen er wollte und wann er es wollte. Meist waren das spindeldürre Topmodels mit äußerst freizügigen Instagram Accounts, auf denen sie sich in provozierenden Posen beinahe vollständig nackt präsentierten. Doch manchmal machte Dante auch eine Ausnahme und vernaschte stattdessen Musikerinnen oder Schauspielerinnen.

All das wusste ich nur, weil es zu meinem Job gehörte, über die Fahrer der *Serie del Rey* informiert zu sein und nicht etwa, weil ich zu den Unmengen von Frauen zählte, die sich Dante vor ihrem inneren Auge vorstellten, während sie sich selbst befriedigten.

»... deswegen kann ich es kaum erwarten, endlich ins Auto zu steigen und gute Resultate für das Team zu erzielen.«

Dante drehte sich zu mir um und sah mich abwartend an. Ein spöttisches Lächeln umspielte seine Lippen.

»Unserer Pressechefin scheint es für einen Augenblick die Sprache verschlagen zu haben, dass ich Ihnen genau das erzählt habe, was sie mir unter der Androhung von Gewalt eingetrichtert hat. Also geben wir ihr eine Minute, um sich zu fangen und beginnen in der Zwischenzeit mit den Fragen, die Sie an mich haben.«

Ein amüsiertes Lachen ging durch die Reihen. Die Journalisten pfiffen erheitert, manche klatschten belustigt Beifall.

Hatte ich soeben meinen Einsatz verpasst? Wie paralysiert stand ich auf meinem Posten und sah zu, wie mir die erste Pressekonferenz in acht Jahren entglitt.

»Jerry, legen Sie los.« Er wies auf den Journalisten eines bekannten britischen TV-Senders.

»Dante, schön, dass Sie wieder zurück sind. Die *Serie del Rey* war nicht das Gleiche ohne Sie. Stimmt es, dass Ihre Schlägerei mit Ihrem alten Teamkollegen und *Roaring Bulls* Fahrer Jasper Vanhoff Ende letzter Saison dem Umstand geschuldet war, dass Sie mit seiner Freundin geschlafen haben?«

Das Herz sank mir in die Zehenspitzen und ich machte einen Satz nach vorn, um dem vorgepreschten Journalisten die Meinung zu geigen.

»Netter Versuch, Jerry und schön, Sie nach Ihrer Herz-OP wieder so fit und munter anzutreffen. Wie ich sehe, sind Sie wieder ganz der Alte.«

Dante stand auf und ging auf den Journalisten zu, der seinerseits aufstand, Dante kumpelhaft auf den Rücken schlug und ihm die Checker-Faust bot.

»Danke, Mann. Es bedeutet mir viel, wieder zurück zu sein.«

»Da sind wir schon zwei. Machen wir das Beste daraus. Okay, Jerry?«

»Einverstanden.«

Ich erwachte aus meiner Trance und räusperte mich verärgert.

Sich als Frau in einem von Männern dominierten Sport zu beweisen, war nicht leicht. Man musste kämpfen. Jeden Tag von neuem. So auch jetzt, als ich versuchte, die Kontrolle über meine Pressekonferenz zurückzugewinnen.

»Also gut, meine Damen und Herren. Hat irgendjemand von Ihnen Fragen zu Dante Di Santos Tätigkeit für das Team oder lösen wir die Runde auf?«, verschaffte ich mir mit schneidender Stimme Gehör.

Die Hände schnellten nach oben und ich begann routiniert eine Hand nach der anderen abzuarbeiten.

Mit jeder professionellen Frage, die Dante gestellt wurde, kehrte ein Teil meines angeknacksten Selbstbewusstseins zurück und als selbst der letzte Journalist zufriedengestellt war, zitterten meine Finger nicht mehr länger vor Nervosität und Scham.

Dante zwinkerte mir zum Abschied frech zu und ich widerstand dem Drang, ihm in den Hintern zu treten, nur schwer.

Um ehrlich zu sein wusste ich nicht, was mich mehr aus der Bahn geworfen hatte: Die Erkenntnis, dass sich Dante Di Santo tatsächlich an den Plan gehalten hatte. Naja, bis zu dem Zeitpunkt, an dem er den Journalisten gesteckt hatte, dass es einen Plan gab, an den zu halten er von mir gezwungen wurde. Oder die Erkenntnis darüber, dass ich zum ersten Mal in meinem Leben bei einer Pressekonferenz unkonzentriert gewesen war und meinen Einsatz verpasst hatte, weil ich in nicht jugendfreier Weise über das Subjekt eben jener Pressekonferenz sinnierte.

Was es auch war, es durfte kein weiteres Mal vorkommen.

6

DANTE

Ich saß in dem kleinen Raum, der mir im Motorhome zugeteilt worden war und ging im Kopf noch einmal alle Passagen der Rennstrecke durch.

Die gestrigen Trainingsläufe hatte ich erfolgreich absolviert und auch das dritte Training am Morgen war zu der Zufriedenheit des Teams verlaufen.

Mit jeder Rennrunde fand ich mehr in meinen natürlichen Rhythmus zurück. Die acht Monate, die ich nicht mehr in einem der *Ultra High Tech* Boliden gesessen hatte, waren nicht spurlos an mir vorbeigegangen. Das musste ich wohl oder übel einsehen.

Die Technologieentwicklung in der *Serie del Rey* schritt mit solch rasanter Geschwindigkeit voran, dass selbst erfahrene Rennfahrer wie ich nach einer mehrmonatigen Pause Probleme hatten, sich in den hochkomplexen Autos zurechtzufinden und Vertrauen zu fassen, vor allem wenn man mit 350 Stundenkilometern eine Gerade hinunterjagte und innerhalb von zweieinhalb Sekunden auf sechzig Stundenkilometer abbremsen musste, nur um dann drei Sekunden später wieder auf 280 Stundenkilometer zu beschleunigen.

Ein Klopfen an der Tür riss mich aus meinen Gedanken.

»Jetzt nicht«, knurrte ich gereizt.

Die Tür wurde trotzdem geöffnet.

»Ich fass es nicht! Dante Di Santo *is back*! Der Rennanzug von *Titan Racing* steht dir, Mann«, gluckste Liam, mein Manager und trat ein. »Ich dachte eigentlich, dass kein Grund gut genug sei, um mich von meinem Urlaub auf den *Turks und Caicos* loszueisen, aber der Anblick von Dante Di Santo im *Titan Racing* Boliden, wie er Jasper Vanhoff den Arsch versohlt – dieses Mal allerdings auf der Strecke, statt in der Boxengasse – ist es sowas von wert.«

»Hey Mann. Gut, dass du da bist!« Ich stand auf und umarmte meinen Manager und langjährigen Freund.

Erleichterung durchflutete mich bei seiner Ankunft. Endlich war ich nicht mehr vollkommen allein im Krieg gegen den Rest der Welt.

Dass es sehr viele Menschen gab, die mich an diesem Wochenende versagen sehen wollten, war mir bewusst, auch wenn ich es vermied, darüber zu sprechen, um dem Ganzen nicht noch mehr Macht zu verleihen.

»Klar doch, was denkst du denn? Dass ich mir diese Show entgehen lasse? Dafür würde ich selbst von den Toten auferstehen und aus meinem kuscheligen Grab springen. Wie sieht's aus? Was sagen die Daten?«

»Die Daten sagen wie gewöhnlich einen Scheiß«, kommentierte ich trocken. »Laut den Daten sollte ich es in der Qualifikation heute unter die besten zehn schaffen. Aber ich riskiere dort draußen nicht mein Leben, um unter die besten zehn zu fahren. Ich mache mein eigenes Ding und schnapp mir den verdammten ersten Startplatz.«

Liam ließ sich breit grinsend auf die Massageliege plumpsen und warf sich einen Kaugummi in den Mund. »Wie immer also.«

»Wie immer, genau.«

»Gibt es irgendetwas, das ich tun kann, um dir das Leben zu erleichtern?«, erkundigte er sich.

»Du kannst mir die nervtötende Kratzbürste vom Leib halten, die mich wie ein Adler fest in ihren Klauen hält und droht, mir den Kopf abzubeißen, sobald ich Widerstand leiste.«

»Ist die Kratzbürste eine Frau?«

»Kennst du etwa eine männliche Kratzbürste?«

»Ne«, grunzte Liam vergnügt. »Ist sie heiß?«

»Leider Gottes ja. Aber eben auch mega nervig.«

»Die Heißen sind immer die Nervigen. Das ist echt unfair«, seufzte mein Manager.

»Wem sagst du das, Alter ...«

In diesem Augenblick klopfte es erneut und Carl, mein Renningenieur steckte den Kopf zur Tür herein. »Dante, wie sieht's aus? Bereit für das Strategiemeeting?«

Ich nickte gequält und erhob mich.

»Wir sehen uns nach der Qualifikation«, rief ich Liam zu. »Fühl dich wie zu Hause. *Mi casa es tu casa.*«

»Dann werde ich es mir mal in *tu casa* gemütlich machen, während du dich auf der Strecke abrackerst und mir mein Einkommen sicherst«, witzelte Liam und ließ sich rückwärts der Länge nach auf die Liege fallen.

In meinem nächsten Leben sollte ich ebenfalls Fahrermanager werden. So ein gechilltes Leben wie Liam musste man erst mal haben. Nichts tun und trotzdem zwanzig Prozent von allem, was ich verdiente, kassieren. Der Kerl hatte wirklich den Jackpot geknackt.

Zwanzig Minuten später saß ich in meinem röhrenden Rennwagen und hatte alles um mich herum ausgeblendet. Die kommenden sechzig Minuten würden darüber entscheiden, von welcher Position ich morgen in das Rennen startete.

Insgesamt gab es drei Qualifikationsrunden, zehn Teams und zwanzig Autos. Im ersten Teil der Qualifikation hatten die Autos achtzehn Minuten Zeit, ihre schnellste Rundenzeit zu setzen. Die langsamsten fünf Autos schieden nach Ablauf der achtzehn Minuten aus.

Den verbleibenden fünfzehn Autos standen im zweiten Teil der Qualifikation fünfzehn Minuten zur Verfügung, um ihre schnellste Rundenzeit zu setzen.

Am Ende der fünfzehn Minuten schieden wieder die fünf langsamsten Autos aus.

Im dritten und letzten Teil der Qualifikation kämpften die verbliebenen zehn Autos um die *Pole Position*, also den ersten Startplatz. Die Rundenzeiten der in den zwölf Minuten zurückgelegten Runden entschieden über die finale Startaufstellung der ersten zehn Startplätze.

Mein Puls schoss in die Höhe. Das Adrenalin rauschte durch meine Venen. All das kannte ich nur zu gut. Es war normal. Es passierte an jedem Rennwochenende. Und es war genau das, was ich brauchte, um zur Höchstform aufzulaufen.

»Radio Check. Radio Check«, ertönte es aus dem Knopf in meinem Ohr.

»Radio Check positiv«, antwortete ich und richtete meinen Fokus auf die Boxengasse, die vor der Teamgarage lag.

Die Mechaniker nahmen die Heizdecken von den Reifen und entfernten die Kühlgeräte von den Bremsen. Ein eindeutiges Zeichen dafür, dass der Beginn der Qualifikation unmittelbar bevorstand.

»Also gut. T minus dreißig bis die Ampel auf Grün schaltet. Wir halten uns für den Moment an Plan A. Noch Fragen?«, hörte ich Carl über Funk sagen.

»Keine Fragen. Let's go«, funkte ich zurück.

»Viel Glück da draußen. Und vergiss nicht: Ich sitze in deinem Ohr und fahre mit.«

»Dann halt dich mal besser gut fest, Carl.«

Eine Sekunde später gab mir der zuständige Mechaniker das Handzeichen zum Losfahren und ich tippte das Gaspedal an, das den eintausend PS starken Boliden zum Leben erwachen ließ.

Der Motor heulte auf und der Wagen schoss aus der Box.

Zielsicher lenkte ich ihn innerhalb des Speed Limits durch die Boxengasse an der grünen Ampel vorbei, bevor ich ausgangs der Boxengasse das Gaspedal durchdrückte und die Beschleunigung mich in den Sitz presste.

Let the show begin, ladies and gentlemen.

Il Diavolo is back!

7
RILEY

Ich stand mit angespannter Miene in der Team Garage, auch Box genannt. Dante hatte diese soeben zum zweiten Teil der Qualifikation in seinem Boliden verlassen. Angestrengt starrte ich auf die Bildschirme vor mir, die die Autos der *Serie del Rey* auf der Rennstrecke zeigten.

Am heutigen Samstag herrschte strahlender Sonnenschein beim Deutschland Grand Prix. Die Fans wedelten auf den Tribünen überschwänglich mit ihren Fahnen und applaudierten, wenn die Autos vorbeifuhren.

Sie konnten den Tag so richtig genießen. Im Gegensatz zu mir. Ich war nervös. Dabei zeigte ich während der Qualifikationsrunden normalerweise nie Nerven. Das sparte ich mir für das eigentliche Rennen am Sonntag auf. Doch Dante war eine Variable, die ich nicht einordnen konnte. Ich wusste nicht, was mich bei ihm erwartete und das verunsicherte mich. Vor allem, weil ich mich nach der Qualifikation der Presse stellen musste.

Unverhofft wurden mir die Kopfhörer, die mich mit dem Kommandostand an der Boxenmauer verbanden, vom Kopf gezogen. Ich drehte mich um und entdeckte Kenzie, die mir lächelnd einen Powerbar aus Kokos und Schokolade unter die Nase hielt.

»Du siehst bekümmert aus, Riley. Dabei sind die Rundenzeiten von Dante solide. Oder ist das der Grund für deine schlechte Laune?«

»Was? Du meinst ich *will*, dass er versagt?«

Kenzie zuckte die Achseln. »Es ist mehr als offensichtlich, dass du ihn nicht ausstehen kannst. Wundern würde es mich also nicht.«

»Quatsch! Ich wünsche mir das bestmögliche Resultat für das Team. Ich zweifle bloß daran, ob Dante gut für das Team ist.«

»Tja, das kannst du nur herausfinden, indem du ihm eine Chance gibst, es dir zu beweisen«, wandte Kenzie ein.

»Hatte der Kerl nicht schon gefühlt hunderttausend Chancen, die er allesamt achtlos in den Wind geschossen hat?«

»Von anderen Menschen vielleicht. Aber nicht von dir. Dante ist nun ein Teil unseres Teams. Ob es dir gefällt oder nicht. Somit verdient er es, dass wir ihm eine Chance einräumen. Komm schon, Riley, eine ehrliche Chance verdient jeder. Auch Dante.«

Mit diesen Worten reichte sie mir den Riegel und

die Kopfhörer. Dann ging sie winkend in Richtung Motorhome davon.

Perplex blieb ich zurück und dachte über ihre Worte nach. Erst der Applaus der umstehenden Mechaniker ließ mich den Kopf heben und erkennen, dass sowohl Dante als auch Tom es in die dritte und letzte Qualifikationsrunde geschafft hatten.

Der Kampf um den ersten Startplatz, die *Pole Position*, hatte also begonnen.

Kurze Zeit später kam Dantes kraftstrotzender Rennwagen vor der Garage zum Stehen und wurde für einen Reifenwechsel und zur Kühlung der Bremsen rückwärts in die Box geschoben.

Dante klappte sein Visier auf und schaute ins Leere. Er wirkte hochkonzentriert, während er darauf wartete, erneut aus der Box auf die Rennstrecke zu fahren.

»Ampel grün«, ertönte Carls Stimme aus den Kopfhörern.

Der Daumen des Mechanikers vor dem Boxeneingang ragte in die Höhe und er lief rasch ein paar Schritte rückwärts, während Dante in einer fließenden Bewegung sein Visier zuklappte und in die Boxengasse hinausfuhr.

Die folgenden zehn Minuten verbrachte ich mit ungeduldigem Warten und lauschte gespannt der Kommunikation zwischen den Personen an der Boxenmauer und Dante.

Toni, der Teamchef von *Titan Racing*, Byron, der Teammanager, Dino, der Chefstratege, Simon, der Sportdirektor und die beiden Renningenieure der

Fahrer, Carl und Justus, saßen an der Boxenmauer. Sie waren es, die über Funk mit den dutzenden Ingenieuren an der Strecke und in der Fabrik von *Titan Racing* in Italien sprachen, und letztendlich anhand der Informationen, die ihnen in Echtzeit gegeben wurden, die Entscheidungen fällten.

Carl führte zu neunzig Prozent die Gespräche mit Dante. Die anderen Teammitglieder der Boxenmauer klinkten sich nur gelegentlich in die Kommunikation zwischen Fahrer und Renningenieur ein.

Als Dante zum letzten Reifenwechsel an die Box kam, lag Tom auf Position drei und Dante auf Position vier.

Das war ein gutes Resultat für Dantes erste Qualifikation nach der monatelangen Pause. Ein Resultat, mit dem das Team zufrieden sein konnte. Doch ich hatte das vage Gefühl, dass es Dante nicht reichen würde.

Und tatsächlich kommentierte er am Funk: »Für den vierten Startplatz bewege ich meinen Hintern morgen nicht aus dem Bett.«

Bei dieser Dante-typischen Bemerkung musste ich unwillkürlich grinsen. Der Kerl war wirklich unausstehlich. Und total nervig. Aber Ehrgeiz besaß er. Das musste ich zugeben.

Dreißig Sekunden später verließ Dante die Box. Vor ihm lagen zwei Runden: Eine Aufwärmrunde, um die Reifen auf Temperatur zu bringen, und eine finale Qualifikationsrunde, die darüber entschied, von welcher Position er morgen ins Rennen ging.

Würde er es schaffen, eine bessere Zeit auf die

Anzeigetafel zu zaubern? Oder würde es bei seinem vierten Platz bleiben?

Gebannt verfolgte ich das Geschehen auf den Monitoren. Die beiden Fahrer der *Roaring Bulls* und von *Racing Rosso* konnten ihre Rundenzeiten nicht weiter verbessern.

Tom Clark hingegen lieferte eine neue Bestzeit und sicherte so *Titan Racing* die provisorische *Pole Position*.

Nur noch der zweite Fahrer von *Titan Racing*, Dante, konnte ihn jetzt schlagen.

Alle Augen waren auf eben diesen Fahrer gerichtet, der voller Entschlossenheit über die Strecke heizte. Die Zeit des ersten Sektors leuchtete violett unterlegt auf: Absolute Bestzeit. Ein aufgeregtes Flattern machte sich in meiner Brust bemerkbar. Würde er diese absolute Bestzeit im zweiten und dritten Streckensektor halten können?

Meine Augen klebten förmlich an Dante, wie er den zweiten Sektor absolvierte. Doch dann geschah es: Dante verbremste sich beim Anfahren einer Kurve im zweiten Sektor. Das hatte Zeit gekostet. Zu viel Zeit, um es im dritten Abschnitt noch aufzuholen.

Die Kameras schwenkten zu Tom Clark und der Kommentator lobte seine tolle Performance, als er abrupt innehielt.

»Ladies and gentlemen, ich muss mich korrigieren. Dante Di Santo sichert sich mit einem neuen Streckenrekord die Pole Position. Was für ein spektakulärer Einstand! Il Diavolo ist zurück und es scheint fast so, als wäre er nie fort gewesen!«

Ein Raunen ging durch die Menge.

Dante auf Pole?

Das war unmöglich!

Nach dem Verbremser hätte er regelrecht fliegen müssen, um die Zeit von Tom zu unterbieten.

Die Kameras blendeten die Wiederholung seines Verbremsers im zweiten Sektor ein und schwenkten dieses Mal nicht weg, sondern blieben bei Dante bis zum Überqueren der Ziellinie. Und tatsächlich: Im dritten und finalen Streckensektor flog *Il Diavolo* wie von Zauberhand über die Strecke. Mit einem hauchdünnen Vorsprung ergatterte er sich völlig unerwartet den ersten Startplatz für das morgige Rennen.

Ich konnte nicht umher, wild auf und ab zu hüpfen und den umstehenden Mechanikern begeistert um den Hals zu fallen.

Dante auf Pole! An seinem ersten Rennwochenende als Fahrer für *Titan Racing*! Und das nach einer siebenmonatigen Pause! Was für eine Sensation!

»Dante, hier ist Carl. Du hast dir die Pole geschnappt«, ertönte die euphorische Stimme von Carl durch die Stadionlautsprecher. Der laute Jubel von Dante, gefolgt von der befreienden Siegerfaust aus Kurve sechs, wurden ebenfalls eingeblendet.

Einmal mehr machte es sich bezahlt, dass die TV-Sender Zugriff auf Ausschnitte des Funkverkehrs aller Teams hatten und in Folge dessen solch emotionale und intime Szenen mit den Zuschauern teilen konnten.

8

DANTE

Der tosende Applaus der Menge begleitete mich auf meiner Auslaufrunde und als ich in der Boxengasse das Auto abstellte und meinen Helm abnahm, sog ich den Beifall für einen Moment tief in mich auf. Er gab mir Kraft. Zuversicht. Hoffnung.

Ich wollte die Chance, die *Titan Racing* mir gegeben hatte, nutzen. Denn es war definitiv die letzte Chance, die man mir in der *Serie del Rey* geben würde.

Der TV-Moderator, der die TV-Interviews mit den besten drei Fahrern der Qualifikation führte, rief mich zu sich. Widerwillig löste ich mich von den Fans, die mir enthusiastisch zuwinkten und überdimensionale Plakate mit meinem Namen in die Höhe hielten.

Ich hasste die PR-Verpflichtungen, die mit meinem Job einhergingen. Aber ich würde mich brav fügen, um die Giftschlange nicht weiter zu verärgern. Denn die stand bereits unmittelbar hinter der Absperrung und tippte energisch auf ihrem Handy.

»Jo, Dante, wie krass war das denn bitte?«, empfing mich Liam, der neben Riley darauf gewartet hatte, dass ich das TV-Interview beendete und klatschte mit mir ab. »Du musst zugeben, dass unser *Hellboy* hier die Show gerockt hat, Presselady«, wandte er sich an Riley, die seine Bemerkung mit einem müden Lächeln quittierte.

»Eine gute Leistung. Damit kann man arbeiten«, kommentierte sie und sah desinteressiert von ihrem Handy auf.

In diesem Augenblick wurde neben uns auf dem XXL-Bildschirm erneut die Reaktion des Teams auf meine *Pole Position* eingespielt. Die laut jubelnde Riley warf sich den Mechanikern um den Hals und klopfte ihnen begeistert auf die Schulter.

Ein zufriedenes Grinsen breitete sich auf meinem Gesicht aus, was Riley nicht entgangen war. »Gute Leistung, hm? Rastest du bei einer guten Leistung immer so aus oder war meine Leistung vielleicht besser als bloß gut?«

Röte kroch ihren Hals hinauf. »Wir wollen mal nicht abheben, Dante Di Santo. Das Rennen ist morgen. Für deine *Pole Position* heute gibt es keine Punkte. Und jetzt sollten wir uns schleunigst zur offiziellen Pressekonferenz begeben. Wir sind spät dran. Also los, los. Worauf wartest du?«

Mit verkniffener Miene und scheuchenden Handbewegungen dirigierte sie mich durch das Gewusel aus

Mechanikern, Journalisten und Regelhütern in Richtung der Presseräume.

Diese Frau machte mich echt fertig.

Das Rennen am Sonntag verlief suboptimal. Dank eines Verbremsers in derselben Kurve, in der ich mich schon am vorherigen Tag während der Qualifikation verzettelt hatte, musste ich zu einem zusätzlichen Reifenwechsel an die Box. Dieser unvorhergesehene Stopp kostete mich fünfundzwanzig Sekunden. Genug Zeit für Tom Clark, meinen Team Kollegen, sich den Sieg zu schnappen und mich auf den zweiten Platz zu verbannen.

Zwar war das Team wegen des Doppelsiegs vollkommen aus dem Häuschen, doch die ausgelassene Stimmung prallte an mir ab wie die Wellen an einer Steilklippe.

Dass ich den Sieg weggeschmissen hatte, nagte an mir. Dunkle Gewitterwolken zogen in meinem Kopf auf und spiegelten sich in meiner Laune wider.

Nur schwer überstand ich die obligatorische Pressekonferenz der Top-Drei-Fahrer im Anschluss an das Rennen und als die Journalisten und Fahrer nach und nach den Raum verließen, zog mich Riley in einen spärlich beleuchteten Nebenraum und schloss die Tür hinter uns ab.

»Äh was wird das hier, wenn es fertig ist?« Misstrauisch sah ich zu Riley, die entnervt die Hände in die Hüften stemmte.

»Das frage ich dich. Was sollen diese einsilbigen, schnippischen Antworten? Das ist nicht gut fürs Image. Du hast heute den zweiten Platz belegt. Ist das bei dir angekommen?«

»Ich scheiß aufs Image! Der zweite Platz ist der erste Platz für Verlierer! Ich hätte das Ding heute gewinnen müssen, verdammt.« Zornig boxte ich gegen die Wand.

»Ist dir schon mal in den Sinn gekommen, dass es hier nicht nur um dich geht? Du benimmst dich, als wärst du ein egoistischer, einsamer Wolf auf einem Kreuzzug gegen die Welt. Dabei bist du Teil eines Rudels. Deine Aufgabe ist es, im besten Interesse für das Rudel zu handeln. Das bedeutet nicht, dass du jeden Tag den Leitwolf markieren musst, kapiert? Wir gewinnen und wir verlieren zusammen. Heute haben wir als Team gewonnen. Doppelt. Also setz dein bestes Lächeln auf und gib vor, ein Teamplayer zu sein. Bekommst du das hin?«

Ihre blauen Augen funkelten erbost. Mit einem Mal erschien mir der Raum, in dem wir uns befanden, erschreckend eng, die Luft beängstigend dünn.

»Du hast recht. Es tut mir leid.«

»Sag das nochmal.« Riley hielt sich eine Hand ans Ohr und zog überrascht eine Augenbraue in die Höhe.

Wie sie die Chefin mimte, war höllisch sexy. Dem stimmte auch mein Schwanz zu, der sich neugierig in meinem engen Rennanzug räkelte. Wenn ich nicht mit einem bombastischen Ständer durch den Paddock laufen wollte, musste ich dringend dafür sorgen, dass sie mich möglichst schnell ignorierte und mich nicht länger mit diesen glühenden Adleraugen durchbohrte.

»Ich weiß wirklich nicht, warum sie ausgerechnet dir den Job als Pressechefin gegeben haben. Zu deiner verminderten Auffassungsgabe scheinst du zusätzlich noch an Schwerhörigkeit zu leiden. Hast du was dagegen, mich jetzt in Ruhe zu lassen? Es gibt sicher genug andere Menschen, denen du auf den Keks gehen kannst.«

Sie kniff wütend die Augen zusammen und öffnete die Tür. »An dem Tag, an dem Juan ins Team zurückkehrt und sie dich vor die Tür setzen, veranstalte ich ein rauschendes Fest, bei dem du als einziger nicht auf der Gästeliste stehen wirst.«

»Ich verzichte liebend gern. Wenn deine Feste so verbittert und verklemmt sind, wie du es bist, wird sowieso niemand kommen«, gab ich zurück und rauschte mit einer wegwerfenden Handbewegung an ihr vorbei.

Wieso zum Teufel störte es mich, dass diese Frau mich auf den Tod nicht ausstehen konnte? Und was kümmerte es mich, was sie von mir hielt?

Die dunklen Gewitterwolken kehrten mit einem Schlag zurück und ich beschloss, dass es Zeit wurde, von hier zu verschwinden.

9
RILEY

Bereits vor Beginn des Rennwochenendes hatte meine Laune einen respektablen Tiefstand erreicht. Wir waren am Vortag in Texas eingetroffen, wo in den kommenden Tagen der nächste Grand Prix Lauf stattfinden würde.

Wir hieß alle, bis auf Dante.

Denn der hatte den Flieger verpasst, zwei TV-Interviews und eine Sponsorenveranstaltung verbummelt und auf keinen meiner Anrufe reagiert.

Als er schließlich heute Morgen fröhlich pfeifend an der Rennstrecke aufgetaucht war, ohne den Hauch einer Entschuldigung oder Rechtfertigung im Gepäck, hatte ich in weiser Voraussicht Reißaus genommen und war zu meinen Freundinnen Dakota und Allegra in die exklusive Hospitality Lounge geflüchtet, die sich oberhalb des Paddocks befand.

Die Gefahr Feuer zu speien und Dantes hübsches

Engelsgesichtchen bis zur Unkenntlichkeit zu verbrennen, war einfach zu groß.

Durch Juans Unfall und die darauffolgenden, sich überschlagenden Ereignisse, hatte ich im letzten Monat Tag und Nacht Krisenmanagement betrieben und aufgrund dessen kaum Zeit mit meinen Freundinnen verbringen können. Dabei gab es vor allem bei Allegra ausreichend Gesprächsbedarf. Denn dass zwischen ihr und Byron etwas lief, hatte ich schon länger vermutet. Und gerade befand sie sich diesbezüglich in einer wirklich vertrackten Situation.

Ich seufzte bei dem Gedanken an die arme Allegra und wünschte, dass ich ihr helfen könnte, die Beziehung zu Byron in den Griff zu bekommen.

Egal wie man es drehte und wendete, sowohl beruflich als auch privat war momentan der Wurm drin. In einer Sache sollte Dante also recht behalten: Ich musste dringend entspannen und abschalten.

Kurzentschlossen zückte ich das Handy und rief Tim an. Tim arbeitete in der Presseabteilung der *Serie del Rey*. Er war ein netter Kerl mit dem ich mich seit geraumer Zeit gelegentlich traf.

Seit ich die Dreißig-Jahre-Marke vor zwei Jahren überschritten hatte, lag mein Fokus auf der Suche nach dem Mann fürs Leben, statt dem Mann für ein Abenteuer. In meinen Zwanzigern hatte ich mich ordentlich ausgetobt und alles mitgenommen, was ging – bis zu dem Tag, an dem die Zwei den Platz mit der Drei tauschte.

Ich war der festen Überzeugung, dass es im Gehirn der weiblichen Spezies einen Schalter gab, der automatisch umgelegt wurde, sobald man die magischen dreißig Jahre passierte.

Auf einmal erklang wie aus dem Nichts das stetig lauter werdende Ticken der biologischen Uhr. Und das, obwohl einen beim Anblick von kahlköpfigen, pummeligen und sabbernden Babys eher Panikattacken an Stelle von Muttergefühlen befielen.

Auf einmal überlegte man sich nicht mehr vorrangig, wo man den nächsten Sommerurlaub verbringen wollte, sondern wo man am besten ein schönes Häuschen kaufte, um sesshaft zu werden.

Auf einmal ertappte man sich dabei, wie man das Internet nach Altersvorsorgeplänen, statt nach trendigen High Heels durchforstete.

Kurzum: Auf einmal fühlte man sich angezählt.

Das Leben mit neunundzwanzig Jahren und 364 Tagen war ein vollkommen anderes, als das Leben mit neunundzwanzig Jahren und 365 Tagen. Und das, obwohl zwischen den beiden Leben gerade mal ein einziger Tag lag.

Tim und ich trafen uns ab und an während der Rennwochenenden zum Abendessen. Man konnte sich mit ihm gut unterhalten. Zwar würde ich ihn nicht als übermäßig attraktiv bezeichnen, aber darauf kam es auch nicht unbedingt an.

Was zählte, war das Gesamtpaket, oder?

Was nutzte mir ein Typ wie Dante: äußerlich verboten heiß, aber innerlich vollkommen verdorben? Typen wie ihn hatte ich in meinen Zwanzigern zur Genüge kennengelernt. Ein Happy End gab es mit keinem von ihnen. Diese Männer glichen Schmetterlingen, die von einer Blume zur nächsten flogen und nie lange auf einer Blüte verweilten.

Mit so jemandem gründete man keine Familie. Und auf so jemanden war kein Verlass, wenn es darum ging, einen starken und zuverlässigen Mann für die dunklen Momente des Lebens an seiner Seite zu wissen.

Ich brauchte einen Mann, der für mich einstand, wenn ich dazu eines Tages nicht mehr in der Lage sein sollte. Einen Mann, der mich beschützte, wenn ich zu schwach war, es selbst zu tun und einen Mann, der für mich kämpfte, wenn mir dazu die Kraft fehlte. Mit anderen Worten: Ich suchte einen Mann, dem ich mein Leben und das unserer zukünftigen Kinder anvertrauen konnte. Und bei einem so pflichtbewussten Menschen wie Tim, erschien mir das weitaus realistischer, als bei einem streunenden Kater wie Dante.

Nicht, dass ich Dante jemals als Vater meiner Kinder in Betracht gezogen hätte. Gott behüte. Er diente lediglich als Symbolfigur für all die Männer, von denen ich mich seit zwei Jahren ferner als fern hielt, auch wenn das bedeutete, dass meine Libido der einer Nonne glich. Aber man konnte eben nicht alles im Leben haben.

Unmittelbar nach dem Gespräch mit Tim begab ich mich in Byrons Büro. Er hatte mich während meiner Unterhaltung mit Allegra und Dakota angerufen und mich zu sich beordert. Ich hatte es bewusst hinausgezögert, weil ein vier-Augen Gespräch mit Byron wenig Gutes verheißen konnte. Und noch mehr schlechte Neuigkeiten konnte ich zurzeit nicht gebrauchen. Mit einem mulmigen Gefühl im Magen klopfte ich an seine Tür.

»Herein«, ertönte die Stimme von der anderen Seite.

Ich atmete tief durch und trat ein.

»Setz dich doch, Riley.« Byron deutete auf den Stuhl mir gegenüber und wartete geduldig, bis ich mich darauf niedergelassen hatte.

»Wie geht es dir?«

»Du fragst mich nie, wie es mir geht. Was ist los?« Argwöhnisch kniff ich die Augen zusammen.

»Ich darf mich also nicht nach deinem Wohlbefinden erkundigen, ohne dabei Hintergedanken zu hegen?« Sein amüsiertes Grinsen verriet ihn. Byron führte eindeutig etwas im Schilde.

»Dürfen schon. Tust du aber nicht. Dafür bist du ein viel zu beschäftigter Mann. Also, was ist los?«

»Wie geht es den anderen Mädels?«, erwiderte er ausweichend. Offenkundig versuchte er Zeit zu schinden. Die Frage war: Warum?

»Mit *den anderen Mädels* meinst du Allegra? Oder Maddie? Oder beide?«, zwitscherte ich unschuldig.

»Gibt es einen bestimmten Grund, aus dem du von allen Mädels ausgerechnet die beiden erwähnst, Riley?«

»Sollte es denn einen bestimmten Grund geben?«

»Sag du es mir.«

»Wenn du wissen willst, wie es Maddie geht, solltest du zu ihr gehen und sie genau das fragen, Byron. Dasselbe gilt für Allegra. Du hast als Teammanager alle Hände voll zu tun, schon klar. Aber man muss im Leben Prioritäten setzen. Du allein entscheidest, wer oder was sich als Priorität qualifiziert.«

Meine offenen Worte hatten ihm anscheinend die Sprache verschlagen, denn zwischen uns breitete sich ein unbehagliches Schweigen aus, das Gott sei Dank von Toni unterbrochen wurde, der just in diesem Moment den Raum betrat.

»Nanu? Wieso ist Riley so friedlich?« Toni zwinkerte Byron zu und setzte sich zu uns.

»Wieso sollte ich nicht friedlich sein? Ich bin die Friedlichkeit in Person.«

Misstrauisch legte ich den Kopf schief.

»Natürlich«, spottete Toni. »Du hast es ihr also noch nicht gebeichtet, Byron?«

»Mir was gebeichtet?« Ich sprang alarmiert von meinem Stuhl auf und ballte die Hände zu Fäusten, bereit es mit allem und jedem aufzunehmen.

»Ich dachte, die Show wolltest du dir auf keinen Fall entgehen lassen«, verkündete Byron. In seiner Stimme schwang Ironie mit. Das gefiel mir ganz und gar nicht. Irgendetwas war hier im Busch.

»Wie nett von dir«, gluckste Toni. »Ich glaube ja eher, du hast Angst, dass Riley dir den Hals umdreht und wolltest deshalb vorsichtshalber auf Verstärkung warten.«

»Wenn das der Fall wäre, hätte ich alle Mechaniker zusammentrommeln müssen, denn du allein wirst sie wohl kaum von mir losreißen können, wenn ich ihr die Neuigkeiten verkünde«, stichelte Byron.

»Okay, das reicht jetzt. Ich will auf der Stelle wissen, was hier vor sich geht.«

»Juan hat uns gesagt, dass er seine Karriere beendet. Nicht zum Ende der Saison, sondern mit sofortiger Wirkung. Ihm ist während des Unfalls in Montreal bewusst geworden, dass es in seinem Leben nicht mehr länger nur um ihn selbst geht. Stirbt er, hinterlässt er eine kleine Tochter, die ihren Vater nie kennenlernen durfte. Sie würde nie erfahren, wie sehr ihr Vater sie liebt und wie stolz sie ihn macht. Mit dieser lähmenden Angst fühlt er sich nicht mehr in der Lage ins Cockpit zu steigen und sein Leben für den Sieg zu riskieren«, informierte mich Toni in knappen Sätzen.

»Aber... « Mein Hals wurde mit einem Mal so trocken, dass meine Stimme brach. »Aber wenn Juan aufhört, dann bedeutet das ...«

»... dass Dante zum Stammfahrer vorrückt«, beendete Toni den Satz für mich.

»Oh mein Gott.« Ich sank kraftlos zurück auf den Stuhl. »Ihr wollt mich bloß veralbern. Das ist ein makabrer Scherz, oder? Toni, kneif mich mal bitte. Ich muss schnellstmöglich aus diesem fürchterlichen Albtraum erwachen.«

»Kein Witz und kein Albtraum«, versicherte mir Byron.

»Das ist zu viel für meine Nerven. Ich brauche frische Luft«, krächzte ich und verließ fluchtartig das Büro.

»Lief besser, als erwartet. Sie hat keinen von uns beiden tätlich angegriffen«, hörte ich Toni noch sagen.

»Wer sagt dir, dass sie sich nicht in diesem Moment eine Kalaschnikow besorgt und uns alle abknallt?«, entgegnete Byron.

Darüber sollte ich tatsächlich mal nachdenken. Schließlich befanden wir uns in Texas. Da sollte es nicht weiter schwer sein, an eine Kalaschnikow zu kommen.

10

DANTE

er Anruf des Arztes, der mir mitteilte, dass meine Schwester mit einem Blinddarm-durchbruch in Mailand im Krankenhaus lag und unverzüglich operiert werden musste, erreichte mich auf dem Weg zum Flughafen.

Ich war sofort zu ihr geeilt und hatte vor lauter Sorge das Handy im Wagen liegen lassen. Der ganze Papierkram, den so eine OP erforderte und die darauf-folgenden Stunden des Bangens hatten dafür gesorgt, dass der Flieger nach Texas ohne mich abhob.

Erst am späten Abend, als meine Schwester im Aufwachraum lag und ich mir auf dem Parkplatz eine Verschnaufpause gönnte, wurde mir bewusst, dass wahrscheinlich eine Menge Leute nach mir suchten und sich fragten, wo ich abgeblieben war.

Ein Blick auf das Display meines Handys bestätigte diese ungute Vermutung.

Ich schrieb Liam eine Nachricht und bat ihn, das Team über meine Verspätung in Kenntnis zu setzen. Liam gehörte zu den wenigen Menschen, denen ich vertraute. Er kannte mich seit wir drei Jahre alt waren. Er kannte meine Geschichte. Meine Dämonen. Die Geister der Vergangenheit, die mich jagten, die mich immer wieder überfielen und die mich zu schlechten Taten und zu noch mieserem Benehmen verleiteten.

Trotz allem war er all die Jahre nicht von meiner Seite gewichen. Hatte mich nicht verurteilt. Mich nicht im Stich gelassen, egal wie oft und wie sehr ich mich danebenbenahm.

Das rechnete ich ihm hoch an.

Eine eingehende Nachricht von Liam leuchtete auf dem Display auf, in der er mir versprach, das Team diskret über den Vorfall in Kenntnis zu setzen. Außerdem hatte er mir für den folgenden Tag ein Ticket nach Texas gebucht. In dem Wissen, dass meine Angelegenheiten im Hintergrund geregelt wurden, ging ich zurück ins Krankenhaus und setzte mich an das Bett meiner Schwester, um die Nacht an der Seite der einzigen Familienangehörigen zu verbringen, für die ich nicht vor zehn Jahren gestorben war.

Keine zwanzig Stunden später passierte ich übernächtigt und nachdenklich die Drehtüren des

Paddocks. Vor dem Motorhome traf ich auf eine sichtlich verärgerte Riley.

Die hatte mir jetzt gerade noch gefehlt.

Ich seufzte gequält und wappnete mich für ein weiteres Duell mit der Kratzbürste, die heute ihre figurbetonten Teamhosen gegen einen kurzen Rock getauscht hatte. Unauffällig ließ ich meinen Blick über ihre durchtrainierten, nackten Beine gleiten und entdeckte am Rocksaum den Ausläufer eines Tattoos.

Interessant.

Ob sie mir wohl erlaubte, den Rock anzuheben und das Tattoo ausführlich zu begutachten?

»Wie schön, dass auch du dich bequemt hast, anzureisen.«

Offensichtlich war das nicht der richtige Moment, um sie nach dem Tattoo zu fragen. Zu schade.

»Ich hatte zu tun.« In der Hoffnung, sie besänftigen zu können, setzte ich ein fröhliches Lächeln auf, das jedoch an ihrem grimmigen Gesichtsausdruck abprallte wie ein Tischtennisball von der Kante der harten Tischtennisplatte.

»Das hatte ich auch. Und zwar alle Hände voll.«

»Ich..«, setzte ich zu einer Erklärung an, doch Kenzie, Tonis Assistentin schob sich galant zwischen uns und zog mich sanft mit sich.

»Tut mir leid, dass ich euer Liebesbekenntnis unterbrechen muss, ihr Turteltäubchen, aber Toni will dich sprechen, Dante. Sofort.«

»Turteltäubchen? Liebesbekenntnis?«, stutzte ich. »Du hast einen gewöhnungsbedürftigen Sinn für Humor, Kenzie.«

»Vielleicht. Vielleicht auch nicht«, zwinkerte sie mir zu.

Riley entfernte sich mit einem ungläubigen Kopfschütteln.

Mit gemischten Gefühlen sah ich ihr hinterher. Bei der anhaltenden Sorge um meine Schwester hatte ich völlig verdrängt, dass ich nicht nur den Flug, sondern auch etliche Verpflichtungen in Texas verpasst hatte, die sie folglich ausbaden musste.

Kein Wunder also, dass sie sauer auf mich war. Sie dachte wahrscheinlich, dass ich mich irgendwo rumgetrieben, anschließend meinen Alkoholrausch ausgeschlafen und deswegen den Flug verpasst hatte. Dass diese Vermutung nahe lag, hatte ich mir selbst zuzuschreiben. Meine Vergangenheit sprach nicht gerade für mich.

Ich beschloss, alsbald mit Riley zu reden und mich bei ihr zu entschuldigen.

Dabei lagen Entschuldigungen eigentlich nicht in meiner Natur. Warum ich dieses Bedürfnis bei der Kratzbürste dennoch verspürte, war mir schleierhaft.

Als ich zwei Stunden später aus Tonis Büro trat, konnte ich kaum fassen, dass ich soeben mit Liams Unterstützung per Konferenzschaltung einen Vertrag für den Rest der Saison und einen Vorvertrag für zwei weitere Jahre bei *Titan Racing* ausgehandelt und unterschrieben hatte. Juan Sanchez' Entscheidung, nicht mehr in den Rennsport zurückzukehren, hatte die Tür für mich geöffnet. Die vermutlich letzte Tür meiner Rennsportkarriere in der *Serie del Rey*. Mit meinen fast dreiunddreißig Jahren war dies womöglich der letzte große Vertrag, den man mir anbot. Die letzte Chance, eine Weltmeisterschaft zu gewinnen. Denn auch wenn ich in meinen etlichen Jahren in der *Serie del Rey* viele Siege eingefahren hatte: Meine Dämonen hatten immer dafür gesorgt, dass ich die Chance auf den Fahrer-Weltmeisterschaftstitel zuverlässig vergeigte.

Der Vorvertrag war an meine Leistung während der verbleibenden Saisonrennen geknüpft. Überzeugte ich mit meiner Leistung und trug maßgeblich zum erhofften Teamweltmeisterschaftstitelgewinn von *Titan Racing* bei, wandelte sich der Vorvertrag automatisch in einen Festvertrag. Versagte ich, saß ich auf der Straße. Nicht, dass ich wortwörtlich auf der Straße sitzen würde. Dank der Millionen auf meinem Bankkonto, würde ich weich fallen und nie wieder in meinem Leben arbeiten müssen, aber darum ging es mir nicht. Es ging mir in erster Linie um den Weltmeistertitel der Fahrer.

Ich wollte ihn! Unbedingt!

Dieses Jahr lag ich aufgrund der sechs Rennen, die ich zu Beginn der Saison verpasst hatte, in der Fahrerwertung zu weit hinter Tom Clark und den Fahrern der *Roaring Bulls* und *Racing Rosso*. Doch wenn ich es schaffte, mir zwei weitere Saisons mit *Titan Racing* zu sichern, hätte ich nicht nur eine, sondern zwei letzte

Chancen, den Weltmeistertitel der Fahrer in Angriff zu nehmen.

Ich würde mir diese Möglichkeit nicht entgehen lassen. Koste es, was es wolle.

Am frühen Abend verließ ich gerädert und hundemüde das Motorhome, das den verschiedenen Teams in Übersee von den Rennveranstaltern gestellt wurde und deshalb meist viel kleiner ausfiel, als das teameigene Motorhome, das wir während der Europarennen nutzten.

Die aufwühlenden Stunden am Bett meiner Schwester, der lange Flug, der Jetlag, die aufregenden Neuigkeiten, die stundenlangen Meetings mit den Ingenieuren und die komplexe Datenanalyse, forderten ihren Tribut.

Auf dem Weg zu meinem Wagen kam mir Riley entgegen. Statt ihrer Teamuniform trug sie tief auf den Hüften sitzende schwarze Jeans, Bikerboots, ein schwarzes Tanktop mit großzügigem V-Ausschnitt und einen ebenso schwarzen Helm in der Hand.

»Machst du jetzt einen auf *Easy Rider*?«, begrüßte ich sie neckend, um mir nicht anmerken zu lassen, wie heiß ich ihr Outfit in Wirklichkeit fand.

Sie warf mir einen missbilligenden Blick zu und ging wortlos an mir vorbei in Richtung Paddock-Ausgang.

Ich beeilte mich, mit ihr Schritt zu halten und musste fast schon rennen.

Das sexy Bikermädchen war ziemlich flott unterwegs.

»Hey, ich würde gerne einen Moment mit dir reden. Hast du vielleicht kurz Zeit?«, versuchte ich es auf die freundliche Tour.

»Nein. Ich habe ein Date.«

»Ach, echt?«

»Ja, echt.«

»Mit einem Menschen?«

»Mit einem Mann um genau zu sein. Er heißt Tim und ist ein feiner Kerl.«

»Im Gegensatz zu mir?«

»Im Gegensatz zu dir.«

»Du hast echt ein Date?«

Riley stieß einen empörten Laut aus. »Ist das so schwer zu glauben?«

Ich biss mir auf die Zunge und widerstand der Versuchung, sie aufzuziehen. Stattdessen ermahnte ich mich, dass ich mich bei ihr entschuldigen und sie nicht noch weiter verärgern wollte.

»Natürlich nicht. Ich dachte nur, dass du zurzeit viel um die Ohren hast ...«

»Dank dir, ja.«

»Genau darüber wollte ich mit dir reden.«

»Ich weiß Bescheid, Dante.«

»Ach, echt?«

»An deinem Wortschatz sollten wir schleunigst arbeiten. Der ist ziemlich begrenzt.«

»So wie deine Auffassungsgabe. Sieh an, da haben wir tatsächlich etwas gemeinsam.«

Riley blieb stehen und funkelte mich an. »Hör zu, ich weiß, dass sie deinen Vertrag verlängert haben und ich dich noch mindestens bis zum Ende der Saison ertragen muss. Falls du also gekommen bist, um mir das unter die Nase zu reiben: Spar es dir.«

Sie hielt ihren Ausweis an den Scanner der Drehtür und verließ den Paddock.

Ich tat es ihr gleich.

»Das ist es nicht, was ich dir erzählen wollte.«

»Ach nein? Was dann?«, rief sie über ihre Schulter, setzte ihren Helm auf und stieg auf eine schnittige Harley Davidson.

»Darüber, warum ich den Flug verpasst habe ...«, begann ich, doch Riley hatte den Zündschlüssel in der Maschine umgedreht.

Der Motor der Harley erwachte mit einem lauten Brüllen zum Leben.

Bedauernd deutete Riley auf ihre Ohren. »Sorry, ich kann dich nicht verstehen«, formte sie mit ihren Lippen und hob die Hand zum Gruß. Routiniert klappte sie mit dem Fuß den Ständer des Bikes hoch und fuhr los.

Wie ein Depp stand ich vor meinem Wagen, umhüllt von der Staubwolke, die Rileys Abgang auf dem Parkplatz hinterlassen hatte.

11

RILEY

Die Erinnerung an Dantes verblüfften Gesichtsausdruck ließ mich kichern, als ich langsam die engen Gassen entlangfuhr, die mich vom Paddock auf die Zuschauerparkplätze und von dort auf den Highway führten.

Die kleine Abreibung geschah ihm ganz recht.

Doch ich war noch nicht weit gekommen, als hinter mir plötzlich lautstark die Melodie von *Steppenwolfs* Song »Born to Be Wild« ertönte. Jeder, der den Motorrad-Kultfilm *Easy Rider* aus den späten sechziger Jahren gesehen hatte, kannte dieses Lied.

Irritiert drehte ich mich um, um den Urheber dieser Beschallung auszumachen.

Dante.

Natürlich.

Er winkte mir unbekümmert zu und fuhr neben

mich, einen Arm lässig aus dem Fenster seines Ange-
ber-SUVs hängend.

»Was soll das?«, signalisierte ich ihm.

»Was meinst du? Ich kann dich so schlecht verstehen«, schrie er und drehte die Lautstärke weiter hoch.
Er grölte in bester Laune den Refrain des Songs und
schenkte mir ein strahlendes Lächeln.

Ich zeigte ihm den Vogel und gab Gas.

Was für ein Schwachkopf.

Leider hatte ich mich zu früh gefreut. Wie sollte es
anders sein: Die Ampel am Ausgang der Rennstrecke
zeigte mir die rote Karte und verdonnerte mich dazu,
auf die Grünphase zu warten. Zwei Sekunden später
rollte Dantes Wagen neben mich, aus dem noch immer
Steppenwolfs Welthit drang.

Ich riskierte einen flüchtigen Blick in Dantes Rich-
tung, der mir in diesem Moment eine Kusshand zuwarf.
»Fahr vorsichtig, Puppe. Wäre schade um das schöne
Bike«, rief er. Dann brauste er davon und ließ mich in einer
Staubwolke an der mittlerweile grünen Ampel stehen.

Idiot!

Als ich drei Stunden später auf den Parkplatz des
Teamhotels rollte und das Motorrad an einem ruhigen
Seiteneingang abstellte, fühlte ich mich noch genauso
gestresst, wie drei Stunden zuvor. Die Gesellschaft von

Tim hatte nicht zu meiner Entspannung beigetragen. Im Gegenteil. Mit jeder Stunde, die verstrich, steigerte sich meine Rastlosigkeit.

Frustriert nahm ich den Helm ab und schüttelte mein Haar über dem Kopf aus.

»Na, wie lief das Date?«, ertönte eine Stimme aus der Dunkelheit.

Erschrocken zuckte ich zusammen und wirbelte herum.

Zwar konnte ich lediglich eine rote Glut erkennen, die unweit der Betonwand aufleuchtete, doch der Besitzer dieser tiefen, sarkastischen Stimme war mir durchaus bekannt.

»Was hast du hier zu suchen? Du hast mich fast zu Tode erschreckt.«

»Ich entspanne.«

»Ist das etwa eine Zigarette in deiner Hand?«

»*Easy Rider* hat mich daran erinnert, wie geil die Dinger sind.«

»Du willst mir nicht erzählen, dass du dir gerade einen Joint reinziehst?«

»Nein, natürlich nicht. Das verträgt sich nicht so gut mit dem LSD, das ich eben geschluckt habe.«

»*Was?*«

»Kleiner Scherz. Bleib doch mal locker.«

»Ich *bin* locker.«

»Das wärst du nach einem dreistündigen Date mit mir bestimmt. Aber anscheinend besitzt dein Auserwählter nicht meine Fähigkeiten.«

»Sag mal, hat dein Ego eigentlich mit dir ins Flugzeug gepasst, oder musstest du dafür ein zweites Flugzeug chartern?«

»Sehr witzig. Also, wie war das Date? Lass hören.«

»Das geht dich nichts an.«

»Erzählst du es mir trotzdem?«

»Nein. Und jetzt wirf' endlich den Joint weg.«

»Das ist kein Joint. Bloß eine Menthol Zigarette zum Runterkommen. War einiges los in den letzten Tagen.«

»Wem sagst du das.«

»Willst du mal ziehen?«

»Nein.«

»Sicher?«

»Ich will meine eigene Menthol Zigarette.«

»Ich gebe dir eine, wenn du mir erzählst, wie dein Date gelaufen ist.«

»Wieso in aller Welt interessiert dich das?«

»Willst du den Ersatzjoint nun oder nicht?«

Ich seufzte resigniert und ging auf Dante zu. »Gib schon her.«

Die Flamme von Dantes Feuerzeug durchzuckte für einen winzigen Moment die Dunkelheit. Lange genug, um mein Herz bei dem Anblick dieses teuflisch attraktiven Mannes in lässigen Jeans und Holzfällerhemd einen ungesunden Salto machen zu lassen.

»Komm und hol sie dir.« Auffordernd hielt er sie mir hin.

Ich streckte meine Hand danach aus, doch er zog die Zigarette weg. »Du hast deinen Teil des Deals noch nicht erfüllt.«

»Echt jetzt? Also schön. Es war nett, okay? Und nun

gib schon her.« Ich entriss ihm ungeduldig die Zigarette und zog daran.

»Nett? Es war *nett*?«

»Ja, es war nett.« Entnervt rollte ich die Augen.

»Nett ist die kleine Schwester von Scheiße. Das weißt du, oder?«

»In deiner Welt vielleicht. Bei mir bedeutet nett eben ...« Ich suchte nach dem richtigen Wort. »... nett.«

»Also scheiße.«

»Nein verdammt.«

»Gehst du mit dem Typ ins Bett?«

»Ich bin eindeutig zu nüchtern für diese Unterhaltung. Und außerdem bin ich nicht im Dienst. Wieso unterhalte ich mich überhaupt mit dir? Reine Zeitverschwendung.«

Kopfschüttelnd drehte ich mich um und wollte davonstiefeln, doch Dante packte mich am Arm und zog mich mit einer kraftvollen Bewegung zu sich.

Bevor ich mich versah, hatte er mich mit seinem Becken an der Wand fixiert. Er umfasste mein Kinn mit seiner rechten Hand und platzierte seine linke Hand auf meiner Taille. Erschrocken ließ ich meine Zigarette fallen.

Das konnte doch nicht ...

Was in aller Welt ...

»Was zur ...«

Weiter kam ich nicht. Denn Dantes Lippen legten sich auf die meinen und entfachten in meinem Körper eine Explosion, neben der Tschernobyl wie harmloser Konfettiregen aussah.

Ich gab einen überraschten Laut von mir und schnappte empört nach Luft.

Ein fataler Fehler.

Denn Dantes Zunge glitt in meinen Mund und ging furchtlos auf Wanderschaft. Mein Körper sandte hektische Stromstöße Richtung Süden und augenblicklich wurde ich feucht. Dantes Hand wanderte von meiner Taille zu meinem Po, knetete ihn lustvoll. Seine steinharte Erektion drückte gegen meinen Bauch. Sein Stöhnen drang in meinen Mund. Seine Hitze brannte sich in meine Haut. Er schmeckte nach Menthol und nach purem Sex. Er schmeckte nach mehr. So viel mehr.

»Na, wie fühlt sich das an?«, flüsterte er erregt an meinen Lippen.

Seine Frage holte mich schlagartig zurück auf den Boden der Tatsachen und erinnerte mich daran, von wem ich mich hier gerade überfallen ließ.

Von wem und vor allem, *wo*.

Vor dem Teamhotel!

In der verflixten Öffentlichkeit!

Entsetzt machte ich mich von Dante los und verpasste ihm eine schallende Ohrfeige.

»Sag mal spinnst du? Was soll denn das?«, fuhr ich ihn an.

Dante rieb sich breit grinsend die Wange. »Ich wollte dir den Unterschied zwischen nett und geil zeigen. Hat's funktioniert?«

»Nein. Du küsst total beschissen.«

»Ach ja?« Dantes Augenbrauen schossen sarkastisch in die Höhe. »Reibst du dich an jedem, der beschissen küsst oder hast du's einfach nur extrem nötig?«

Ich holte aus, um ihm eine zweite Ohrfeige zu verpassen, doch er fing den Schlag gekonnt ab und presste seine Lippen erneut auf die meinen. Mit einem zornigen Knurren fasste er in meine Haare, zog ungnädig daran und zwang mich so, den Kopf zu neigen und ihm Einlass zu gewähren.

Ich wand mich widerwillig unter seinem rohen Kuss. Doch binnen Sekunden löste sich mein Widerstand in Luft auf und ich ertrank in einem wilden, gefährlichen und siedend heißen Strudel der Leidenschaft.

Meine Hände glitten wie fremdgesteuert in Dantes Haar, hielten seinen Kopf fest, um ihn daran zu hindern, von mir abzulassen. Er erwiderte es, indem er meinen Po besitzergreifend umfasste.

»Ich kann dich nicht ausstehen«, wisperte ich zwischen zwei Küssen. »Nur, dass das klar ist.«

»Ich dich auch nicht. Du nervst tierisch«, raunte Dante und biss in meinen Hals.

»Das fühlt sich furchtbar schlecht an«, stöhnte ich atemlos, aber die Gänsehaut auf meinen Armen sprach Bände.

Schwer atmend ließ Dante irgendwann von mir ab und nagelte mich mit seinem glühenden Blick förmlich an die Wand. »Immer noch beschissen?«

Ich nickte zustimmend und verbarg meine Hände eilig hinter dem Rücken.

Sie zitterten.

Genauso wie meine Beine, in denen jemand heimlich sämtliche Muskeln mit Wackelpudding ausgetauscht hatte.

»Kein Wunder, dass keine Frau länger als eine Nacht bei dir bleibt. Wenn du im Bett so mies bist, wie du küsst, wundert es mich, dass du überhaupt eine Frau abbekommst.«

Dante sah mich einen Moment lang ungläubig an. Dann begann er lauthals zu lachen. Seine Ohrringe klirrten leise und sein herzhaftes Lachen drang direkt zwischen meine Beine. Ich bohrte mir meine Fingernägel in die Handflächen, um ihn nicht für einen weiteren Kuss an mich zu ziehen.

Zum Glück trug ich eine Hose. Denn andernfalls hätte sich unter mir mittlerweile eine Wasserlache gebildet. Ich war so feucht, dass ich den Saft, der an meinen Oberschenkeln herabrann, spüren konnte.

Wie zur Hölle machte der Mistkerl das?

Allein seine Küsse waren besser als jeder Sex, den ich bisher in meinem Leben gehabt hatte.

Dante beruhigte sich nur langsam von seinem Lachanfall, was mir die Chance bot, mich zu sammeln und meinen Schutzpanzer aus Stahl hochzufahren.

Leider schien der Stahlpanzer unter Dantes Lachen zu schmelzen.

»Das hast du falsch verstanden, Riley. Ich bin es, der keine Frau länger als eine Nacht beglücken kann, weil ich es als meine Pflicht ansehe, so vielen Frauen wie möglich zur Ekstase zu verhelfen.«

»Du Gutmensch«, entgegnete ich sarkastisch.

Dante ließ seine Hand durch mein Haar gleiten und zwinkerte mir zu.

Ich wollte gehen. Ich sollte gehen. Aber meine Beine ließen es nicht zu. Sie waren so zittrig, dass ich mich an der Wand anlehnen musste und Dante weiterhin ausgeliefert blieb.

»Irgendwann landet jede Frau in meinem Bett, Riley. Ohne Ausnahme.«

In seinen Augen lag eine Überzeugung, die mich erschaudern ließ.

Verzweifelt suchte ich tief in mir nach dem letzten bisschen Würde.

Wo war die Feministin in mir, wenn man sie brauchte?

»Träum weiter, du Egomane. Wie wär's, wenn du dich jetzt aus dem Staub machst und mich in Ruhe lässt?« Ich bemühte mich um einen gleichgültigen Tonfall und klopfte mir innerlich auf die Schulter, weil es mir tatsächlich gelang.

»Wieso gehst du denn nicht? Ich war schließlich zuerst hier«, widersprach Dante nicht minder gleichgültig.

Mist.

»Ein Gentleman bist du nicht gerade.«

»Und ob ich das bin. Ich kann eine hübsche, wehrlose Frau nicht allein in einer dunklen Ecke vor dem Hotel stehen lassen. Jemand könnte versuchen, sie zu sich zu locken und an sich zu reißen.«

»So wie du?«

Dante schenkte mir ein schiefes Grinsen. »Gib's zu, der kleine Vorgeschmack hat dir gefallen, Babe.«

Ich schüttelte den Kopf über die Absurdität dieser Situation.

Das hier war falsch.

Absolut falsch.

Es mochte sich vielleicht richtig anfühlen. Aber das war es nicht.

Entschlossen straffte ich meine Schultern. »Nein. Hat es nicht. Und jetzt Schluss mit dem Quatsch. Ich bin für dich und deinen Ruf verantwortlich. Wir *arbeiten* zusammen. Also sollten wir das hier schleunigst vergessen und dafür sorgen, dass es nie wieder vorkommt.«

Ich drehte mich auf dem Absatz um und stützte mich an der Wand ab, während ich zielstrebig auf den Seiteneingang des Hotels zusteuerte.

Hinter mir vernahm ich Dantes leises Lachen.

»Nacht, Riley. Schlaf gut. Wir sehen uns bestimmt in deinen Träumen.«

»In meinem schlimmsten Albtraum.«

Ich ignorierte Dantes bohrenden Blick in meinem Rücken und schaffte es einigermaßen elegant durch die Tür.

Puh! Das wäre geschafft.

Einen Drink.

Ich brauchte jetzt ganz dringend einen Drink. Oder zwei. Drei. Vier?

Mit letzter Kraft hievte ich mich zur Bar.

»Hey Süße. Alles klar bei dir? Du siehst so blass aus?« Dakota ließ sich neben mir auf den Stuhl gleiten und hielt mir besorgt ihre Hand gegen die Stirn. »Du glühst ja. Ich glaube du hast Fieber.«

»Kein Fieber.«

»Doch, ich denke schon. Damit ist nicht zu spaßen, Riley. Deine Augen glänzen ebenfalls fiebrig. Da hast du dir wohl was eingefangen.«

»Allerdings«, schnaubte ich und vergrub das Gesicht in meinen Händen. »Ich habe Dante geküsst.«

Dakota prustete los und bestellte zwei Mojitos für uns. »Ich war heute definitiv zu lange auf den Beinen. Mein Verstand arbeitet nur noch im Sparmodus und beginnt, mir seltsame Streiche zu spielen. Ich hätte schwören können, dass du gesagt hast, du hättest Dante geküsst.«

Langsam drehte ich den Kopf zu Dakota, die dankend die Drinks vom Barkeeper entgegennahm und mir mitfühlend meinen Cocktail zuschob. Doch dann blieb ihr Blick an meinem hängen und sie hielt abrupt inne. Sämtliche Gesichtszüge entglitten ihr und sie schlug sich fassungslos die Hände vor den Mund, um nicht laut loszuschreien.

»Scheiße! Du *hast* Dante geküsst.«

»Eigentlich hat er mich geküsst.«

»Er hat dich geküsst und du hast ihn weggestoßen und ihm die Meinung gegeigt?«

Ich rutschte unbehaglich auf meinem Stuhl hin und her. »Naja, fast. Um ehrlich zu sein, hat er mich geküsst, ich habe mitgemacht, dann habe ich ihn weggestoßen und ihm die Meinung gegeigt.«

»Oh. Mein. Gott.« Dakota zog ihr Handy aus der Handtasche und begann apathisch darauf einzutippen.

»Was machst du da?«

»Na was wohl? Krisensitzung. Ich trommele die Mädels zusammen.«

»Bitte nicht. Das halte ich nicht aus.«

Dakota zog einen Mundwinkel in die Höhe und tippte unbeeindruckt weiter. »Das, meine Liebe, hättest du dir überlegen müssen, bevor du *Il Diavolo* zurückgeküsst hast. Denn jetzt wirst du uns alle an diesem Planeten bewegenden Ereignis teilhaben lassen.«

»Aber ich ...«

»Ah, ah, ah! Sei nicht so egoistisch. Nicht alle haben das Glück, von dem mit Abstand heißesten Fahrer der *Serie del Rey* abgeknutscht zu werden. Also wirst du uns jedes noch so kleine, schmutzige Detail verraten, damit wir für unsere nächste einsame Nacht genügend Kopfkino Material sammeln können.«

12

DANTE

Das Gift der Schwarzen Mamba war in meine Nervenbahnen gelangt und hatte sich gebündelt in meinem Lustzentrum gesammelt, wo es dafür sorgte, dass mein Schwanz auf ein Rekordlevel anschwoll und unangenehm pochend gegen meinen Reißverschluss drückte.

Ich ignorierte den Schmerz.

Denn das auf Hochtouren laufende Karussell in meinem Kopf und der daraus resultierende Schwindel bereiteten mir viel größere Sorgen.

Wieso um alles in der Welt hatte ich die Giftschlange geküsst?

Die mit Abstand nervigste, unerträglichste und bedrohlichste Frau, der ich jemals begegnet war? Selbst meine furchteinflößende Schwester erschien mir neben Riley wie ein unschuldiger, süßer Engel.

Und wieso zur Hölle hatten mich die Küsse angetörnt? Mich erregt? Mich berauscht?

Heilige Scheiße! Wenn ich es nicht besser wüsste, hätte ich glatt behauptet, dass ich auf diese Frau stand. Auf die Frau, die mir regelmäßig den Fuß in den Hintern trat, mir die Eier langzog und mich bis auf die Knochen verfluchte.

Unmöglich.

Ich kannte meine sexuellen Vorlieben. Eine masochistische Sub-Fantasie gehörte nicht dazu.

Trotzdem wäre ich Riley am liebsten hinterhergelaufen und hätte mich weiterhin ihren wüsten Beschimpfungen und Beleidigungen hingegeben, wenn mir das Zugang zu ihrem Bett und zwischen ihre Beine gewährt hätte.

Ich musste übermüdet sein. Am Rande des Kollapses. Anders ließen sich diese abstrusen Gedankengänge und mein irrationales Handeln nicht erklären. Und auch nicht das lächerliche Bedürfnis, draußen herumzulungern und mich zu vergewissern, ob Riley von ihrem Date nach Hause kam oder über Nacht blieb.

Ein Blick auf die Uhr bestätigte mir, dass es höchste Zeit war, ins Bett zu gehen, wenn ich am morgigen Tag fit sein wollte. Und jetzt, da ich ein konkretes Ziel vor Augen hatte, würde ich alles daransetzen, dieses Ziel zu erreichen.

Das Ziel war selbstverständlich der Weltmeisterschaftstitel. Riley mit meinem fahrerischen Können zu beeindrucken und ihr anschließend das schlüpfrige Höschen mit den Zähnen auszuziehen, gehörte nicht dazu.

Gedankenversunken schlenderte ich zum Aufzug und stieß dabei fast mit Allegra, Skye und Kenzie zusammen, die soeben um die Ecke bogen und zielstrebig auf die Bar zusteuerten.

Frauen. Man musste sie nicht verstehen ...

Am Freitag standen keine PR-Termine auf dem Plan. Der Freitag war normalerweise den Trainingsläufen auf der Strecke und den Meeting-Marathons mit den Ingenieuren vorbehalten. Deswegen bekam ich Riley nur von weitem zu Gesicht.

Nicht, dass ich nach ihr Ausschau gehalten hätte. Im Gegenteil. Jeder Tag ohne die Kratzbürste in meiner Nähe, glich einem Fest.

Als sie mich am Samstag nach der Qualifikation zur Pressekonferenz abholte, vermied sie es, mich anzusehen und blickte stattdessen konzentriert auf ihr Handy.

»Hi Babe. Wie geht's?«

»Nenn mich nicht so.«

»Okay. Wie du willst. Hi Süße. Wie geht's?«

Endlich sah sie auf und bedachte mich mit dem einzig für mich reservierten tödlichen Eispickelblick. Ich grinste zufrieden.

»Was hältst du davon, dass ich heute die *Pole Position* eingefahren habe?«

»Du bekommst von *Titan Racing* sehr viel Geld als Belohnung dafür, dass du genau das tust, Dante.«

»Belohnung? Das klingt toll. Wie wäre es, wenn du mich ebenfalls belohnst?«

Ein beinahe unsichtbares Zittern ging durch Rileys Körper. Hätte ich nicht genau ihre Reaktion beobachtet, wäre es mir entgangen. Aber nun wusste ich, dass meine zweideutige Bemerkung sie genauso wenig kalt ließ, wie mich die Vorstellung davon, wie diese Belohnung konkret aussehen könnte.

Ganz die Eiskönigin antwortete sie, »Vor dir liegen ungefähr zwanzig Interviews. Wieso schonst du nicht deine Stimmbänder und belohnst mich und dich mit erholsamer Stille?«

Meine Mundwinkel zuckten verräterisch und es kostete mich einiges an Willenskraft, die unterkühlte Riley nicht in die nächstbeste Ecke zu drängen, das Feuer der Leidenschaft in ihr zu entfachen und mir meine Belohnung einfach zu nehmen. Ich würde meine Millionen darauf verwetten, dass ich die eisige Kälte in ihrer Stimme binnen Sekunden in heißes, hilfloses Stöhnen verwandeln könnte.

»Stille? Das wäre doch langweilig.«

»Ich stehe auf langweilig.«

»Ich weiß. Deswegen gehst du auch mit der Niete aus.«

»Wer hier die Niete ist, haben wir ja neulich Abend gesehen.«

»Du bist keine Niete, bloß weil du vor meinen Küssen geflüchtet bist. Ich verstehe schon, dass sich das erschreckend gut angefühlt haben muss und du deine Gefühle erst mal in sicherem Abstand sortieren musstest. Ich habe eben diese Wirkung auf Frauen.«

Rileys blitzende Augen bewegten sich irgendwo zwischen Tobsuchtsanfall und Lachkrampf.

»Ich bin vor deinen Küssen geflüchtet, weil sie echt scheiße waren, Cowboy. Nass, schleimig und lahm. Aber ich bin bestimmt nicht die erste Frau, die dir das sagt. Schließlich bleibt keine länger als eine Nacht bei dir.«

»Ich hatte dir doch bereits erklärt, wie das mit den Frauen und mir ist ...«

»Wollen wir uns gegenseitig belohnen?«, unterbrach mich Riley und sah unter halb gesenkten Augenlidern zu mir auf.

Oh yes, Baby.

»Eine ausgezeichnete Idee. Könnte glatt von mir stammen. Was schwebt dir da so vor?«

Mein Kopfkino schaltete sich augenblicklich ein und bei dem nicht jugendfreien Film, der sich vor meinem inneren Auge abspielte, seufzte ich.

Alles leugnen half nichts.

Ich stand auf den ständigen Schlagabtausch mit ihr.

Und auf sie.

Ich stand tatsächlich auf die verdammte Eiskönigin.

Im Gegensatz zu all den Frauen vor ihr, ließ sie sich von meinem Charme nicht um den Finger wickeln. Meine zweideutigen Bemerkungen verunsicherten sie nicht. Mein Promistatus beeindruckte sie nicht. Sie stand felsenfest in der Brandung, egal wie stark die

Wellen gegen sie prallten und egal auf welcher Skala der Wind tobte.

Die Frau war eine Hammerbraut.

Unabhängig. Willensstark. Souverän. Selbstsicher. Hochintelligent. Und höllisch sexy.

»Du schweigst und ich schweige. Die ultimative Belohnung. Deal?«

»Ich dachte eher ...«

Bevor ich meinen schmutzigen Gedanken aussprechen konnte, wurden wir von einer Gruppe aufgeregter Fans umringt, die mich mit flehenden Augen um Fotos und Autogramme baten.

Daran, dass Menschen mich als ihr Idol bezeichneten und sich um ein Foto mit mir rissen, würde ich mich wohl nie gewöhnen.

Riley lächelte den Fans freundlich zu und bot ihnen an, die Fotografin zu spielen. Neiderfüllt bemerkte ich das herzliche Lächeln, mit dem sie die Gruppe bedachte und wünschte mir nichts sehnlicher, als dass sie auch mir dieses Lächeln schenkte.

Doch als sie meinen Blick auffing, erlosch das Lächeln auf ihrem Gesicht.

Was hatte ich dieser Frau nur getan, dass sie mich dermaßen verabscheute?

Und wieso sprach ihr sinnlicher Körper eine völlig gegensätzliche Sprache?

13
RILEY

Als ich Dante am Sonntagmorgen zur Fahrerparade begleitete, stand dort bereits der offene Truck, der alle zwanzig Fahrer der *Serie del Rey* auf seiner Ladefläche einmal langsam um die Strecke fuhr, wo die Fans ungeduldig darauf warteten, einen Blick auf ihre Idole erhaschen zu können.

Stirnrunzelnd betrachtete ich den grauen Himmel. Glaubte man dem Wetterbericht, so würde es während des heutigen Rennens zu regnen beginnen. Ein Regenrennen bedeutete jede Menge Action für die Zuschauer und ein hohes Unfallrisiko für die Fahrer.

Und Rennunfälle bedeuteten Verletzungen. Krankenhaus. Operationen. Koma. Bisweilen sogar den Tod.

»Alles in Ordnung mit dir? Du wirkst schon den ganzen Tag abwesend«, flüsterte Dante kaum hörbar neben mir und streifte mit seiner Hand scheinbar beiläufig meinen Ellenbogen.

Ich unterdrückte ein wohliges Schnurren und verbot mir, mich in der Hoffnung nach mehr Streicheleinheiten, an ihn zu drängen.

Er ist der Feind, rief ich mir ins Gedächtnis. *Der frauenverschlingende, respektlose, arrogante und verantwortungslose Männeralbtraum einer jeden erwachsenen Frau.*

»Alles in bester Ordnung. Dein Eindruck täuscht«, gab ich kurz angebunden zurück und setzte ein hoffentlich überzeugendes Lächeln auf.

»Jetzt weiß ich ganz sicher, dass etwas nicht stimmt.« Dante blieb stehen und überkreuzte gelassen die Arme vor der Brust.

»Können wir bitte weitergehen? Die anderen Fahrer warten auf dich«, bat ich und sah mich nervös um.

Uns umringten gefühlt einhundert Fotografen und TV-Kameras. Ich würde mich ungern auf eine Diskussion mit Dante einlassen, während uns die halbe Welt dabei zusah.

»Erst wenn du mir sagst, warum du schon den ganzen Morgen so nervös rumzappelst. Ist etwas mit deiner Familie?«

»Was? Wieso? Nein.« Verwundert schüttelte ich den Kopf. »Wieso denkst du überhaupt, dass etwas nicht stimmt?«

»Weil du mich eben angelächelt hast. Das tust du sonst nie. Also bist du eindeutig krank oder etwas bereitet dir Sorgen.«

Dante zog abwartend die linke Augenbraue hoch

und ignorierte den hupenden Truck, auf dem die anderen Fahrer demonstrativ auf ihre teuren Armbanduhren tippten.

»Ich habe Zeit.«

»Hast du nicht. Würdest du die Uhr von *Chasseur & Cie* tragen, wie es in deinem Vertrag steht, wüsstest du das.« Ich schob Dante in Richtung des Fahrertrucks, doch der Mistkerl stemmte die Hufe wie ein sturer Esel in den Boden und bewegte sich keinen Zentimeter.

Mit einem entnervten Seufzen kapitulierte ich. »Also gut. Ich mache mir Gedanken um das Wetter. Es soll während des Rennens regnen. Zufrieden? Jetzt geh' schon!«

»Na und?« Dante sah mich verständnislos an und blendete die Rufe der anderen Fahrer gekonnt aus.

»Da kann viel passieren ... Unfälle und so«, klärte ich ihn schulterzuckend auf.

In Dantes irritierten Blick stahl sich bei meiner Aussage ein übermütiges Funkeln. »Du machst dir Sorgen um *mich*! *Ich* bin der Grund deiner dich lähmenden Angst. Der Ursprung deines seelischen Leids. Der Urheber deiner nervös dreinblickenden Äuglein.«

Ich lief an ihm vorbei in Richtung Fahrertruck und zwang ihn so, mir zu folgen.

»Sehr witzig, du Spinner. Ich sorge mich nicht um dich, sondern um das Resultat für das Team. Wenn einer oder beide unserer Fahrer in einen Unfall verwickelt werden oder gar ausfallen, kostet uns das viele Punkte in der Weltmeisterschaft.«

»Deine Sorge hat also rein gar nichts mit meinem Wohlbefinden zu tun?«

»Natürlich nicht.«

»Und wenn ich dort draußen verunglücke, wärst du dann traurig?«

»Womöglich ein kleines bisschen.«

»Wie klein?«

Ich hob meine Hand und spreizte meinen Zeigefinger etwa einen Zentimeter über meinem Daumen. »So viel.«

»Wow, das ist echt viel. Mehr als ich erwartet hatte.«

»Du denkst eindeutig zu viel. Wieso steigst du nicht endlich in diesen Truck und überlässt das Denken mir?«

»Nur wenn du dabei an mich denkst.«

»Das tue ich. Daran, wie du vom kalten Regen durchnässt wirst, während ich dir aus der warmen und überdachten Garage dabei zusehe. Herrlich. Das nennt man wohl Karma.«

»Trocknest du mich nach dem Rennen ab? Wir könnten auch zusammen unter die warme Dusche springen und du hilfst mir dabei, mich aufzuwärmen?«

»Steig einfach ein, Dante.«

»War das ein *Ja*?«

»Nein.«

»Ich frage dich nachher nochmal.«

»Kann es kaum erwarten.«

»Ich weiß, Babe.«

»Nenn mich nicht so!«

»Okay, Süße. Bis später.«

Zehn Runden nach dem Rennstart begann es wie erwartet zu regnen. Zunächst tröpfelte es nur, doch das änderte sich fünf Runden später. Nach drei weiteren Runden war die Rennstrecke völlig durchnässt. Obwohl beide Fahrer gestoppt und auf Regenreifen gewechselt hatten, fiel es ihnen und dem Rest des Fahrerfelds schwer, die Boliden auf der Strecke zu halten.

»Geht's dir gut, Riley?«

Allegra hatte soeben eine Gästegruppe in den exklusiven Besucherbereich der Garage gebracht und gesellte sich nun zu mir und den Mechanikern, die konzentriert das Renngeschehen beobachteten.

»Wieso fragt mich das heute jeder? Mir geht's super.«

»Hast du Angst, dass Dante etwas zustoßen könnte?«

»Quatsch, absolut nicht«, verneinte ich eilig.

Zu eilig.

Allegra warf mir einen vielsagenden Blick zu und ich errötete.

»Na gut. Eventuell ein kleines bisschen. Aber verrate es niemandem.«

»Er ist ein sehr erfahrener Rennfahrer. Er kommt nach Hause, okay?«

Sie griff nach meiner Hand und hielt sie fest. Eine

beruhigende Wärme durchströmte mich und ich begann mich langsam zu entspannen.

Als die Boxenmauer von *Titan Racing* eingeblendet wurde und die Kamera auf Toni und Byron zoomte, umklammerte Allegra meine Hand fester.

»Wie läuft es mit Byron?«, fragte ich sie hoffnungsvoll.

Ihre traurige Miene sprach Bände.

»Vielleicht redest du nochmal mit ihm?«

»Es ist alles gesagt.«

»Wirklich?«

Allegra zuckte mit den Schultern. »Er hat von Anfang an klar gemacht, dass es zwischen uns nur Sex geben wird. Keine Liebe. Ich kann ihm also keinen Vorwurf machen. Ich bin die dumme Kuh, die sich trotz seiner unmissverständlichen Ansage in ihn verliebt hat.«

»Du konntest doch nicht wissen, dass du Gefühle für ihn entwickeln würdest. Sei nicht so hart zu dir«, mahnte ich sie.

»Weißt du Riley, ich bin mittlerweile der Meinung, dass Sex ohne Gefühle etwas ist, das bloß Männer beherrschen. Bei uns Frauen schleichen sich beim Sex früher oder später immer Gefühle ein. Ob wir es nun wollen oder nicht, wir können es nicht verhindern.«

Allegras Worte hallten laut in meinen Gedanken nach, während ich still neben ihr stand und wir uns tröstend an den Händen hielten. Vor mir verfolgte ich Dante auf dem Fernseher mit klopfendem Herzen dabei, wie er das chaotische Regenrennen souverän

anführte und es schließlich nach beinahe zwei nerven-
aufreibenden Stunden gewann.

14
DANTE

Der Grand Prix von Mexiko gehörte seit jeher zu meinen liebsten Rennen. Das lag zum einen daran, dass in mir als Halb-Argentinier lateinamerikanisches Blut floss. Zum anderen schrieb ich es der phänomenalen Stimmung an der Strecke und dem fantastischen Essen dieses Landes zu. Während dieses Grand Prix Wochenendes seilte ich mich regelmäßig ab und erkundete auf eigene Faust *Mexico City*. Das gefiel den Bodyguards, die uns während dieser Tage zur Seite gestellt wurden, eher weniger. Deswegen wachten sie mit Argusaugen über mich. Doch ich fand immer einen Weg, auszubüxen. Und die Bodyguards waren meist so beschämt über ihr Versagen, dass sie meine Abwesenheit niemandem verrieten.

Auch in diesem Jahr würde ich diesbezüglich keine Ausnahme machen. Zwar hatte ich versprochen, mich zu benehmen und mich an die Regeln zu halten, aber Ausnahmen bestätigten eben die Regel. Heute Abend würde im *Palacio de los Deportes* ein Konzert meiner Lieblingsband steigen. Mir das entgehen zu lassen, grenzte an Selbstmord.

Zwar hatte mir die Band Backstage Karten zukommen lassen, doch ich erlebte Konzerte lieber inmitten der wilden, aufgebrachten, ekstatischen Menge. Man spürte die Energie, die von den Menschen ausging und die einzigartigen Vibes der Lieder dort einfach besser. Also hatte ich mir zu den Backstage Pässen noch Standard Tickets besorgt. Eigentlich wollte ich mit meinem *Partner in Crime*, Liam, zu dem Konzert gehen. Aber der hatte sich mit einer angeblichen Magen-Darm-Grippe herausgeredet. Wenn da mal nicht mehr im Busch war. Er und Skye, die hübsche Lady aus dem Catering, hingen verdächtig oft miteinander ab.

Was auch immer der Grund war, aus dem Liam mit Abwesenheit glänzte, es bedeutete, dass ich mich allein auf den Weg machen würde.

Da heute erst Mittwoch war und ich morgen nicht in den Rennwagen steigen musste, konnte es ruhig etwas später werden und das ein oder andere eisgekühlte Bier durfte ich mir ohne ein allzu schlechtes Gewissen gönnen.

Ich verabschiedete mich gegen zwanzig Uhr auf mein Zimmer und täuschte starke Migräne vor. Im Zimmer angekommen, zog ich mir zerschlissene Jeans, ein ausgeblichenes Kapuzenshirt und eine Basecap an. Zufrieden drehte ich mich vor dem Badezimmerspiegel. Ich sah aus wie ein ganz normaler Typ. Niemand würde mir Beachtung schenken. Und viel wichtiger: Niemand würde mich erkennen. Denn das Letzte was ich wollte, war es, mich dem Risiko auszusetzen, gekidnappt, ausgeraubt oder bedroht zu werden. Leider gehörten all diese Szenarien zu dem Alltag von gutsituierten Menschen in *Mexico City*. Vor allem während der Grand Prix Woche kundschafteten Gangs gerne die Hotels der Teams aus und suchten nach Schwachstellen.

Ich nahm die Treppe, selbst wenn das hieß, dass ich zwanzig Stockwerke bewältigen musste, um nicht zufällig einem Teammitglied oder den Bodyguards zu begegnen. Unten angekommen, schritt ich zielstrebig auf den weniger frequentierten Hinterausgang zu. Dort würde ich mich in ein unscheinbares Taxi setzen und hoffen, dass der rege Verkehr in dieser Stadt ausnahmsweise nicht ausartete und mich nicht stundenlang im Stau stehen ließ.

Ich passierte den Ausgang des Hotels unbehelligt und entdeckte zu meiner Freude ein Taxi, das soeben die Auffahrt erreichte.

Perfektes Timing!

Ich ließ das Taxi vom Concierge heranwinken und öffnete mit einem breiten Grinsen die Hintertür. Wieder einmal hatte ich es geschafft, mich aus den Klauen der Aufpasser in die Freiheit zu entwinden.

Das Grinsen gefror auf meinem Gesicht, als sich zwei gebräunte, schlanke Beine aus der Tür des Taxis schoben, feuerrot lackierte Fingernägel den

Türrahmen umgriffen und der wissende Blick der Giftschlange mich erfasste.

»Da will wohl wieder jemand ausbüxen?«, begrüßte mich Riley und stieg aus.

»Was ich? Nie und nimmer. Ich habe dich ankommen sehen und wollte dir die Autotür aufhalten.«

»Weil du so ein zuvorkommender Gentleman bist?«

»Du hast es erfasst.«

»Hmm, wer's glaubt.«

Riley schritt an mir vorbei und drehte abwartend den Kopf zu mir. »Kommst du?«

»Wer, ich?«

»Ja, du. Ich dachte, du wolltest mir nur die Tür aufhalten. Wie du siehst, bin ich mittlerweile ausgestiegen. Du kannst die Autotür also schließen und mir ins Hotel folgen.«

»Zu mir oder zu dir?«

Riley rollte genervt mit den Augen, konnte jedoch den Anflug eines Lächelns nicht verbergen. »Schließ die Tür, Dante. Lass das Taxi los.«

»Ich kann nicht.«

»Dabei dachte ich, Loslassen sei eine deiner Stärken.«

»Im Gegensatz zu dir. Loslassen und entspannen sind nicht so dein Ding.«

Riley konnte es sich gerade noch so verkneifen, mir den Mittelfinger zu zeigen. Stattdessen kam sie entschlossen auf mich zu gestiefelt. Sie trug heute Abend einen Minirock aus schwarzem Leder, ebenso schwarze, mit Nieten besetzte Sportschuhe und ein schwarzes Tanktop mit einem Totenkopf aus Glitzersteinen.

Kurzum: Sie war die personifizierte schwarze Witwe. Von ihr würde ich mich beim Sex liebend gerne ermorden lassen. Womöglich würde ich den Sex mit Riley auch ohne ihr Dazutun nicht überleben. Denn das heiße Tattoo, das sich auf ihrem Oberschenkel abzeichnete, trieb meinen Herzschlag zu einer Überschallgeschwindigkeit an, die für ein langes Leben nicht tauglich war.

»Du gehst nirgendwo hin, Dante, klar? Keine Schwierigkeiten. Keinen Mist. Keine Eskapaden. Schon vergessen? Ohne Bodyguards und Absprache in *Mexico City* auszugehen, ist gegen die Regeln.«

»Und wo hast du bitteschön deinen Bodyguard versteckt? Sitzt der noch im Taxi?« Ich beugte mich demonstrativ ins Wageninnere. »Hallo? Rileys Bodyguard? Du kannst aus deinem Versteck kommen. Der Wagen ist sicher am Hotel angekommen.« Ich richtete mich auf und blickte direkt in Rileys ertapptes Gesicht.

So langsam begann ich Spaß an der Sache zu finden.

»Du hast ihn doch nicht etwa in den Kofferraum gesperrt?«, erkundigte ich mich gespielt entrüstet und ging zum hinteren Teil des Wagens.

»Lass den Mist, Dante.«

»Er ist also nicht im Kofferraum?«

»Nein.«

»Und im Wagen ist er auch nicht. Das heißt dann wohl, dass du, liebste Riley, die Regeln gebrochen hast und allein losgezogen bist. Und nun willst du mir Vorhaltungen machen? Den Moralapostel spielen? Mal ganz abgesehen davon, dass dir die Kirche diesen Jobtitel bei deinem Aufzug sowieso sofort entziehen würde.«

Riley kaute nachdenklich auf ihrer Unterlippe. Sie schien fieberhaft zu überlegen, wie sie aus dieser Sache wieder herauskam. Aber so leicht würde ich sie nicht vom Haken lassen. Dafür amüsierte mich die Situation viel zu sehr.

»Ich sag dir was: Ich verrate niemandem, dass ich dich gesehen habe und du behältst für dich, dass du mich gesehen hast.«

»Nein. Das geht nicht. Ich bin für dich verantwortlich«, stieß sie hervor und machte einen Schritt auf mich zu. »Wenn dir was passiert, weil ich dich habe gehen lassen, würde ich mir das nicht verzeihen.«

»Ich dachte schon du sagst, dass du dann wahrscheinlich deinen Job verlieren würdest.«

»Ja, natürlich. Meinen Job. Habe ich etwas anderes gesagt?«

Ich grinste breit und Rileys Gesicht färbte sich eine Nuance röter.

»Wo willst du überhaupt hin?«

»*Eagle Meets Tiger* Konzert.«

»*Was?* Die geben hier ein Privatkonzert?«

»Äh nein? Die spielen im *Palacio de los Deportes* vor zwanzigtausend Gästen.«

»Und du willst da ohne Security hingehen? Bist du irre?«

»Ich mache das nicht zum ersten Mal, Süße.«

Riley hielt sich die Ohren zu. »Sei bloß still. Je weniger ich weiß, desto besser.«

Ich lachte leise und genoss die Aussicht auf die scharfe Braut, die in einer explosiven Mischung aus Scham, Unsicherheit, Wut und Entsetzen vor mir stand und jede Menge gebräunte Haut zeigte, als sie die Arme hob, um sich die Ohren zuzuhalten. Augenblicklich meldete sich mein Schwanz und beulte meinen Schritt aus.

Noch konnte ich aus diesem Duell als Sieger hervorgehen. Wenn jedoch das restliche Blut ebenfalls in meine südlichen Gliedmaßen floss, würde Riley diesen Spieß ruckzuck umdrehen. Also höchste Zeit, sich vom Acker zu machen.

»So sehr ich es genieße, mit dir zu streiten, ich muss jetzt wirklich los. *Hasta luego, chica.*« Ich hob die Hand zum Gruß und ließ mich auf den Rücksitz des Taxis gleiten.

15
RILEY

Vor meinem inneren Auge sah ich Dante, wie er gekidnappt und gefoltert wurde, während er darauf wartete, dass das Team der horrenden Lösegeldforderung nachkam. Das mediale Chaos, das seine Entführung auslösen würde, ließ mich erschaudern. Soweit durfte ich es nicht kommen lassen.

Deshalb und allein deshalb griff ich nach der Tür, die Dante soeben zugezogen hatte und öffnete sie.

Ein verdutzter Dante schaute zu mir auf.

»Rutsch rüber.«

»Wieso?«

»Na wieso wohl? Ich fahre mit.«

»Hast du denn eine Karte?«

»Du hast doch sicher mindestens zwei Backstage Karten dabei. Eine für dich und eine für die Tussi, die du dort aufreißen wolltest.«

»Erstens habe ich tatsächlich zwei Backstage Karten ...«

Ich schnaubte verächtlich. Das war ja klar. Der Grund, aus dem sich mein Magen bei diesem Geständnis krampfhaft zusammenzog, musste das mexikanische Essen sein, das ich mir kurz zuvor in einer der besten Taco Bars der Stadt gegönnt hatte.

»... eine für Liam, der leider verhindert war. Und eine für mich. Und zweitens tut es mir leid, dich darüber in Kenntnis setzen zu müssen, dass ich mir das Konzert nicht aus dem Backstage Bereich ansehen werde.«

»Also fahren wir doch nicht zum Konzert?«

»Doch, das tun wir. Aber wir sehen es uns im Pulk an.«

»Nein.«

»Doch.«

»Nein.«

»Doch, Babe. Ich gebe dir gern Liams Backstage Pass. Dann kannst du hinter der Bühne Champagner schlürfen und chillen. Aber ich werde mir die Atmosphäre in der Arena nicht entgehen lassen.«

»Du schuldest mir dein Erstgeborenes für diese Aktion.«

»Da muss ich erst mit seiner Mutter reden.«

Entrüstet schnellte mein Kopf zu Dante, der mich belustigt musterte. »Kleiner Scherz. Keine Babys. Was nicht heißen soll, dass ich keine machen kann.«

»*Du* willst Kinder?«

Dante zuckte die Achseln. »Mit der richtigen Frau ...«

Ja klar. Das war doch lächerlich. Dante und Kinder …

»Du bringst nicht gerade Elternqualitäten mit.«

»Du meinst, dass ein Kind eine verklemmte, verbohrte, gefühlskalte und abgespannte Mutter braucht?«

»Ich bin nichts von alledem«, zischte ich.

»Wer hat gesagt, dass ich von dir spreche?«

Ich warf ihm einen, wie ich hoffte, tödlichen Blick zu, und er schwieg.

»Ein *bisschen* verklemmt bist du schon.«

»Dante!«

»Was denn? Es stimmt doch. Aber du hast ja heute Abend die Chance, mir das Gegenteil zu beweisen.«

»Ich muss dir gar nichts beweisen.«

»Ich sag's ja, verklemmt«, seufzte er.

Wütend stieß ich ihm mit dem Ellenbogen in die Seite und verkniff mir ein Grinsen. So ein Vollidiot. Warum fand ich seine Beleidigungen auch noch lustig? Hatte jemand die Stecker in meinem Gehirn vertauscht oder verkümmerten mit fortschreitendem Alter nicht nur die Haare *auf* dem Kopf, sondern auch die Nervenbahnen *im* Kopf?

Ein paar Querstraßen vor der Arena ließ uns der Taxifahrer aussteigen. Dante zog sich die Basecap tief ins Gesicht und warf sich zusätzlich dazu die Kapuze seines Shirts über den Kopf.

»Bereit?«

»Habe ich eine Wahl?«

»Du kannst immer noch ein Taxi zurück zum Hotel nehmen. Ich verrate auch keinem, dass du gekniffen hast.«

»Das hättest du wohl gern. Ich kneife nicht. Um genau zu sein, kneife ich nie.« Entschlossen reckte ich das Kinn.

»Gut zu wissen, *Catwoman*. Wenn das so ist, lass uns gehen.« Dante hielt mir auffordernd seine Hand hin, die ich gekonnt ignorierte.

Ich musste schließlich als einzige Erwachsene in diesem Szenario die Kontrolle über die Situation behalten. Das konnte ich nur, wenn mein sowieso schon angegriffenes Gehirn funktionierte. Und das tat es nicht, wenn Dante mich berührte. Dann kam es zu ungewollten Aussetzern und Kurzschlüssen, die mit jedem Mal heftiger wurden.

Eine lange Schlange tummelte sich vor den Eingängen der Arena. Dante reihte sich darin ein, als sei es das Normalste der Welt, sich als Superstar mit Millionen von Fans allein in Mexiko, inmitten von unberechenbaren Menschenmassen zu tummeln, die ihn, wenn sie ihn erkannten, höchst wahrscheinlich auf der Jagd nach einem Autogramm überrennen und zerquetschen würden. Mit einem mulmigen Gefühl gesellte ich mich zu ihm.

»Immer locker bleiben, Riley. Atme«, flüsterte er in mein Ohr und legte seine Hand auf meinen unteren Rücken, um mich sachte vorwärts zu schieben.

Ein nadelstichartiges Prickeln breitete sich auf meinem Rücken aus und zog sich bis in meinen Nacken.

Na toll. So viel zum Thema *die Oberhand behalten.*

»Du hast gut reden. Pass besser auf, dass dich niemand erkennt.«

»Ich bin Profi, keine Sorge.«

Wir schoben uns zentimeterweise vorwärts, ohne auch nur ansatzweise von den Menschen um uns herum beachtet zu werden, und gelangten nach einer halben Ewigkeit endlich in das Innere der Arena.

Zielstrebig hielt Dante auf die Bar zu …

… und kam kurz darauf mit zwei Bier in der Hand zurück, wovon er mir eines reichte.

»Dein Ernst?« Ich schloss die Augen und zählte stumm bis zehn.

Bloß nicht ausrasten, Riley.

»Komm schon, sei kein Spießer. Morgen ist keine Rennaction. Da geht's um nichts. Nur PR-Termine und Strategie Meetings.«

»Es ist immer wieder schön zu hören, wie viel Respekt du vor meiner Arbeit hast.«

»Du solltest das als Kompliment sehen, Riley: Ich

habe vollstes Vertrauen in dich und deine Fähigkeiten. Ich weiß, dass du mich morgen problemlos durch die Interviews schleust. Deswegen gönne ich mir heute Abend etwas Spaß und ein kühles Bier.«

»Netter Versuch.«

»Hat's geklappt?«

»Nein.«

»Hmm, schade. War aber ernst gemeint, ob du es nun glaubst, oder nicht.« Mit diesen Worten stieß er seine Bierflasche klirrend gegen die meine und genehmigte sich einen großen Schluck von dem eiskalten Gebräu.

Seufzend tat ich es ihm gleich.

»Also gut. Wenn wir schon die Regeln brechen, machen wir es auch richtig. Geh und hol uns noch zwei Bier. Wenn das Konzert erst mal angefangen hat, werden die Leute um uns herum stehen, wie eine Wand.«

Dante grinste sein *Dante-Dauergrinsen* und nickte mir anerkennend zu. »Zu Befehl, Eiskönigin. Das ist die richtige Einstellung.«

»Ich bin keine Eiskönigin!«

»Ach nein?«

»Nein.«

»Das mit der Königin kommt hin. Aber ich bin nicht aus Eis.«

»Tatsächlich? Willst du mir damit sagen, dass ich lediglich deine äußere Eisschicht zum Schmelzen bringen muss, um die Flamme der Leidenschaft in dir zu entdecken?«

»So langsam habe ich den Verdacht, dass du heimlich Groschenromane liest.«

»Ich habe viele Facetten, Baby.«

»Keine davon will ich kennenlernen. Und jetzt hör endlich auf zu quatschen und hol lieber mal das Bier. Du bist eine echte Quasselstrippe, Dante Di Santo. Hat dir das schon mal jemand gesagt?«

16

DANTE

Ich hatte uns einen Platz bei den Absperrgittern in der Mitte der Arena ausgesucht. Von dort hatte man eine gute Sicht auf die Bühne und konnte sich an den Gittern abstützen, für den Fall, dass die Beine schwer wurden. Nicht, dass es mir als Profisportler jemals an Kraft fehlte, aber Riley sah müde aus und ich wusste, dass sie das mir gegenüber niemals zugeben würde. Also hatte ich vorgegeben, an den Absperrgittern stehen zu wollen und die bevorstehenden Tage an der Rennstrecke als Entschuldigung benutzt.

Eine weise Entscheidung, wie sich herausstellte.

Denn die Arena füllte sich mit rasanter Geschwindigkeit. Ich war mir ziemlich sicher, dass die anwesenden Konzertgäste die Höchstzahl an zugelassenen Personen deutlich überstiegen. Um uns herum wurde es eng. Die Menschen drängelten und drückten auf der

Suche nach einem freien Platz. Schützend stellte ich mich hinter Riley und legte meine Hände rechts und links neben ihr auf die Absperrung.

»Ich bin hier, um auf dich aufzupassen und nicht umgekehrt«, rief sie gegen den Bass der Vorband.

»Vergiss das mal für einen Moment und genieß das Konzert. Es geht los«, rief ich zurück und nickte in Richtung Bühne.

Riley wandte sich ab und widmete ihre Aufmerksamkeit dem Geschehen vor uns.

Bunte Dampfwolken stiegen aus dem Bühnenboden und aus den Wänden um uns herum. Lila Scheinwerferlichter blitzten auf und erloschen im Rhythmus des Beats. Die Menge grölte und die ersten Töne des Intro Songs von *Eagle meets Tiger* hallten in der Arena. Vergessen waren die Streitereien um die besten Plätze. Als die Sänger der Band auf die Bühne sprangen und begannen, den Anwesenden gebührend einzuheizen, zählte für die Menschen nur noch das Spektakel auf der Bühne vor ihnen.

Während der bombastischen Show, die *Eagle meets Tiger* aufs Parkett legten, wanderte mein Blick immer wieder von der Bühne zu Riley.

Sie hatte ihr zweites Bier ausgetrunken und wippte entspannt im Takt der Musik. Ihre ausgestreckten Arme zogen Kreise in der Luft, was zur Folge hatte, dass ihr Top weit hochgerutscht war und sie mir unwissentlich ihre nackten Rippen samt überdimensionalem Feder-Tattoo präsentierte.

Ich hielt die Luft an und ballte meine Hände zu Fäusten.

Nicht anfassen. Nicht anfassen. Nicht anfassen. In Gedanken wiederholte ich diesen Satz in einer Endlosschleife.

Es half nichts.

Binnen Sekunden zwang mich diese ultraheiße Aussicht in die Knie.

Ich nahm meine linke Hand vom Absperrgitter und fuhr mit meinem Zeigefinger hauchzart die Linien der Feder nach.

Eigentlich rechnete ich fest damit, dass Riley sich umdrehen und mir wütend ins Gesicht springen würde. Doch sie tat es nicht. Sie behielt ihre Arme in der Luft und tanzte unbeirrt im Rhythmus der Musik. Sie ließ mich gewähren. Sie ließ zu, dass ich sie berührte.

Angestachelt von dieser höchst erregenden Erkenntnis, wagte ich mich weiter vor und strich gemächlich über die Spitze der Feder, die mich unter ihr Tanktop führte.

Noch immer wehrte sich Riley nicht. Auch nicht, als meine Finger scheinbar zufällig den seitlichen Ansatz ihrer straffen Brüste streichelten.

Unter meinem Zeigefinger vernahm ich die unzähligen Pünktchen einer Gänsehaut, die sich um meine Hand herum auf Rileys erhitzter Haut bildeten. Offensichtlich gefiel ihr was ich tat. Als ich meine Hand wegzog, um ihre Reaktion zu testen, lehnte sie sich einladend gegen mich.

»Willst du von mir angefasst werden, Baby?« Ich beugte mich zu ihrem Ohr hinab und starb fast vor Verlangen bei dem Anblick ihrer geröteten Wangen, den gesenkten Augenlidern mit den langen schwarzen Wimpern und den leicht geöffneten, vollen Lippen.

»Wenn du jemandem davon erzählst, bist du tot«, flüsterte sie.

»Ist das ein *Ja?*«

»Ja, obwohl ich glaube, dass du im Streicheln genauso ein Versager bist, wie im Küssen.«

»Es gibt nur eine Möglichkeit, das herauszufinden«, murmelte ich mit rauer Stimme und nahm ihr Ohrläppchen zwischen meine Zähne.

Riley stöhnte auf und drängte sich mir entgegen.

Sichtlich überrascht von dieser plötzlichen und völlig unverhofften Einladung, versuchte ich meinen pochenden Schwanz zu beruhigen, was mir kläglich misslang. Folglich konzentrierte ich mich auf die Rockmusik, die aus den Lautsprechern schallte und ließ mich von ihr tragen.

Meine Finger glitten wie von selbst zu Rileys Taille, umfassten sie und zogen sie an mich. Ich kostete das Gefühl von ihrem Po an meinem Schwanz aus und ließ meine Hände an ihrem Bauch zu ihren Brüsten hinauf wandern. Sie passten genau in meine Hände, waren wie für mich geschaffen. Das konnte ich selbst durch den dünnen Stoff spüren, der meine Hände von ihren harten Knospen trennte.

Da ich mein Glück nicht überstrapazieren wollte,

unterließ ich es, ihr vor tausenden von Zuschauern unter das Shirt in den hauchdünnen BH zu greifen und ihre Brüste ausgiebig zu massieren. Wenn ich ihre Brüste in ihrer vollen Pracht sehen und spüren würde, wäre es mit meiner Beherrschung endgültig vorbei. Ich würde meinen Reißverschluss öffnen, meinen aufgeregten Schwanz befreien und ihn ohne Vorwarnung in sie schieben. Dann würde ich ihre Hände auf dem Gitter platzieren, sie vorbeugen, meine Hände in ihre Hüften krallen und sie so lange hart durchvögeln, bis sie nicht mehr stehen konnte.

So gern ich das auch tun würde, das letzte Tröpfchen Blut, das meinem Kopf noch geblieben war, riet mir lautstark davon ab.

Leider.

Allerdings gab es eine andere Stelle an ihrem Körper, die sich nicht auf Augenhöhe der Konzertgäste und der Kameras befand. Und um diese Stelle würde ich mich jetzt aufopferungsvoll kümmern. Meine Hände wanderten in Richtung Süden, bis sie Rileys nackte Oberschenkel erreichten. Sehr zu meinem Leidwesen bot sich auch dieses Mal nicht die Chance, das Tattoo auf ihrem Bein ausgiebig zu erkunden. Stattdessen fuhren meine Finger an der Innenseite ihrer Oberschenkel hinauf und schlüpften schon bald unter ihren kurzen Rock. Riley ließ den Kopf in den Nacken fallen, ihre Lippen einladend geöffnet. Sie spreizte ihre Beine ein wenig mehr und bot mir Einlass zu ihrem feuchten Lustzentrum.

Ich glitt zu ihrer Perle und erwartete, auf einen durchnässten Slip zu treffen. Doch meine Finger fanden keinen Stofffetzen, der sie von Rileys heißer Nässe trennte. Die Vorstellung, wie die Hammerbraut ohne Höschen in ein Konzert mit über zwanzigtausend Menschen spazierte, ließ mich scharf einatmen.

»Kein Slip? Willst du mich auf den Arm nehmen?«

»Die schneiden ein, wenn ich so viel esse, wie heute Abend«, seufzte sie. »Deshalb habe ich keinen angezogen. Ich wusste ja nicht, dass ich dich babysitten muss.«

»Bereust du, dass du mitgekommen bist?«

»Das wird sich in den nächsten Minuten herausstellen«, murmelte sie und schloss die Augen.

»War das eine Einladung, dich auf meiner Hand kommen zu lassen, Baby?«, flüsterte ich an ihrem Ohr.

»Bist du der Herausforderung gewachsen oder ist das eine Nummer zu groß für dich?«

Ich richtete mich auf und prustete los, verschluckte mich an meinem Lachen. Verdammt, ich musste so sehr lachen, dass mir die Tränen kamen.

Diese Frau machte mich wirklich fertig. So langsam fragte ich mich, ob sie nicht tatsächlich eine Nummer zu groß für mich war. Denn mit den Ladies, die ich normalerweise beglückte, hatte sie absolut nichts gemein.

Diese Frau war eine Klasse für sich. Eine Frau der Extraklasse.

Gemächlich umkreiste ich ihre Perle mit meinem Zeigefinger und spürte, wie sie unter meinen rotierenden Bewegungen immer feuchter wurde. Sie begann sich an mir zu reiben und bettelte stumm nach mehr.

Ich gab es ihr. Mit zwei Fingern drang ich in sie ein und massierte mit meinem Daumen ihren weichen Kitzler.

Ihr gequältes Keuchen sagte mir, dass ich meinen Job nicht allzu schlecht erledigte.

»Wer hätte gedacht, dass es sich die Pressechefin von *Titan Racing* vor zigtausend Fremden mitten in der Öffentlichkeit so gierig besorgen lässt?«, raunte ich in ihr Ohr.

»Mehr«, forderte sie tonlos.

»Du bist ein außerordentlich schmutziges Mädchen, Riley Rose Valera. Hast du eine Ahnung davon, wie nass du bist? Dein Saft läuft gerade über mein Handgelenk.«

»Oh Gott. Nicht aufhören. Bitte nicht aufhören«, stöhnte sie.

»Bettelst du gerade, Baby?«

»Nein«, krächzte sie. »Das ist ein Befehl.«

»Ein Befehl? Soso«, gluckste ich und verstärkte den Druck auf ihre Klitoris.

»Stell ein Bein auf das Gitter. Dann kann ich noch tiefer in dich eindringen.«

Sie gehorchte anstandslos und krümmte sich unter den intensiven Empfindungen, die meine Finger in ihr auslösten.

»Lass los. Lass einfach los. Schrei es raus. Niemand wird es bemerken«, feuerte ich sie an und erhöhte die Geschwindigkeit, mit der ich in sie drang.

»Ich hasse dich«, keuchte sie abgehackt.

»Ich weiß, Baby. Ich weiß.«

Sie drehte den Kopf zu mir und öffnete fordernd

ihre Lippen. Eine deutlichere Einladung, sie zu küssen, konnte sie mir kaum geben. Hungrig presste ich meinen Mund auf den ihren und umkreiste ihre Zunge während meine Finger fest, rhythmisch und unablässig in sie drangen.

Riley kam mit einem lauten Schrei in meinem Mund. Ich spürte die Vibration ihres Orgasmus und das ausgedehnte Stöhnen, das damit einherging. Ich spürte das Zucken ihrer Muskeln im Unterleib und die Anspannung, die sich daraus löste.

Als Rileys Beine nachzugeben drohten, fing ich sie schützend auf und ließ sie von sich selbst kosten. Der teuflisch heiße Anblick von der Hammerbraut, wie sie ihren süßen Saft von meinen Fingern leckte, brachte mich gänzlich um den Verstand.

Verfluchte Scheiße.

Diese Frau hatte mich in ihren schwachen, willenlosen Sexsklaven verwandelt.

17
RILEY

Nur langsam klangen die Nachbeben des Orgasmus ab, der mich durchgeschüttelt hatte, wie die furchteinflößende Highspeed Achterbahn am Gardasee, auf die mich Allegra im letzten Jahr mitgeschleift hatte. Die laute Musik, die während unserer heißen, verbotenen Nummer völlig in den Hintergrund getreten war, kehrte in mein Bewusstsein zurück.

Beschämt sah ich mich um. Um uns herum standen Menschen, soweit das Auge reichte. Dicht an dicht reihten sie sich aneinander und genossen das wilde Treiben auf der Bühne. Gott sei Dank schien keiner der umstehenden Konzertbesucher etwas von dem Treiben abseits der Bühne mitbekommen zu haben, in dem ich die Hauptrolle spielte.

Mein nervös klopfendes Herz beruhigte sich bei diesem Wissen ein wenig. Doch als ich realisierte, wer die männliche Hauptrolle in meinem ganz persönlichen Porno spielte, erhöhte sich meine Herzfrequenz sofort wieder auf ein ausgesprochen ungesundes Level.

Ich musste meinen Verstand irgendwo zwischen dem kühlen Bier, der sengenden Hitze und den lauten Beats der Rockband verloren haben. Als mich Dantes Fingerspitzen an meiner empfindlichsten Stelle gestreichelt hatten, übernahmen meine niederen Instinkte die Kontrolle über meinen Körper. Vergessen war jeder Anstand, jede Scham und jeder Gedanke an das Danach. Das Einzige, was zählte, war die Gipfelerklimmung. Die Jagd nach dem Höhepunkt. Der Rausch des bahnbrechenden Orgasmus.

Ich konnte mich kaum daran erinnern, wann ich das letzte Mal richtig guten Sex gehabt hatte. Irgendwie entpuppten sich die wenigen männlichen Kandidaten, die ich seit dem Übertreten der dreißig-Jahre-Marke für ein Leben an meiner Seite in Erwägung gezogen hatte, alle als mittelmäßig bis unterirdisch im Bett.

Das bestätigte nur meine Theorie, dass man eben nicht alles haben konnte. Entweder man nahm den heißen Sex mit dem verantwortungslosen und arroganten Traumbodytypen oder man entschied sich für beschissenen Sex mit dem zuverlässigen, gutherzigen Familientypen. Ich hatte beschlossen, mich mit einem akzeptablen Mittelmaß an Sex zufriedenzugeben. Ab und an ein »OO«, ein *»Okay-Orgasmus«*, würde schon ausreichen. Schließlich rückten mit der Familienplanung, dem Hausbau und den Herausforderungen des

Alltags andere Dinge als bahnbrechender Sex in den Vordergrund.

Doch der Höhepunkt, den Dante mir soeben beschert hatte, brachte meine Entscheidung, den Rest meines Lebens auf solche gigantischen Feuerwerke zu verzichten, kräftig ins Wanken.

»Geht es dir gut, Baby?«

Dante hatte sich zu mir hinabgebeugt und flüsterte mir mit zutiefst erregter Stimme seine eigentlich harmlose Frage ins Ohr. Dumm nur, dass er damit einen unsichtbaren Knopf in meinem Lustzentrum betätigte, der nach mehr verlangte.

Ich war scharf. Schon wieder.

Ob es wohl jemand mitbekäme, wenn mich Dante gegen das Geländer drückte und mir einen Ritt auf seinem stahlharten Penis spendierte, der sich fordernd gegen meinen Po drängte?

»Ich ...«, begann ich, brach dann jedoch ab, weil ich nicht wusste, was ich überhaupt sagen wollte.

Mein Verstand und meine Vernunft kämpften mit der Lust und der Leidenschaft in mir.

Ich sehnte mich danach, von diesem sexuell so talentierten Halbgott gevögelt zu werden. Mich unter seinen Stößen zu entspannen. Mich wie eine begehrenswerte und verwegene Frau zu fühlen, die großen Appetit nach dem Leben hatte.

Aber wir sprachen hier von *Il Diavolo*. Von Dante Di Santo. Der Mann verkörperte alles, was ich verabscheute. Außerdem gab es da dieses winzige Detail, dass er ein berühmter, schwerreicher Superstar war, für dessen Image ich rein zufällig verantwortlich war.

Man hatte *mir* die Verantwortung aufgetragen, ihn von seinem Image als leichtsinniger, wilder und draufgängerischer Frauenheld zu lösen. Dass sich meine Chefs unter Loslösen etwas anderes vorgestellt hatten, als ihre Pressechefin, wie sie völlig losgelöst auf Dantes Hand kam, leuchtete mir ein. Durch meine kopflose Aktion hatte ich Dantes altbekanntes Image nicht geschwächt, sondern auf die denkbar peinlichste und unverzeihlichste Art gestärkt.

Fantastisch.

Ich war wirklich eine ausgezeichnete Pressechefin.

Die Schlagzeile leuchtete in einem grellen Rot vor meinem inneren Auge auf:

Pressechefin von Titan Racing lässt sich öffentlich auf Eagle Meets Tiger Konzert von Enfant Terrible der Serie del Rey, Dante Di Santo, befriedigen.

Das musste ein Ende haben. Und zwar sofort!

Meine Leidenschaft löste sich mit einem lauten *»Puff«* in Luft auf, als mein Verstand die Oberhand gewann und die lüsterne, notgeile Riley in eine sehr tiefe Baugrube stieß, mit flüssigem Beton übergoss und einen hundert Stockwerke hohen Wolkenkratzer auf das Fundament setzte.

»Dante?«

»Ja, Süße?«

»Das hier ist nie passiert. Verstanden?«

»Meinst du das abgefahrene Konzert oder deinen schmutzigen Orgasmus vor zwanzigtausend Zeugen?«

Ich bedachte ihn mit dem eigens für ihn reservierten Todesblick und er hob schützend die Hände.

»Schon gut. Schon gut.«

»Und nenn mich nicht Süße.«

»Okay, Baby.«

»Dante ...«

»Besteht die Chance, dass du dich nach dem Konzert um den Höllenhammer in meiner Hose kümmerst?«

»Träum weiter.«

»Jetzt fühle ich mich benutzt.«

»Tja, da siehst du mal, wie sich all die Frauen fühlen, die sich auf dich einlassen.«

»Du hast mich ausgetrickst.«

»Fängst du jetzt an zu weinen?«

»Würde das etwas ändern?«

»Nein.«

»Schade. Dann gebe ich mich geschlagen. Aber nur für heute. Denn früher oder später landen alle Frauen in meinem Bett.«

Dante zwinkerte mir selbstbewusst zu und widmete seine Aufmerksamkeit wieder der Bühne, wo die Band die zweite Zugabe anstimmte.

18

DANTE

Nach dem Konzertende am Mittwoch hatten Riley und ich den Abend im Backstage Bereich ausklingen lassen, wo wir an der Bar ein letztes kühles Bier getrunken und uns dann auf den Heimweg begeben hatten. Obwohl sich Riley bemühte so zu tun, als sei zwischen uns nichts vorgefallen, merkte ich ihr an, dass es sie beschäftigte. Im Gegensatz zu ihr ignorierte ich jedoch die hartnäckige Stimme in meinem Inneren, die mir wutentbrannt erklärte, dass die Pressechefin abzuschleppen nicht zum Plan gehörte, sich die Vertragsverlängerung und damit die Chance auf den Fahrer-Weltmeistertitel bei *Titan Racing* zu sichern.

Riley berührte etwas in mir, von dessen Existenz ich nichts gewusst hatte. Dabei konnte ich noch nicht einmal sagen, was genau sie in meinem Inneren losgetreten hatte. Aber etwas hatte sich verändert. Wo vorher eisige Kälte und endlose Trauer gewohnt hatten, herrschte nun tropischer Hochsommer und ein deutlich erkennbarer Schimmer der Hoffnung zeigte sich am stetig näherkommenden Horizont.

Dieser Zustand war äußerst beängstigend. Und je mehr ich darüber nachdachte, desto beängstigender wurde er. Deswegen entschied ich mich für die einfachste Lösung: Ich ignorierte ihn.

Im Ignorieren des Offensichtlichen besaß ich fast so viel Talent, wie im Autofahren. Und im Mist bauen.

Wie zwei Teenager nach ihrem ersten Date hatten wir vor dem Hotel nebeneinander gestanden und waren nervös umeinander herumgetänzelt, bis Riley sich schließlich verabschiedete und somit unseren ungewollten gemeinsamen Abend offiziell beendete.

Am Donnerstag schleuste sie Tom Clark, den zweiten Fahrer von *Titan Racing*, und mich zielsicher durch die zahlreichen Pressetermine und übergab uns am Abend in Dakotas Hände, die uns wiederum in einen gepanzerten Wagen verfrachtete und uns zu einer nervigen Sponsorenveranstaltung schickte.

Ich quälte mich bemüht durch den Abend und hielt vergebens nach Riley Ausschau. Anscheinend verhielt ich mich dabei recht auffällig. Denn nach einiger Zeit kam Dakota zu mir herüber und fragte mich, ob ich nach jemandem suche.

»Ich glaube Riley hat noch immer meine Fitnessuhr, die sie mir abgenommen und gegen die von *Chasseur & Cie* getauscht hat«, log ich. »Weißt du, ob sie
noch kommt?«

Bedauernd schüttelte Dakota den Kopf. »Sie ist für
den Rest des Tages außer Dienst unterwegs.«

»Was soll das denn heißen?«, blaffte ich die arme
Dakota an, die erschrocken zusammenzuckte.

»Ähm ... sie trifft sich mit einem Freund zum
Abendessen. Das hier ist eine Sponsoren- und keine
Medienveranstaltung. Deswegen wird sie heute Abend
nicht gebraucht.«

»Dieser Freund heißt nicht zufällig Tim?«

»Du kennst Tim?«

»Scheinbar wird es höchste Zeit, dass ich ihn
kennenlerne«, knurrte ich.

»Du siehst Riley ja morgen früh. Heute ist es
sowieso zu spät zum Trainieren. Da brauchst du deine
Fitnessuhr nicht mehr«, versuchte Dakota mich zu
beschwichtigen.

»Ist dieser Tim ihr Freund?«

Dakota lächelte verlegen. »Wieso fragst du das
nicht Riley? Sie wird dir das besser beantworten
können als ich.«

»Du bist ihre Freundin. Ihr Frauen redet doch über
so ein Zeug ...«

»Das tun wir in der Tat. Wir Frauen, wie du richtig
festgestellt hast. Du bist aber ein Mann, Dante. Somit
unterliege ich der weiblichen Schweigepflicht was
Gespräche über Männer angeht.«

»Wie wäre es, wenn du mir verrätst, ob Riley mit

dem Typ ins Bett geht und ich bleibe dafür eine halbe Stunde länger auf deiner Veranstaltung und schüttele fleißig Hände?«

»Eine halbe Stunde? So viel ist Rileys Privatleben dir wert?« Dakotas Mundwinkel zuckten amüsiert.

»Na gut. Eine zusätzliche Stunde. Du hast ja keine Ahnung, wie nervig dieser Kram hier ist.«

»Ich weiß dein Angebot zu schätzen, aber ich verkaufe die Geheimnisse meiner Freundinnen nicht.«

»Also hat Riley Geheimnisse?«

»Hat die nicht jeder Mensch?«

Seufzend gab ich auf. Aus Dakota war nichts herauszubekommen. Doch wenn zwischen Riley und Tim nichts lief, hätte sie es auch einfach zugeben können. Dass sie auf geheimnisvoll gemacht und nervös herumgedruckst hatte, ließ mich vermuten, dass zwischen Riley und Tim mehr war.

Und das störte mich.

Das störte mich gewaltig.

Und es störte mich, dass es mich störte, verdammt.

Am Freitag bekam ich Riley wie an jedem Freitag eines Rennwochenendes kaum zu Gesicht. Als ich am Samstagmorgen das Motorhome betrat, saß sie mit einem Typen zusammen und frühstückte über einem Stapel von Dokumenten, die ich als TV-Einschaltquoten identifizierte.

»Morgen allerseits. Ist hier noch frei?« Ich ließ mich, ohne die Antwort abzuwarten, zwischen den beiden nieder und reichte dem Typ die Hand.

»Dante Di Santo. Und Sie sind?«

»Tim Morrison«, erwiderte der Typ überrascht.

Ich drückte seine Hand eine Spur zu fest und schenkte ihm ein breites Lächeln.

»Sehr erfreut. Riley erzählt viel von Ihnen.«

»Tatsächlich?«, wunderte sich Tim und machte große Augen.

»Ja, wissen Sie, wir verbringen eine Menge Zeit miteinander. Sowohl an als auch neben der Rennstrecke. Erst neulich waren wir zusammen auf einem Konzert ...«

»Dante«, unterbrach mich Riley scharf.

»Das Konzert hat dir gut gefallen, oder? Ich erinnere mich noch gut daran, wie wild und ausgelassen du warst. Richtig laut und unersättlich.«

»Ach wirklich? Das ist sonst gar nicht ihre Art.« Unsicher sah Tim von mir zu Riley, deren Augen mir gezielte Giftpfeile zuschossen.

»Dante übertreibt maßlos. Hör nicht auf ihn.«

Riley erhob sich und Tim tat es ihr gleich. »Lass uns in mein Büro gehen und dort weiterreden. Wir wollen Dante nicht bei seinem Frühstück stören und schuld daran sein, wenn er es nachher in der Qualifikation vergeigt.«

»Es war schön, Sie kennenzulernen«, verabschiedete sich Tim und eilte Riley hinterher.

Schlecht gelaunt beobachtete ich, wie Riley mit

Tim um die Ecke bog und er dabei vertraut seine Hand auf ihren Rücken legte.

Was zur Hölle sollte das? Was wollte dieser Milchbubi mit einer Frau wie Riley? Glaubte er ernsthaft, seine dünnen Ärmchen wären stark genug, um sie gegen die Wand gelehnt zu ihrer Zufriedenheit zu ficken? Wohl kaum. Und wenn ihm das noch keiner gesagt hatte, dann wurde es höchste Zeit.

Als ich ein paar Stunden später zum letzten Trainingslauf vor der Qualifikation ins Auto stieg, hatte sich meine Laune nicht gebessert.

Es regte mich auf, dass Riley diesen Typen mir vorzog. Und es regte mich auf, dass es mich aufregte.

In meinem Telefonbuch fanden sich die heißesten Topmodels, Schauspielerinnen, Musikerinnen und TV-Moderatorinnen. Ein Anruf genügte, um mir heute Abend im Hotel die Seele aus dem Leib zu vögeln. Doch mein Zeigefinger hatte bloß minutenlang über der Anruftaste verharrt, bevor ich das Handy genervt in die Ecke gepfeffert hatte.

»Funkcheck«, ertönte die Stimme von Carl in meinem Ohr.

»Check positiv«, gab ich zurück.

»Wir spulen zuerst die Rennsimulation ab, bevor du zum Schluss den Qualifikationsmodus testen kannst. Einstellung PU5 MOD6.«

»Copy that«, antwortete ich und lenkte den Wagen aus der Box.

Das Training verlief reibungslos, bis mich Jasper Vanhoff auf meiner letzten Runde absichtlich behinderte und somit meine schnelle Zeit zunichtemachte.

Zwar ging es im Trainingslauf so gesehen um nichts, aber seine Psychospielchen, mit denen er ständig versuchte, seine Gegner zu verunsichern, gingen mir echt auf den Keks.

Der Kerl verdiente eine Abreibung. Leider durfte ich sie ihm nicht verpassen. Denn Jasper und mich verband eine gemeinsame Geschichte, in der ich nicht gerade als strahlender Held glänzte. Zwar hatte der Kerl es sich selbst zuzuschreiben, dass ihm die Freundin davongelaufen war, aber dass ich sie am Abend der Trennung getröstet und anschließend in meiner Suite ihre Krokodilstränen in Freudentränen verwandelt hatte, trug nicht gerade dazu bei, dass er gut auf mich zu sprechen war. Dass sie mir danach glühende Liebesbotschaften geschrieben und Jaspers Versuche, sie zurückzugewinnen, ignoriert hatte, machte mich zum Staatsfeind Nummer Eins für ihn.

»Lass dich nicht von Jasper provozieren«, ermahnte mich Carl im finalen Strategiemeeting vor der Qualifikation.

»Nein. Das hab' ich nicht nötig«, brummte ich.

»Anhand der Rundenzeiten und der Reifenwahl denken wir, dass die erste Startreihe in Reichweite für euch ist«, merkte Dino, unser Chefstratege an. »Aber Vorsicht: Die *Roaring Bulls* und *Racing Rosso* sind in unmittelbarer Schlagdistanz. Ein Fehler und sie ziehen vorbei.«

Es folgten detaillierte Diskussionen über die verschiedenen Bremspunkte der Kurven, die Herausforderungen und Chancen in jedem der drei Streckensektoren und die Gefahr des Windschattens, durch den der Gegner sich einen ungewollten Vorteil verschaffen konnte.

Bis zur Qualifikation verkroch ich mich in meinem kleinen Fahrerzimmer im Motorhome, um mich mental auf den Kampf vorzubereiten und ein leichtes Mittagessen zu mir zu nehmen. Mein Physiotherapeut schaute vorbei und widmete sich noch ein letztes Mal meiner Schulter- und Nackenmuskulatur, die durch die G-Force in den Kurven bisweilen ordentlich in Mitleidenschaft gezogen wurde.

Als ich eine Stunde später ins Auto stieg, war ich voll konzentriert und fest entschlossen, diese Qualifikation für mich zu entscheiden.

19
RILEY

»Habe ich da Dante heute Morgen mit dir und Tim am Tisch sitzen sehen?«

Dakota stellte sich neben mich und nahm ihre Kopfhörer von den Ohren.

»Tu nicht so, als hättest du mich nicht gehört, Riley.«

»Hm, hast du was gesagt?«

Dakotas strafender Blick ließ mich ertappt zu dem Bildschirm vor mir schielen, auf dem Dante zu sehen war, wie er sich mit einer schnellen Runde einen Platz im finalen Teil der Qualifikation sicherte.

»Er ist einfach in unser Meeting geplatzt und hat sich unmöglich aufgeführt.«

»Ist seit dem Kuss in Texas zwischen euch noch etwas gelaufen?«

»Wieso fragst du?«

»Erstens, weil ich furchtbar neugierig bin und ich dich um diesen Hottie beneide. Und zweitens, weil er sich am Donnerstagabend auf der Veranstaltung von *Pear* nach dir erkundigt hat und ziemlich sauer darüber war, dass du den Abend mit Tim verbracht hast.«

»Woher weiß er …?«

»Ich habe ihm gesagt, dass du frei hast und dich mit einem Freund zum Essen triffst. Er wollte daraufhin wissen, ob du dich mit Tim triffst und ob ihr eine Beziehung führt oder sonst was zwischen euch läuft.«

»Bitte was?«

Dakota zuckte grinsend die Schultern. »Der Typ steht auf dich, Riley.«

»Was hast du ihm gesagt?«

»Nichts. Gar nichts. Er hat mir sogar angeboten, eine Stunde länger auf der Veranstaltung zu bleiben, wenn ich es ihm verrate. Aber ich habe dichtgehalten. Da siehst du mal, was für eine tolle Freundin ich bin.«

»Die Beste«, lächelte ich und knuffte sie in die Seite.

»Ist das zwischen dir und Tim jetzt offiziell?«

Ich schürzte die Lippen. »Ich weiß es nicht.«

»Wie kannst du das nicht wissen?«

»Ein paar Umstände haben sich geändert und nun ist es …«

Ich suchte nach dem richtigen Wort.

»Kompliziert«, half mir Dakota aus der Klemme.

»Genau. Kompliziert. Danke.«

»Und hat diese Komplikation auch einen Namen? Womöglich Dante Di Santo?«

»Nein. Ja. Vielleicht. Ach keine Ahnung.« Ich massierte mir die schmerzenden Schläfen und behielt den Monitor im Auge, da die Fahrer sich bald auf ihre finalen schnellen Runden begeben würden und ich die Antworten auf die Fragen wissen musste, die mir die Journalisten im Anschluss stellten.

»Das schreit förmlich nach einer *Margarita Night*. Heute Abend? Einundzwanzig Uhr? Hotel Bar?«

»Deal. Ich trommele auch die anderen Mädels zusammen. Vorher treffe ich mich allerdings noch mit Maddie. Das habe ich ihr versprochen.«

»Die Kleine kann einem echt leidtun.«

»Sie hält sich tapfer. Genauso wie Allegra.«

»Oh ja, die kann ebenfalls ein paar Margaritas gebrauchen.«

Der entsetzte Aufschrei der Mechaniker ließ uns abrupt herumfahren. Meine Augen scannten hektisch die Umgebung und blieben am Bildschirm hängen, wo der Rennwagen von Jasper Vanhoff im Kiesbett stand. Ein Teil des Vorderflügels, sowie die rechte Radaufhängung fehlten. Die Kamera blendete Dantes Wagen ein, der mit aufgeschlitztem Reifen in langsamem Tempo über die Strecke in Richtung Boxengasse fuhr. Rote Flaggen wurden geschwenkt.

Abbruch der Qualifikation.

Mit weniger als zwei verbleibenden Minuten würden die Stewards die Qualifikation nicht mehr fortsetzen, wenn Jaspers Wagen und die Trümmerteile von der Strecke geborgen worden waren.

Ich wartete gebannt auf die Wiederholung der Unfallszene, die just in diesem Moment eingeblendet wurde. Dante befand sich auf seiner schnellen Runde und wollte Jasper überholen, der sich erst auf seiner Aufwärmrunde befand. Doch Jasper fuhr so langsam zur Seite, dass Dante mit dem Flügel Jaspers Vorderreifen touchierte, woraufhin der ins Schlingern geriet, mit seinem Flügel Dantes Reifen aufschlitzte und ins Kiesbett abrutschte, wo er gegen einen Stapel Reifen prallte und seine Vorderradaufhängung brach.

Das ohrenbetäubende Röhren von Dantes Boliden ertönte vor der Garage. Der Motor erstarb und die Mechaniker schoben ihn rückwärts in die Garage.

Wütend befreite sich Dante von den Anschnallgurten, seinem Hals-Nacken Schutz und seinem Helm samt Balaklava. Er hievte sich aus dem Wagen und stiefelte wutschnaubend an die Boxenmauer, wo er Carl auf die Schulter tippte und sich die Wiederholung der Szene zeigen ließ.

Er schüttelte zornig den Kopf und diskutierte lautstark mit Carl und Dino, die bedauernd nickten und sich von ihren Plätzen erhoben.

Immer noch in ihre Diskussion vertieft, kamen die drei zurück zur Garage, um sich den Schaden am Wagen anzusehen. Byron, Toni und Simon blieben an der Boxenmauer, um über Funk mit den Stewarts zu sprechen und mögliche Strafen gegen Dante abzuwenden.

Soweit ich das beurteilen konnte, war die Situation eindeutig. Jasper hatte Dante behindert und durch sein übertrieben langsames Manöver eine Kollision in Kauf genommen. Ob die Regelhüter diese Meinung teilten, würde sich zeigen.

Carl und Dino diskutierten mit den herbeigeeilten Mechanikern darüber, ob die Radaufhängung an Dantes Wagen gewechselt werden musste, während Dante ein paar Meter daneben versuchte, sich zu beruhigen.

In weiser Voraussicht platzierte ich mich unweit von ihm, um sensationsgeilen Reportern die Tour zu vermiesen. Doch statt den üblichen Aasgeiern stand wie aus dem Nichts plötzlich Jasper Vanhoff vor Dante.

Gar nicht gut. Mit schnellen Schritten näherte ich mich den beiden.

»Du mieses Arschloch wolltest mich umbringen«, schrie Jasper und schubste Dante aufgebracht gegen die Wand.

»Spinnst du? Die Kollision war allein deine Schuld, weil du dich im Schneckentempo auf der Ideallinie herumgetrieben hast.«

»Wer von uns beiden hier die schleimige, widerliche Schnecke ist, liegt ja wohl auf der Hand«, spie Jasper erbost.

»Worum geht es dir eigentlich? Sprechen wir noch von dem Unfall oder geht es jetzt um Alissa?«

»Dass du es wagst, nach allem, was du getan hast, ihren Namen in den Mund zu nehmen, du Schwein.«

Jasper hob die Faust und wollte Dante ins Gesicht schlagen. Doch so weit kam es nicht. Denn ich stellte mich zwischen die beiden Kampfhähne, um dem Streit ein Ende zu setzen. Sämtliche Fernsehteams hatten sich um uns geschart und witterten ihre Chance auf den Fahrerkampf des Jahrzehnts.

»Okay Leute, lasst uns alle mal ...«

Weiter kam ich nicht. Denn Jaspers Faust traf mich unsanft über dem Auge und knockte mich aus. Um mich herum wurde es mit einem Mal stockdunkel.

20

DANTE

»Bist du irre, Vanhoff?« Meinem ersten Instinkt folgend, wollte ich mich mit Gebrüll auf den Mann stürzen, der soeben mein Mädchen umgenietet hatte und ihn bei lebendigem Leibe kastrieren.

Doch die Stimme der Vernunft durchbrach meine brodelnden Emotionen und sagte mir, dass meine Aufmerksamkeit allein der bewusstlosen Riley gelten sollte.

Ich ließ mich auf die Knie fallen und beugte mich über sie.

»Riley?« Besorgt tippte ich ihr an die Schulter. »Riley? Riley!«

Sie rührte sich nicht.

Panik erfasste mich und ich sah mich nach einem Arzt um. »Wir brauchen den Doc! Sofort! Frau mit Kopfverletzung«, donnerte ich und bemerkte im selben

Moment den Teamarzt, der herbeieilte und sich neben uns niederließ. Einige der Mechaniker brachten Decken, die sie um Riley herum ausbreiteten und sie so vor den Kameralinsen abschirmten.

»Okay Leute, hier gibt es nichts zu sehen«, hörte ich Tonis Stimme.

»Vanhoff du solltest jetzt besser gehen. Glaube ja nicht, dass das hier keine Konsequenzen für dich haben wird«, zischte Byron Jasper zu.

»Ist es schlimm?«, fragte ich den Doc angsterfüllt.

Der schüttelte zu meiner Erleichterung den Kopf. »Sie ist nur etwas benommen. Siehst du, sie kommt langsam wieder zu sich. Geben wir ihr ein paar Minuten an einem Ort, wo sie Ruhe hat.«

»In meinem Zimmer. Das ist so ziemlich der einzig ruhige Ort im Motorhome.«

»Einverstanden. Sobald sie aufwacht, muss sie ins Medical Center und sich durchchecken lassen.«

Ich ließ meine Arme unter Rileys schlaffen Körper gleiten und hob sie vorsichtig hoch, wobei ich darauf achtete, mit meinem Unterarm ihren Nacken zu stützen.

Umhüllt von den abschirmenden Decken trug ich sie durch die Garage und den Paddock in das Motorhome und legte sie behutsam auf meiner Massage- und Ruheliege ab, die auf der Strecke als mein provisorisches Bett diente. Dann nahm ich eine der Decken von dem Stapel bei der Tür, um sie damit zuzudecken.

»Ich möchte hierbleiben und warten, bis es ihr besser geht«, informierte ich Toni, der den Kopf zur

Tür hereinsteckte, und den Doc, der Riley noch ein weiteres Mal abtastete.

»Lass das doch die Mädels machen. Kenzie und Skye stehen bereit«, wandte Toni ein. »Du wirst bei den Stewards gebraucht. Es gibt da einiges an Klärungsbedarf.«

»Das muss warten. Ich will bei Riley bleiben.«

Toni schien die Entschlossenheit in meiner Stimme nicht entgangen zu sein und so lenkte er seufzend ein. »Also gut. Eine halbe Stunde. Länger kann ich sie nicht hinhalten.«

»Eine halbe Stunde«, stimmte ich zu.

Als Toni und der Doc den Raum verlassen hatten, vergewisserte ich mich, dass Riley noch atmete. Ich stellte einen Stuhl an die Liege und fühlte ihren Puls, der ruhig und normal schlug.

Der Rock, den sie heute trug, war hochgerutscht und entblößte das Tattoo, das ich mir bereits seit geraumer Zeit näher ansehen wollte. Machte es mich zu einem kranken Spanner, wenn ich es mir jetzt, während Riley weggetreten vor mir lag, genauer ansah?

Ich schielte zu ihrem Bein und erkannte, dass es sich um ein indigenes Tattoo handelte.

Riley, die indigene Kriegerin.

Etwas Ähnlichkeit mit Pocahontas hatte sie schon, das musste ich zugeben. Ich schmunzelte bei dem Gedanken an Riley, wie sie mit einer bunten Federhaube im Haar auf einem wilden Pferd durch die karge Landschaft Arizonas galoppierte.

»Was ist so lustig?«, krächzte Riley in diesem Moment.

Ich riss meinen Blick von dem beeindruckenden Tattoo auf ihrem Oberschenkel los und sah in ihre blauen Augen, die den Raum abscannten und mich dann fragend musterten. »Und wieso liege ich auf deinem provisorischen Bett?«

Ich zwinkerte ihr zu und beugte mich zu ihr vor. »Früher oder später landen alle Frauen in meinem Bett. Das weißt du doch.«

»Sehr witzig. Wieso tut mein Kopf dann so weh? Haben wir irgendwelche extremen Sexstellungen praktiziert?«

Ich verschluckte mich fast an meiner Zunge und brach in schallendes Gelächter aus. »Oh Baby, ich würde liebend gern extreme Sexstellungen mit dir praktizieren. Aber ich fürchte, nicht ich habe dich so zugerichtet, sondern Jasper Vanhoff.«

»Ich habe mit Jasper Vanhoff geschlafen?«

»Nein, Süße. Du hast seiner Faust im Weg gestanden, die eigentlich mich treffen sollte.«

»Das darf doch nicht wahr sein.«

»Alles ist gut, Riley. Bleib ganz ruhig liegen. Ich hole den Doc und anschließend bringen wir dich ins Medical Center.«

»Was? Nein! Dafür fehlt mir eindeutig die Zeit.«

»Du glaubst doch nicht im Ernst, dass du einfach aus diesem Zimmer rausspazieren kannst, um da weiterzumachen, wo du vor deinem Knockout aufgehört hast?«

»Ich möchte es zumindest versuchen.«

»Nein.«

»Doch.«

»Nein. Wenn du das tun willst, musst du erst an mir vorbei.«

»Jetzt übertreib mal nicht.«

»Ich übertreibe nicht, Riley. Jasper hat dich ziemlich gut getroffen.«

»Wo ist Jasper überhaupt?«

»Na wo schon? Ich habe ihn totgeprügelt und neben den Toiletten verscharrt.«

»Sag mir, dass du das nicht getan hast.«

»Na gut. Ich hab's nicht getan. Aber was nicht ist, kann ja noch werden.«

»Bitte rühr ihn nicht an, Dante.«

»Warum nicht?«

»Weil du nicht der Typ sein willst, der seine Konflikte mit Gewalt löst. Versprich es mir.« Riley schluckte angestrengt und ich lenkte widerwillig ein.

»Ich verspreche es dir, wenn du mir im Gegenzug versprichst, ruhig liegen zu bleiben, während ich den Doc rufe und dich ohne Widerworte gründlich von ihm untersuchen lässt. Deal?«

»Na gut. Deal.«

Der Samstag endete damit, dass Jasper für das Rennen in Mexiko gesperrt wurde und eine saftige Geldstrafe zahlen musste. Daran änderte auch seine offizielle Entschuldigung bei Riley nichts.

Die Ärzte gaben Riley Entwarnung und versicherten dem Team, dass sie lediglich eine schmerzhafte Beule davontragen würde. Ihre Freundinnen belagerten sie wie Glucken und sahen jeden prüfend an, der sich in ihre Nähe wagte.

Sarah, eine der Pressesprecherinnen aus Rileys Team, übernahm am restlichen Samstag und auch am Sonntag Rileys fahrerspezifische Aufgaben, sodass sich mir vor dem Rennen nicht mehr die Möglichkeit bot, mit Riley zu sprechen.

Nach dem relativ unspektakulären Rennen, in dem Tom und ich uns den ersten und dritten Platz sichern konnten, suchte ich nach Riley und fand sie. Sie saß mit Tim in ihrem Büro und diskutierte leise mit ihm, während sie immer wieder seine Hand berührte.

Entmutigt und ziemlich erschlagen von dem Höhenunterschied in Mexiko Stadt, den Strapazen der letzten neunzig Minuten auf der Rennstrecke und den darauffolgenden ellenlangen Pressekonferenzen, Interviewterminen und Meetings, schnappte ich mir meine Tasche und verließ die Rennstrecke.

Das kommende Rennen fand in zwei Wochen in Brasilien statt. Ich würde noch heute Abend nach Rio fliegen und mir an der *Copacabana* ein paar Tage lang die Sonne auf den Bauch scheinen lassen, während ich mich auf das letzte Rennen vor der Sommerpause vorbereitete.

Außerdem hoffte ich, dass mir die hübschen Brasilianerinnen dort die widerspenstige, dickköpfige und nervtötende Squaw aus dem Kopf und aus dem Herz vögelten.

Denn die hatte mir einen ordentlichen Schrecken eingejagt, als sie da bewusstlos am Boden lag. Die Angst und Hilflosigkeit, die ich bei ihrem Anblick gefühlt hatte, verstörten mich zutiefst.

Höchste Zeit für einen Tapetenwechsel und ausreichend Abstand.

21

RILEY

Nach dem Rennen in Mexiko flog ich zu unserer Firmenzentrale nach Italien zurück, wo vor dem finalen Rennen vor der Sommerpause einiges an Arbeit auf mich wartete. Der Zwischenfall mit Jasper Vanhoff, sowohl auf, als auch neben der Rennstrecke, erhöhte mein Arbeitspensum um ein Vielfaches. Jasper Vanhoff hatte sich öffentlich und privat bei mir entschuldigt. Ich hatte gehofft, dass das Thema damit vom Tisch sei, doch die Medien befanden sich anscheinend schon im Sommerloch und brauchten dringend eine Schlagzeile, die sie ausschlachten konnten.

Deswegen klammerten sie sich an den Streit zwischen Jasper und Dante, in dem auch der Name von Jaspers Ex-Freundin Alissa gefallen war. Obwohl keiner der Fahrer und auch Alissa selbst nie Stellung zu besagten Vorwürfen bezogen hatten, Dante hätte

Jasper die Freundin ausgespannt, bauschten die Medien den hitzigen Dialog zwischen Dante und Jasper auf. Sie schmückten ihre Behauptungen mit XXL-Fotos von Dante an der *Copacabana* aus, wie er umringt von leichtbekleideten Schönheiten am Strand lag.

»Du siehst sehr mitgenommen aus, Süße.« Kenzie stellte einen Eistee vor mir ab und schaute über meine Schulter. »Oh oh. Noch mehr heiße Bikini Fotos von unserem Poseidon und seinen Begleiterinnen. Bist du deshalb so schlecht drauf?«

»Deshalb? Du meinst, weil er sich am Strand von Rio sonnt, während ich hier den *Serie del Rey* PR-Eklat des Jahrzehnts ausbügele?«

»Ich meine, weil er sich mit *sieben-achtel nackten Schönheiten* am Strand von Rio sonnt, während du hier den *Serie del Rey* PR-Eklat des Jahrzehnts ausbügelst.«

»Die Schönheiten haben nichts damit zu tun.«

»Ganz sicher? Auch nicht die da mit den gemachten Brüsten? Die stehen wie eine Eins. Schau mal, wie sie sich Dante präsentiert und anpreist.«

»Halt die Klappe, Kenzie.«

»Wusste ich's doch. *Dirty Dante* ist dir nicht egal.«

»*Dirty Dante*?«, kicherte ich unwillkürlich, obwohl mir mehr danach war, etwas zu zertrümmern. Zum Beispiel *Dirty Dantes* Angeberkarre.

»*Dirty Dante*, der schmutzige Traum aller Frauen.«

»Tja, sieht ganz so aus, als würde sich *Dirty Dante* köstlich amüsieren.«

»Du könntest ihn ja anrufen und fragen, was er so treibt.«

»Hallo? Erde an Kenzie! Du siehst schon diese bunten Fotos mit *Dirty Dante* und den fünf perfekten Models, die ihn umringen? Was denkst du denn, was er so treibt? Oder sollte ich sagen: Es ist ziemlich eindeutig, dass er es treibt.«

»Das weißt du nicht, Riley.«

Ich warf Kenzie einen spöttischen Blick zu.

»Im Ernst! Das, was du siehst, sind ein paar Schnappschüsse. Das ist ein Sekundenausschnitt eines 24-Stunden Tages. Und soweit ich das beurteilen kann, fasst er keine der Damen an.«

»Glaubst du allen Ernstes, dass Dante sich nicht ausgiebig an diesen blutjungen Früchtchen bedient?«

»Vielleicht will er ja lieber eine reife, nicht mehr ganz so feste Frucht.«

»Ey! Meinst du damit etwa mich?«

»Fühlst du dich angesprochen?«

Ich streckte Kenzie die Zunge raus und lächelte verschmitzt. »Danke fürs Aufheitern, Kenz.«

»Immer wieder gern, Süße.«

Am Mittwoch der folgenden Woche flog ich mit dem Team nach Brasilien und schnappte beim Hotel Check-In in Sao Paulo eine Unterhaltung zwischen Tom und Dante auf, wie sie darüber diskutierten, ob nun Brasilianerinnen oder Italienerinnen die heißesten Frauen der Welt seien.

»Wenn man den Schundblättern glauben mag, hast du's ordentlich krachen lassen, was die brasilianischen Schnitten angeht«, lachte Tom. »Wie viele hast du geschafft?«

»Meinst du pro Tag oder pro Stunde?«

Tom und Dante gackerten dreckig. Ich verdrehte genervt die Augen und ignorierte den Stich in meiner Magengrube und den seltsamen Druck hinter meinen Augen.

Da es an diesem Wochenende außerordentlich viele Termine für Pressevertreter der Teams gab, was die Planung der zweiten Saisonhälfte anging, beauftragte ich am Donnerstag an der Rennstrecke erneut Sarah damit, sich um Dante zu kümmern.

Die Arme zitterte wie Espenlaub. Zum einen, weil das sozusagen ihre offizielle Feuertaufe war und zum anderen, weil es sich bei dem zu betreuenden Fahrer um *Il Diavolo* höchstpersönlich handelte, der momentan noch mehr als sonst im Scheinwerferlicht der Medien stand.

»Cool bleiben, Sarah. Du schaffst das. Lass dich nicht austricksen. Weder von den Journalisten noch von Dante. Wir haben das zig Mal geübt. Es gibt nichts, wovor du Angst haben müsstest. Halte dich an die Vorgaben und setz dein schönstes Lächeln auf.«

Mit einem zaghaften Kopfnicken ging Sarah davon, nur um zwei Minuten später mit weit aufgerissenen Augen hinter Dante herzurennen, der zielstrebig auf meinen Schreibtisch zuhielt.

»Bist du immer noch angeschlagen oder gehst du

mir aus dem Weg?« Er überkreuzte die Arme vor der Brust und funkelte mich wütend an.

»Ich habe viel zu tun. Nicht jeder kann es sich leisten, faul am Strand zu liegen und sich von brasilianischen Schönheiten mit Trauben füttern zu lassen.«

»Bitte was? Niemand hat mich mit Trauben gefüttert, wobei ich der Idee nicht abgeneigt wäre. Es käme allerdings darauf an, wer mich füttert.«

»Hör zu, Dante, ich habe wirklich keine Zeit für deine Spielchen. Also geh doch bitte mit Sarah zu den Presseterminen und verhalte dich kooperativ. Versuch ausnahmsweise mal unter dem Radar zu fliegen und nicht alle Aufmerksamkeit auf dich zu ziehen. Das tue ich auch. Nach dem letzten Rennen könnte man fast meinen, ich sei berühmt, so oft, wie ich fotografiert werde.«

»Dann lass uns der Presse gemeinsam gegenübertreten. Das wird sie zum Schweigen bringen. Versteck dich nicht vor ihnen.«

»Dante! Ich werde weder meine Personalentscheidungen, noch meine PR-Strategie mit dir diskutieren. Und damit Ende der *Shit Show*. Raus hier!«

Neben mir bekam Dakota einen Hustenanfall und verließ fluchtartig den Raum. Kenzie saß in der Ecke und grinste von einem Ohr zum anderen.

Dante stützte die Hände auf meinem Tisch ab und lehnte sich vor. »Ich liebe es, wenn du mich herumkommandierst, Baby. Das törnt mich echt an«, flüsterte er mit rauer Stimme.

»So wie dich die ganzen Mädels angetörnt haben,

die du in Rio am Tag, oder sollte ich sagen, in der Stunde, abgeschleppt hast?«, zischte ich.

»Bist du eifersüchtig?«

»Nein, wieso sollte ich?«

»Dann ist es ja gut. Denn dazu hättest du kein Recht. Schließlich hast du deinen Tim, nicht wahr?«

»Er ist nicht mein Tim.«

»Ach nein?«

»Riley?«, ertönte die Stimme von Byron an der Tür und ich zuckte ertappt zusammen.

»Ja?«

»Können wir?«

»Komme schon«, beeilte ich mich zu sagen und versuchte dabei einen unbekümmerten Ton an den Tag zu legen. »Sarah? Dante und ich haben unsere Angelegenheiten besprochen. Er ist so weit.«

Mit einem brüsken Kopfnicken verabschiedete ich mich und kehrte erst einige Stunden später nach einem Marathon an Besprechungen in unser Motorhome zurück.

22

DANTE

Ich bekam Riley das ganze Wochenende über nicht zu greifen. Ständig steckte sie in Meetings fest und schickte Sarah vor, die wie ein nervöses Hündchen um mich herumhüpfte und mich mit ihrer Nervosität ansteckte. Wenigstens hielt sie die Journalisten in Schach.

Riley schien eine gute Lehrmeisterin zu sein. Nicht, dass ich daran auch nur im Geringsten gezweifelt hätte.

Abends wurde ich von einem Sponsorenevent zum nächsten geschleift und kam nicht dazu, im Hotel nach Riley Ausschau zu halten.

So flog das Rennwochenende an mir vorbei, ohne dass ich die Chance zu einem klärenden Gespräch bekam.

Riley war sauer auf mich. Das war mir klar. Aber ich verstand nicht, was genau der Auslöser dafür war.

Die paar nichtssagenden Strandfotos? Dass ich mit anderen Frauen abgelichtet wurde? Dass ich mir ein paar Tage Abstand gegönnt hatte?

Vollkommen absurder Schwachsinn!

Trotzdem gefiel mir der Gedanke, dass Riley offenkundig die Eifersucht plagte. Vielleicht war ich ihr doch nicht so egal, wie sie immer tat.

Ich nahm mir fest vor, sie am heutigen Sonntag darauf anzusprechen. Heute würde ich mich nicht abwimmeln lassen, selbst wenn ich sie dafür höchstpersönlich aus einer ihrer Besprechungen holen musste. Es war an der Zeit, klare Verhältnisse zu schaffen.

»Sarah, weißt du wann Riley heute eintrifft?«

Sarah sah noch eine Spur ängstlicher aus als sonst. Das beunruhigte mich.

»Sie saß in dem Wagen und spricht deswegen mit der Polizei«, flüsterte Sarah so leise und eindringlich, als würde sie mir streng geheime Informationen zuspielen.

»In welchem Wagen? Wieso Polizei?«

»Na in dem Wagen, der angegriffen wurde.«

»Angegriffen?«

Sarah nickte unglücklich und ich widerstand dem Drang, sie an den Schultern zu packen und zu schütteln. »Was für ein Angriff? Rede bitte mit mir, Sarah! Was ist mit Riley?«

»Dante? Alles okay?«

Tonis Stimme ließ mich herumfahren.

»Sarah erzählt mir hier etwas von einem Angriff auf Riley? Was ist los?«

Toni sah sich dezent um und zeigte mit dem Daumen auf sein Büro. »Setzen wir uns eine Minute.«

Kalte Angst breitete sich in mir aus. Sao Paulo war ein gefährlicher Fleck Erde. Hatte man Riley gekidnappt? Es kam in der Stadt während der Rennwochenenden immer wieder zu brutalen Zwischenfällen.

»Der Wagen, in dem Riley, Kenzie, Allegra, Dakota, Maddie und Byron saßen, wurde von einer bewaffneten Gang auf Motorrädern verfolgt. Sie haben die Polizei-Eskorte ausgeschaltet und versucht, den Wagen zum Anhalten zu zwingen.«

Bilder von Teammitgliedern, die im letzten Jahr aus ihrem Fahrzeug gezerrt und mit Maschinengewehren am Kopf bedroht wurden, blitzten vor meinem inneren Auge auf.

»Hey, Dante, du bist ja ganz blass. Bleib ruhig, Kumpel. Sie sind entkommen. Der Wagen ist wie all unsere SUVs hier in Brasilien gepanzert und mit Sicherheitskräften ausgestattet. Sie haben den Angriff abgewehrt und sind vor ein paar Minuten sicher an der Strecke angekommen.«

»Gott sei Dank.« Ich stieß zischend die Luft aus und rieb mir mit den Händen über das Gesicht. »Wo zum Teufel bleiben sie dann?«

»Sie sprechen noch mit der Polizei. Dauert bestimmt nicht mehr lange.« Toni lehnte sich vor und setzte eine ernste Miene auf. »Wir haben dieses Wochenende gute Chancen, uns in der Teamweltmeisterschaft von *Racing Rosso* und den *Roaring Bulls* abzusetzen. Lass dich bitte zu nichts hinreißen.«

»Du meinst in Bezug auf Jasper?«

Toni brummte zustimmend. »Er hat seine Strafe erhalten. Und auch wenn du und ich ihn am liebsten hängen sehen würden, müssen unsere Rachegedanken genau das bleiben: Gedanken. Tragen wir unsere Konflikte auf der Strecke aus, einverstanden?«

»Geht klar. Ich werde dem Mistkerl dermaßen um die Ohren fahren, dass ihm Hören und Sehen vergeht.«

»Das ist die richtige Einstellung.« Toni stand auf und drückte zustimmend meine Schulter. »Wenn man nach der Lautstärke geht, sind die Mädels gerade eingetroffen.«

Ich folgte seinem Blick durch die offene Tür und entdeckte die eingeschworene Frauenclique, die soeben laut und wild durcheinander plappernd das Motorhome betreten hatte.

Eilig erhob ich mich und schritt zum Catering-Bereich, wo die Mädels gerade dabei waren, ihre Teller mit Eiern, Speck und Toast zu beladen.

»Ist Riley nicht bei euch?«

»Die ist kurz ins Büro.« Allegra deutete in Richtung des Marketing- und Kommunikationsbüros.

Im Laufschritt legte ich die Strecke zurück, zwang mich jedoch vor der geschlossenen Bürotür durchzuatmen und möglichst lässig in den Raum zu schlendern.

Riley stand über ihren Computer gebeugt und zuckte erschrocken zusammen, als sie mich bemerkte. Ihre Hände zitterten und sie versteckte sie blitzschnell hinter ihrem Rücken.

»Kann ...« Ihre Stimme brach und sie räusperte sich. »Kann ich dir ...« Erneut versagte ihre Stimme und sie trat wütend mit dem Fuß gegen den Stuhl vor ihr. »Ach Scheiße«, schrie sie und schluckte die aufkommenden Tränen herunter.

Ich nahm meine Hände aus den Hosentaschen und breitete die Arme aus. »Komm mal her.«

»Nein. Geht schon«, wiegelte sie ab.

Ich machte einen Schritt auf sie zu. Dann noch einen.

Sie wich nicht zurück.

Schließlich stand ich direkt vor ihr.

»In meinen Armen ist es warm und sicher, versprochen«, flüsterte ich. »Ich verrate auch niemandem, dass selbst du ab und an ein wenig Angst hast. Das bleibt unser Geheimnis.«

»Sehr witzig«, murmelte sie und schmiegte sich zaghaft an meine Brust.

Ich schlang meine Arme um sie und hielt sie.

Keiner von uns sagte ein Wort.

Riley zitterte am ganzen Körper. Ich strich ihr behutsam über den Rücken und küsste ihren Scheitel. Ihr Parfüm aus Pfirsichblüten und Hibiskus stieg in meine Nase. Gierig atmete ich den himmlischen Duft ein und versuchte, ihn in meinem Gehirn abzuspeichern, um ihren Duft abzurufen, wann immer ich mich nach ihr sehnte.

Mit den Minuten ließ ihr Zittern nach. Sie sah zu mir auf und rang sich ein Lächeln ab.

»Es geht schon wieder. Ich war nur ein wenig ...«

Sie kräuselte ihre Nase und suchte nach den passenden Worten.

»Am Rande deiner Komfortzone?«

Rileys Lächeln wurde breiter. »So kann man es auch sagen. Ich werde nicht jeden Tag von Männern mit Maschinengewehren gejagt.«

»Ich bin froh, dass dir nichts zugestoßen ist.«

»Wirklich? Wenn ich tot bin, kann ich dich nicht mehr nerven. Man sollte meinen, dass das ein Anreiz für dich sei, mir einen Auftragskiller auf den Hals zu hetzen.«

»Vielleicht stehe ich ja insgeheim darauf, von dir genervt zu werden.«

»Das Thema hatten wir bereits, Dante. Heb es dir für deine brasilianischen Schnecken auf.«

»Riley, jetzt warte mal.« Ich hielt sie am Arm fest und zog sie zu mir zurück. »Was willst du eigentlich von mir? Ist es dir nicht recht, dass ich mich mit anderen Frauen treffe?«

»Es ist schlecht für dein Image. Du solltest dich auf eine Frau festlegen. Und die sollte möglichst kein Unterwäschemodel und auch kein Pornostar sein, sondern vielmehr eine bodenständige, sympathische und liebenswürdige Frau.«

»Es geht dir also allein um mein Image?«

»Ja, natürlich. Worum denn sonst?«

»Und du glaubst, dass so eine Frau mein Image aufwerten würde?«

»Ich bin mir sogar sicher.«

»Und fällt dir jemand ein, der für diesen Posten geeignet wäre?«

Ich sah sie eindringlich an und gab ihr die Chance, etwas zu riskieren. Mutig zu sein. Einen Schritt auf mich zuzumachen.

Aber Riley wandte den Blick ab und schüttelte den Kopf. »Ich glaube diese Frau muss erst noch geboren werden.«

»Weil ich so furchtbar bin?«

Sie seufzte. »Ach komm schon. Das weißt du doch selbst. Sieh dir nur die Spur der Verwüstung an, die du in den letzten zehn Jahren mit deinen Eskapaden und Dramen hinterlassen hast. Alkohol, Drogen, Schlägereien, Frauengeschichten ...«

»Ich bin eben ein Lebemann.«

»Lebemann ist ein anderes Wort für verantwortungslos, draufgängerisch, leichtsinnig und selbstsüchtig.«

»Das sagst du, weil du nicht die ganze Geschichte kennst.«

»Dann erzähl sie mir.«

Ich schnaubte resigniert. Sie ihr erzählen?

Nein.

Warum sollte ich?

Offenbar hatte sie ihr Urteil über mich längst gefällt. So wie alle anderen. Was nutzte es da, ihr die Wahrheit zu gestehen? All die Narben von Neuem aufzureißen?

»Ach hier bist du, Mann. Ich habe dich überall gesucht.« Liam schlenderte zu uns in den Raum und tippte mit gerunzelter Stirn auf seinem Handy. »Können wir vor dem Rennen noch über ein paar potenzielle Sponsorendeals sprechen oder machen wir das heute Abend im Jet?«

»Nach dem Rennen«, knurrte ich und zwängte mich an ihm vorbei. »Ich will jetzt nicht mehr gestört werden. *Von niemandem*«, sagte ich mit Nachdruck und verschwand ohne ein weiteres Wort.

»Hast du ihn schon wieder geärgert?«, hörte ich Liam fragen.

Rileys Antwort hingegen wurde von dem Knallen meiner Tür, die krachend ins Schloss fiel, übertönt.

Egal.

Ich hatte sowieso genug gehört.

23
RILEY

Dante hatte den Grand Prix von Brasilien gewonnen. Und durch Toms zweiten Platz machten wir den Doppelsieg perfekt. Somit konnten wir mit einem ansehnlichen Polster zu *Racing Rosso* und den *Roaring Bulls* in die zweiwöchige Sommerpause gehen.

Seit unserer ungemütlichen Diskussion hielt sich Dante von mir fern. Nach dem Rennen absolvierte er mit Sarah brav all seine Termine, bevor er mit Liam grußlos durch die Hintertür des Motorhomes verschwand.

Das lag jetzt genau vierundzwanzig Tage zurück.

Nicht, dass ich sie zählen würde.

Während ich nach dem Brasilien Rennen zurück zur Fabrik gereist und noch vier Tage gearbeitet hatte, war Dante in seinem Jet mit Liam an einen unbekannten Ort geflogen.

Seltsamerweise fanden ihn selbst die Paparazzi nicht. Es gab keinerlei Fotos von ihm in der Klatschpresse. Der Kerl schien wie vom Erdboden verschluckt.

Eigentlich sollte mich das freuen, da es meine Arbeit erleichterte. Trotzdem drifteten meine Gedanken immer wieder ab und ich fragte mich, wo er sich wohl herumtrieb. Was er tat. Mit wem er es tat ...

Am Freitag der Folgewoche begannen auch für mich die Ferien. Ich flog für ein paar Tage zu meinen Eltern nach Paris, die ich aufgrund meines Jobs und ihrer politischen Karrieren selten sah. Danach traf ich mich mit Skye und Dakota in Griechenland, wo wir uns die Sonne auf den Pelz scheinen ließen, uns die Bäuche mit Gyros und Tsatsiki vollstopften und Zeugen der schönsten Sonnenuntergänge überhaupt wurden.

In stillem Einverständnis ließen wir das Thema Männer ruhen und konzentrierten uns stattdessen voll und ganz auf unsere Erholung, bevor uns die zweite Saisonhälfte, die sich bis Mitte Dezember zog, einiges abverlangen würde.

Zwar sprach ich nicht über Dante, aber er spukte in meinen Gedanken herum. Wann immer er auftauchte, verscheuchte ich ihn sofort wieder. Leider war der Dante in meinen Gedanken genauso hartnäckig und starrköpfig, wie der Dante im echten Leben. Er gab sich nicht geschlagen und tauchte andauernd wieder auf. Im Gegensatz zu dem echten Dante: Der blieb die gesamten vierundzwanzig Tage wie vom Erdboden verschluckt.

Am Sonntag der zweiten Woche flogen wir zurück

nach Italien und am Dienstagabend brachen wir zu dem nächsten Saisonrennen in Singapur auf.

Da es sich um ein Nachtrennen handelte, barg dieses Event in jedem Jahr eine ganz besondere Atmosphäre. Gefahren wurde unter Flutlicht, mitten auf den beeindruckenden Straßen Singapurs.

Die Termine an der Rennstrecke begannen nicht wie bei so ziemlich jedem anderen Rennen der Saison am Morgen, sondern erst am späten Nachmittag. Dafür zogen sie sich bis in die frühen Morgenstunden des darauffolgenden Tags.

Man arbeitete dementsprechend von vierzehn Uhr nachmittags bis um drei Uhr in der Früh am Folgetag. Dann fuhr man zurück zum Hotel, schlief bis dreizehn Uhr, frühstückte und begab sich gegen vierzehn Uhr zurück zur Rennstrecke.

Als ich am Donnerstagnachmittag das Motorhome in Singapur betrat, warnte man mich, dass Dante in seinem Fahrerzimmer säße und nicht allzu guter Laune sei.

Mit klopfendem Herzen machte ich mich auf den Weg, um ihn für die Presseverpflichtungen des Tages zu briefen.

Als ich die Tür zu seinem Zimmer öffnete, waren er und Liam in eine angeregte Diskussion vertieft, von der ich jedoch nichts verstand, weil sie die Köpfe zusammengesteckt hatten und mit gedämpfter Stimme sprachen.

»Komme ich ungelegen?«

Sie verstummten und tauschten einen unergründlichen Blick, aus dem ich absolut nicht schlau wurde.

»Wir sind soweit durch mit unserer Besprechung. Er gehört ganz dir.« Liam erhob sich und verließ mit angespannter Miene den Raum.

Komisch. Das sah der Frohnatur gar nicht ähnlich.

Nachdenklich schaute ich ihm hinterher.

»Was gibt's, Riley?«

Dantes reservierter Tonfall ließ mich innerlich zusammenfahren.

»Dir auch einen wunderschönen Nachmittag. Ich hoffe, du hast einen erholsamen Urlaub verbracht.«

»Hab' ich. Jede Menge Koks, Alkohol und Weiber. Und selbst?«

»Glaube bloß nicht, dass ich mich auf so eine Unterhaltung mit dir einlasse.«

»Dann lass es.« Dante klang gereizt. In seinen Augen lag eine Härte, die ich so vorher noch nie an ihm gesehen hatte.

»Eigentlich bin ich gekommen, um dir zu sagen, dass ich dir möglicherweise Unrecht getan habe. Denn seit du bei *Titan Racing* unter Vertrag stehst, hast du dir so gut wie nichts zu Schulden kommen lassen. Zumindest für deine Verhältnisse. Aber anscheinend bin ich hier nicht willkommen. Also lasse ich dir den Zeitplan für heute auf deinem Tisch und wir sehen uns in einer halben Stunde im Vorraum für das erste Interview.«

»Ist notiert«, blaffte Dante. Auf meine Entschuldigung, die mich einiges an Überwindung gekostet hatte, ging er nicht im Geringsten ein.

Dann halt nicht.

Dantes Laune besserte sich den gesamten Nachmittag über und auch während des Abends nicht. Im Gegenteil. Mit jeder Stunde wurde er grimmiger und einsilbiger.

»Willst du mir erzählen, warum du so mies drauf bist?«, versuchte ich es gegen Mitternacht.

»Was interessiert dich das? Ich bin dir doch vollkommen egal.«

»Das stimmt nicht. Ich bin für dich verantwortlich ...«

»Einen Scheiß bist du, Riley. Ich bin für mich selbst verantwortlich. Und solange ich mich mit den Presseheinis gutstelle, lass mich einfach in Ruhe und erspar’ mir deine nervigen Fragen. Du willst doch sonst immer, dass ich schweige. Jetzt tue ich es und das passt dir auch nicht in den Kram.«

»Okay.« Ich hob abwehrend die Hände in die Höhe. »Schweigen wir. Wir sind für heute sowieso fertig. Du bist also in Gnaden entlassen.«

Wortlos drehte sich Dante um und stapfte davon.

Was zur Hölle war denn mit dem los?

Kopfschüttelnd ging ich zur Theke des Motorhomes, wo Liam bei Skye stand und allem Anschein nach heftig flirtete.

»Welche dinosauriergroße Laus ist Dante denn über die Leber gelaufen?«, erkundigte ich mich bei ihm, während ich bei Skye einen Kaffee bestellte.

»Wo ist Dante?«

Liam sah sich hektisch um.

Ich zuckte mit den Schultern. »Ich habe ihm vor fünf Minuten den Freibrief für heute erteilt. Wobei,«, ich blickte auf meine Armbanduhr »im Grunde genommen ist es ja schon morgen. Kurz nach halb eins.«

»Scheiße«, stieß Liam hervor und rannte los.

»Die zwei haben heute mehr geflucht, als in allen vorherigen Saisonrennen zusammen. Was haben die nur?«

Skye schürzte die Lippen. »Liam meinte, dass er Dante an diesem Wochenende im Auge behalten müsse. Als ich ihn gefragt habe wieso, ist er nicht weiter darauf eingegangen.«

»Soso.« Mit einem mulmigen Gefühl im Magen trank ich einen Schluck von meinem Kaffee. »Mir schwant Böses, Skye. Das hier riecht förmlich nach Ärger. Nach richtig großem Ärger.«

24
RILEY

Die digitale Anzeige neben dem Bett zeigte kurz vor drei Uhr morgens. Ich ließ mein Handtuch fallen, das ich nach der wohltuenden Dusche um meinen Körper geschlungen hatte und streifte mein Nachthemd über. Dann griff ich nach meinem Handy, um mir den Wecker zu stellen, als ich jäh innehielt.

In den vergangenen fünfzehn Minuten, während ich geduscht und mir die Haare geföhnt hatte, waren acht verpasste Anrufe und drei Nachrichten auf meinem Handy eingegangen.

Allesamt von Liam.

Alarmiert entsperrte ich das Handy und drückte auf die Rückruftaste.

»Riley?«

»Was ist passiert?«

»Ich habe jetzt keine Zeit, dir das zu erklären.

Aber Dante geht es nicht gut. Kannst du herkommen? Ich will ungern Byron oder Toni aus dem Bett klingeln.«

»Kommen? Wohin?«

»In die *Ohana Bar* nach Chinatown.«

»Bin so gut wie unterwegs. Gib mir fünf Minuten.«

Ich zog mir das Erstbeste über, was ich in meinem Koffer fand und rannte zum Hotelausgang. Zum Glück standen dort rund um die Uhr Taxis bereit. So auch mitten in der Nacht.

Ich gab dem Taxifahrer die Adresse durch und malte mir in Gedanken mögliche Szenarien von dem aus, was mich in Chinatown erwartete.

Zum Glück dauerte es vom Hotel aus keine zehn Minuten, bis der Wagen vor der heruntergekommenen Bar hielt.

Draußen stand Liam und redete beruhigend auf jemanden ein. Allerdings handelte es sich dabei nicht um Dante.

»Was ist los? Wo ist er?« Ich hechtete zu den beiden Männern und scannte die Umgebung.

»Der Typ hat meine Bar verwüstet. Ich will die Polizei rufen, aber der da lässt mich nicht.« Der Mann deutete auf Liam.

»Polizei?« Sämtliche Alarmglocken schrillten in meinen Ohren. Und zwar so laut, dass mein Trommelfell zu bersten drohte. »Wir können das sicher ohne Polizei regeln. Denken Sie nur mal an den ganzen Papierkram. Das würde sich bestimmt einige Stunden hinziehen und wir wollen doch alle ins Bett, nicht wahr? Außerdem verspreche ich Ihnen, dass mein

Freund hier für den Schaden aufkommen wird. Und zwar Cash auf die Hand. Nicht wahr, Liam?«

Liam nickte überzeugend. »Zweifellos. Ich lege auch nochmal zwanzig Prozent für die Unannehmlichkeiten drauf, die mein Kumpel Ihnen gemacht hat, wenn Sie keine Anzeige erstatten.«

»Ist Ihr Kumpel berühmt oder so? Ich glaube, ich habe ihn schon mal irgendwo gesehen.«

»Nein, nein«, erwiderten Liam und ich gleichzeitig und schüttelten unschuldig die Köpfe. »Er ist ein Niemand. Ein stinknormaler Geschäftsmann mit zu viel Geld. Seine Frau hat sich vor ein paar Wochen von ihm scheiden lassen und er kommt damit nicht klar. Eine ziemlich unspektakuläre Geschichte, mit der wir Sie nicht langweilen wollen.«

»Ja, das kenne ich. Meine Frau hat sich vor fünf Jahren von mir scheiden lassen. Ich bin froh, dass ich dieses undankbare Weibsbild nicht mehr länger an der Backe habe.«

Ich hüstelte verlegen und verkniff mir jeglichen Kommentar.

»Dreißig Prozent«, sagte der Typ, der sich als Eigentümer der Bar entpuppte. »Ich will dreißig Prozent obendrauf. Dann lassen wir die Polizei aus dem Spiel. Und ich will, dass Sie mir den Tisch, die Stühle und die Gin-Flaschen sofort ersetzen. Bar auf die Kralle.«

»Natürlich. Das ist kein Problem. Wieso gehen wir nicht zusammen zum Geldautomaten, während meine pflichtbewusste Freundin unseren Kumpel nach Hause bringt?«

»Na gut. Ich würde Ihnen nicht raten, mich reinzulegen. Ich kann sehr ungemütlich werden.«

»Selbstverständlich, Sir. Kommen Sie.« Liam lotste den Kerl von der Bar weg und ich blieb allein auf der menschenleeren Straße zurück.

Unschlüssig stand ich ein paar Sekunden vor der Eingangstür und versuchte zu verstehen, was hier eigentlich vor sich ging. Doch als Liam und der Eigentümer um die Ecke bogen und aus meinem Sichtfeld verschwanden, schaltete ich in den Pressechefin-Überlebensmodus und kümmerte mich im Eiltempo um die Schadensbeseitigung.

Manch einer würde es vielleicht auch Vertuschung nennen.

Ich öffnete die schwere Holztür und trat ein. Ein muffiger Geruch schlug mir entgegen. Dante saß auf dem Boden, den Rücken gegen den Tresen gelehnt, eine Gin Flasche in der Hand. Um ihn herum lag zersplittertes Glas. Vor ihm ein zertrümmerter Stuhl. Der Tisch war in der Mitte in sich zusammengesackt. Der Fußboden klebte wie Kaugummi unter meinen Schuhen.

Igitt.

»Dante?«

Er schaute nicht mal zu mir auf. Stattdessen nahm er einen weiteren Schluck aus der Flasche und schmiss sie wütend gegen die gegenüberliegende Wand. Mit einem lauten Knall zersprang sie in tausend Teile.

Ich zuckte zusammen und starrte entgeistert zu dem hässlichen Fleck an der Wand.

Was zum Teufel?

»Na mach schon«, nuschelte Dante resigniert.

»Mach schon was? Was soll ich machen?«, gab ich irritiert zurück.

»Schrei mich an. Beleidige mich. Mach mich fertig. Sag mir, was für ein verantwortungsloser, selbstgerechter, abgefuckter Typ ich bin. Sag mir, dass du recht hattest. Dass ich ein Versager bin. Dass es ein Fehler war, mich als Fahrer zu verpflichten. Dass sie mich rausschmeißen sollten.«

»Das habe ich dir bereits zig Mal gesagt. Ich bin zu müde, um es jetzt zu wiederholen. Es ist halb vier Uhr morgens, Dante.«

»Hat Liam dich gerufen?«

»Ja.«

»Verräter.«

»Er hätte auch Toni oder Byron anrufen können.«
Dante schwieg.

Ich löste meine Finger, die so angespannt zu Fäusten geballt waren, dass sich meine Fingernägel unangenehm in die Haut gruben und atmete durch.

Das hier war nicht der richtige Moment, um ihm Vorhaltungen zu machen. Erstens ging es ihm offensichtlich alles andere als gut und zweitens musste ich ihn hier rausschaffen, bevor der Besitzer zurückkam und wir Gefahr liefen, dass er Dante doch noch erkannte und in den Medien ausplauderte, was heute Nacht vorgefallen war.

»Bist du zu Fuß hergelaufen? Von der Rennstrecke meine ich?«

»Nein. Bin mit dem Wagen da.«

»Und wo steht der?«

»Seitenstraße.«

»Gib mir die Schlüssel.«

»Was?«

»Schlüssel her. Du hast mich schon verstanden.«

»Auf keinen Fall. Ich kann selbst fahren.«

»Du kannst ja nicht mal aufrecht stehen.«

»Du weißt nicht, wie man so einen Wagen fährt.«

»Das werden wir ja sehen.«

»Na gut. Wen kümmert es schon, wenn ich draufgehe. Ist sowieso alles egal.« Dante zog den Schlüssel mit fahrigen Handbewegungen aus seiner Hosentasche und legte ihn neben sich auf den Boden.

»Vielleicht kümmert es keinen, wenn du drauf gehst. Allerdings gibt es viele Menschen, die mein Tod durchaus kümmern würde. Also sei dir sicher, dass ich uns heil nach Hause bringe.«

»Nach Hause.« Dante schnaubte verächtlich. »Ich habe kein Zuhause.«

»Für heute Nacht ist das dein Hotelzimmer. Wo hast du deine Schlüsselkarte?«

Dante zuckte gleichgültig die Achseln. »Weiß nicht. In meinem Geldbeutel?«

»Also gut. Dann stehen wir mal auf und gehen nach draußen.«

»Ich habe Durst. Steht im Regal noch eine neue Flasche Gin?«

»Gin ist alle. Jim, Johnny und Jack sind ebenfalls aus. Zeit zu gehen.«

»Lass mich doch einfach in Ruhe hier sitzen. Wieso musst du immer so dermaßen nerven?«

»Das ist mein Job.«

»Ich scheiß auf deinen Job. Ach Fuck, ich scheiß auf alles. Und auf dich ganz besonders.«

»Du willst mich loswerden. Hab' ich schon kapiert. Aber das kannst du nicht. Sei so gemein, wie du willst. Ich bleibe.«

»Wartet im Hotel nicht Tim darauf, dich zu besteigen?«

»Für gewöhnlich besteige ich ihn. Ich habe gern die Kontrolle beim Sex.«

Dass Tim und mich nicht mehr als ein paar harmlose Dates verband, ging ihn nun wirklich nichts an.

»Scheiße, Riley. Ich will mir das nicht vorstellen.«

»Wenn du nicht auf der Stelle deinen Hintern hochhebst und mit mir mitkommst, erzähle ich dir in allen Einzelheiten, wie er und ich es miteinander treiben.«

»Ich bring ihn um. Ich bring den Scheißkerl um«, murmelte Dante und erhob sich ächzend.

Er schwankte gefährlich und ich machte hastig einen Satz nach vorn, um ihn davor zu bewahren, umzufallen.

Wortlos verließen wir die Bar.

»Dort drüben.« Dante deutete mit dem Kinn auf einen giftgrünen Sportwagen mit offenem Verdeck, der unweit von uns parkte.

Ich manövrierte ihn zur Beifahrerseite und entriegelte das Höllenfahrzeug. Unter Anstrengung all meiner Kräfte schaffte ich es, Dante einigermaßen sanft auf den Beifahrersitz zu hieven.

»Bist du sicher, dass du den fahren willst? Der GT ist ziemlich schnell.«

»Ich kann ja langsam fahren.«

»Das wäre eine Beleidigung für den Wagen. Man darf ihn nicht langsam fahren.«

»Man darf auch nicht sturzbetrunken eine Bar zerlegen. Also erklär du mir nicht, was man darf und was nicht.«

Ich drückte den Startknopf und das Auto erwachte mit einem solch eleganten Schnurren zum Leben, dass sich sämtliche Härchen auf meinen Unterarmen aufstellten.

Dante besaß eindeutig Geschmack, auch wenn ihm das im Moment nichts nutzte.

Das Team stellte ihm jedes Mal die heißesten Mietwagen der lokalen Niederlassungen zur Verfügung, auf die wir Normalsterblichen keinen Zugriff hatten.

Bis auf heute Nacht.

Entzückt von dieser einmaligen Chance und die Umstände ignorierend, lenkte ich den Wagen auf die leeren Straßen Singapurs und gab Gas.

25
DANTE

Die warme, schwüle Morgenluft Singapurs wehte durch meine Haare, während ich Riley dabei beobachtete, wie sie den 500 PS starken Sportwagen sicher in Richtung Teamhotel steuerte.

»Fahr nicht so schnell«, mahnte ich sie.

»Ich dachte, du liebst den Kick der Geschwindigkeit.«

»Ja, wenn ich selbst hinter dem Steuer sitze.«

»So ein Pech. Das passiert eben, wenn man die Kontrolle über sich verliert. Man wird ganz schnell aufs Abstellgleis verfrachtet und hat nichts mehr zu melden.«

»Ich ...«

»Du genießt jetzt besser mal die Aussicht und verhältst dich still.«

Obwohl ich redlich beschwipst und in absolut

mieser Stimmung war, konnte ich nicht vermeiden, dass ich meine Hand nach Riley ausstreckte und ihr mit meinem Zeigefinger behutsam über den Arm strich.

»Du bist wunderschön.«

Ich beugte mich vor und bedeckte ihren Arm mit zarten Küssen.

»Dante«, stöhnte sie gequält.

Auf ihrem Dekolleté breitete sich eine verräterische Gänsehaut aus.

»Du bist betrunken. Du weißt nicht, was du da sagst und tust.«

»Das weiß ich sehr wohl. Und ich meine jedes Wort davon ernst. Du bist wunderschön, Riley. So verdammt wunderschön.«

»Ich wette, das versicherst du so ziemlich jeder Frau.«

»Nein, das stimmt nicht.«

»Ach nein?« Sie warf mir einen skeptischen Blick zu. »Wir sind da.«

Riley lenkte den Wagen vor den Hoteleingang und gab dem Portier die Schlüssel. Mit verkniffener Miene kam sie um das Auto herum und half mir beim Aussteigen, während sie die ganze Zeit über die Umgebung im Auge behielt, um potenzielle Paparazzi und Hotelangestellte, die heimlich ein Foto von mir schießen wollten, abzuwehren.

»Die Luft ist rein.« Sie legte mir einen Arm um die Hüfte und gab mir Halt. Ich legte ihr meinerseits den Arm um die Schultern und genoss ihre Nähe in vollen Zügen.

Musste ich mich tatsächlich erst volllaufen lassen und eine Bar zu Kleinholz verarbeiten, dass ich in den Genuss ihrer Berührungen kam?

»Welches Stockwerk?«

»Vierzig.«

Wir traten in den Aufzug und Riley benutzte meine Chipkarte, um sich Zugang zum vierzigsten Stock zu verschaffen.

Als sie die Tür zu meiner Suite öffnete, ließ ich mich erschlagen auf mein Bett fallen.

»Du kannst nicht in den versifften Klamotten schlafen.«

»Wieso nicht?« Ich rollte mich auf das Bett und dachte gar nicht daran, wieder aufzustehen. Alles drehte sich, verflixt noch mal.

»Weil sie nach Alkohol und Schweiß stinken. Außerdem sollten wir den Gin schnellstens aus deinem Körper spülen.«

Ich spürte, wie die Matratze unter mir nachgab und Riley zu mir auf das Bett kletterte. Sie setzte sich auf mich und versuchte, mir das T-Shirt über den Kopf zu ziehen.

»Sex?« Ich zog die Augenbrauen hoch und setzte ein, wie ich hoffte, einladendes Lächeln auf.

»Dusche.«

»Sex unter der Dusche? Geil.«

»Dusche. Ohne Sex.«

»Kein Interesse.«

»Komm schon, Dante. Mach es mir nicht so schwer. Wir haben morgen beide einen langen Tag vor uns. Wenn du nicht nüchtern bist, lassen sie dich nicht fahren. Dann bricht die Hölle los.«

»Ah shit. Morgen ist Freitag.«

»Heute, um genau zu sein. Es ist halb fünf.«

Mühsam stützte ich mich auf die Ellenbogen und ließ mich von Riley auf die Füße ziehen, verfolgte still, wie sie mich aus meinem T-Shirt schälte und meine Gürtelschnalle löste.

Sie sah zu mir hoch und schüttelte ungläubig den Kopf, so als könnte sie nicht glauben, was hier gerade passiert.

»Was ist?«

»Nichts. Alles gut.«

Riley zog den Reißverschluss herunter und öffnete den Knopf meiner Jeans, bevor sie die Hose zu meinen Fußgelenken hinab zog und mir half, sie abzustreifen.

»Fehlt noch die Unterhose.«

»Netter Versuch. Die behältst du schön an.«

»Ich soll in meiner Unterhose duschen?«

»Wie im Schwimmbad. Da trägst du schließlich auch eine Badehose.«

»Nicht immer.«

»Heute schon.«

»Ziehst du dich ebenfalls aus?«

»Nein.«

»Was, wenn ich in der Dusche umfalle?«

»Wir setzen dich auf einen Hocker.«

»Das ist unwürdig.«

»Bedank dich bei dir selbst.«

Riley begleitete mich ins Badezimmer und lehnte mich gegen die Wand.

»Ich will keinen Hocker.«

»Bist du sicher?«

»Ja«, stöhnte ich und schloss die Augen, weil sich zum wiederholten Male alles zu drehen begann.

»Na dann: Wasser marsch.«

Keine Sekunde später traf mich ein eiskalter Schwall Wasser und ich schrie entsetzt auf.

»Willst du mich umbringen?«

»Wenn ich mir wegen dir die Nacht um die Ohren schlagen muss und um meinen dringend notwendigen Schlaf gebracht werde, liegt der Gedanke nicht allzu fern.«

Die Kälte kroch unbarmherzig in meine Glieder und lichtete geschwind die dicken Nebelschwaden in meinem Gehirn. Der Schwindel ließ nach, sodass ich nach dem Duschgel greifen und mich einseifen konnte.

Irgendwann drehte Riley die Dusche ab und schlang ein weiches Handtuch um meinen Körper.

»Ich habe dir frische Boxershorts und ein T-Shirt auf die Ablage gelegt. Kann ich dich damit allein lassen?«

Ich nickte stumm.

Kurze Zeit später kam ich mit geputzten Zähnen und frischer Kleidung aus dem Bad und schlurfte ein zweites Mal zum Bett.

»Bevor du einschläfst, musst du die hier trinken und das hier schlucken.«

Sie hielt mir eine ein Liter Flasche Wasser und eine weiße Tablette vor die Nase.

Fragend musterte ich die Tablette.

»Gegen Kater und Kopfschmerzen. Steht nicht auf der Dopingliste. Ich habe nachgesehen.«

Dankbar nahm ich ihr das Medikament und das Wasser ab und leerte es in nahezu einem Zug.

»Gut gemacht.«

Riley nahm mir die Flasche ab und ging zum Fenster, um die hohen Vorhänge zuzuziehen. Draußen dämmerte es bereits.

Ein leises Klopfen an der Tür ließ mich im Bett hochfahren.

»Das ist bloß Liam«, beruhigte mich Riley und öffnete meinem Manager mit einem angedeuteten Lächeln die Tür. »Hi.«

»Hi und tausend Dank.«

Liam wirkte gestresst. Eine tiefe Sorgenfalte prangte auf seiner Stirn.

»Jedes Jahr derselbe Scheiß, Alter. Das muss aufhören.« Er kam auf mich zu und stemmte vorwurfsvoll die Hände in die Hüften. »Noch so eine Aktion und ich kündige als dein Manager.«

»Das sagst du jedes Mal. Und dann bleibst du doch.«

»Dieses Mal nicht.«

»Liam.« Riley legte ihm die Hand auf die Schulter. »Dante sollte jetzt schlafen. Lasst uns morgen in Ruhe reden. Das bringt so nichts.«

»In Ordnung«, lenkte Liam widerwillig ein und durchbohrte mich mit seinem enttäuschten Blick. »Ich bleibe bei ihm.«

»Was? Nein! Riley soll bleiben!«

»Riley hat dich lange genug ertragen müssen. Rutsch rüber, alter Mann und halt die Klappe.«

»Ich schaue gegen Mittag vorbei. Falls etwas ist, ruft mich an. Ich lege mein Handy neben das Bett.«

»Ist gut. Danke.«

Wehmütig blickte ich zur Tür, durch die Riley soeben verschwunden war.

Ob sie allein schlief? Oder wartete womöglich dieser halbstarke Tim in ihrem Bett auf sie?

»Augen zu, Dante. Ich will kein Wort mehr hören. Du hast uns heute Abend echt blamiert.«

»Uns?«

»Ja, uns. Wir sind ein Team, schon vergessen?«

»Tut mir leid, Kumpel. Scheiß Tag.«

»Ich weiß. Und nur deshalb bin ich noch hier. Aber dieser Tag wird sich jedes Jahr bis ans Ende deines Lebens wiederholen. Du musst einen anderen Weg finden, ihn zu überstehen, als dich selbst zu zerstören.«

»Keine Ahnung, wie das gehen soll. Ich halte es nur mit Alkohol aus. Und selbst dann verschwinden die Bilder nicht aus meinem Kopf.«

26

RILEY

Als ich gegen zwölf Uhr an Dantes Zimmertür klopfte, hatte ich schon so viel Koffein intus, dass mein Herz in meiner Brust Samba tanzte.

An Einschlafen war kaum zu denken gewesen.

Stattdessen hatte ich mich schlaflos im Bett gewälzt und mich gefragt, was der Grund für Dantes Totalausfall gewesen sein könnte.

Ich würde ihn wohl oder übel fragen müssen. Denn mein Rätselraten hatte zu keinem Resultat geführt.

Jetzt, bei Tageslicht, waren die Geister der letzten Nacht verschwunden und es wurde Zeit, dass er mir Rede und Antwort stand. Er konnte nicht erwarten, dass ich ihn vor der Chefetage deckte, wenn er mir keinen Einblick in seine Probleme gewährte. Es war meine Aufgabe, ihn aus Schwierigkeiten herauszuhalten. Meine Pflicht. Meine Verantwortung.

Die geheime Mission in Chinatown war gerade nochmal gut gegangen. Aber wer garantierte mir, dass es kein nächstes Mal gab? Dass Dante nicht wieder austickte? Und was, wenn der Skandal dann nicht mehr abzuwenden war? So viel Glück wie in Chinatown hatte man in der Regel nicht zwei Mal.

So lange ich nicht wusste, was ihn so sehr aus der Bahn geworfen hatte, ging ich auf einem schmalen Pfad direkt am Abgrund und drohte jeden Moment abzustürzen.

Von den beruflichen Verpflichtungen und Verantwortungen mal abgesehen, sorgte ich mich offen gesagt um Dante. Ihn so verzweifelt und mitgenommen auf dem Boden in sich zusammengesackt sitzen zu sehen, hatte mich direkt ins Herz getroffen.

Was auch immer seine Seele belastete, ich wollte ihn davon befreien, ihm helfen. Warum mir das so wichtig war – ich wollte lieber nicht genauer darüber nachdenken.

Nach dem zweiten Klopfen öffnete mir Liam und bat mich hinein.

»Guten Morgen.«

»Der Morgen ist längst vorbei. Aber sag mir, ob es ein guter Mittag ist?«

»Dante duscht gerade. Er war bereits im Fitnessraum.«

»Nicht dein Ernst?«

»Doch. Mein voller Ernst.«

In diesem Moment öffnete sich die Badezimmertür und ein splitternackter Dante Di Santo trat aus dem Raum. Anscheinend schien er meine Ankunft nicht bemerkt zu haben. Er rubbelte sich mit einem Handtuch die Haare trocken und ermöglichte mir so einen uneingeschränkten Blick auf seine imposante Männlichkeit, sowie auf ein ausgesprochen interessantes Tattoo an seiner Leiste, das seine Boxershorts zuvor verdeckt hatten.

»Nettes Tattoo. Was steht da?«

Dante ließ ruckartig das Handtuch sinken, um seine Blöße und damit das Tattoo zu verdecken.

»Du bist doch sonst nicht so schüchtern?«

»Das Tattoo geht niemanden etwas an.«

»Ach nein? Wenn das so ist, erzähl mir bitte, was deine Aktion letzte Nacht in Chinatown sollte. Oder geht mich das auch nichts an?«

»Du hast es erfasst. Es geht dich nichts an.« Dante presste die Lippen zusammen und schwieg eisern.

»Ich glaube, dass es mich eine Menge angeht.« Wütend überkreuzte ich die Arme vor der Brust.

»Hör zu, Riley. Ich muss gleich zur Strecke. Wenn es dir nichts ausmacht, würde ich mich jetzt gerne in Ruhe anziehen und mit Liam frühstücken.«

»Du bist der Grund dafür, dass ich mir die halbe Nacht um die Ohren geschlagen habe. Und nun willst du mich ohne jegliche Erklärung oder Entschuldigung abspeisen?«

»Was letzte Nacht passiert ist, tut mir leid. Es wird nicht wieder vorkommen.«

»Das reicht mir nicht.«

»Tja, das ist dann wohl dein Problem.«
Empört schnappte ich nach Luft.

»Liam, kannst du bitte Riley hinausbegleiten?«

»Sei nicht so ein Arsch, Di Santo«, tadelte ihn dieser. »Ich weiß genau, was du hier gerade abziehst. Überleg dir das gut.« Sichtlich genervt wandte er sich zu mir. »Komm, Riley, lass uns gehen. Ich brauche dringend frische Luft.«

So wie die Zimmertür hinter uns ins Schloss fiel, baute ich mich vor Liam auf. »Was zur Hölle geht hier vor sich?«

Liam schüttelte bedauernd den Kopf. »Ich darf es dir nicht sagen.«

»Bitte was?«

»Ich habe es Dante versprochen. Du musst wissen, ich wahre dieses Geheimnis schon sehr lange. Und auch wenn er sich momentan wie der letzte Arsch aufführt, darf ich es dir nicht erzählen.«

»Ihr erwartet, dass ich euch vor allen anderen decke, das Risiko eingehe, dass er erneut ausrastet, dass er ernsthaften Schaden anrichtet, ohne zu wissen, was mit ihm los ist? Liam! Wir kommen in Teufels Küche, wenn er wieder austickt und es nicht so glimpflich ausgeht, wie letzte Nacht.«

Die Türen des Aufzugs öffneten sich. Wir stiegen ein und drückten den Knopf für die erste Etage, auf der das späte Frühstück für das Team serviert wurde.

»Ich sorge dafür, dass er sich an die Regeln hält.«

»So wie gestern, beziehungsweise heute Nacht?«

»Da ist er mir entwischt.«

»Und wer garantiert mir, dass er dir nicht wieder entwischt?«

»Ich garantiere es dir. Wir müssen ihn nur durch

dieses Rennwochenende schleusen. Singapur ist jedes Jahr eine Qual für ihn.«

»Warum?«

»Riley ...«

»Nichts da, Liam. Du kannst mir nicht ein Korn hinwerfen und mich anschließend hängen lassen. Wieso ist Singapur jedes Jahr eine Qual für ihn?«

»Ich darf es dir nicht verraten. Das musst du Dante fragen. Und er wird es dir nicht sagen wollen. Im Gegenteil. Er wird versuchen, dich wegzustoßen.«

Die Fahrstuhltüren öffneten sich und sofort umhüllte uns das Gemurmel von frühstückenden Gästen und das Geklirr von Geschirr, das abgeräumt wurde.

»Wieso?«

»Wieso er dich wegstoßen wird? Weil du ihm ungeheuer wichtig bist. Er stößt alle von sich, für die er Gefühle hegt. Das macht ihn zu einem extrem einsamen Menschen.«

»Wieso tut er das?«

Liam fuhr sich seufzend durch die Haare. »Hör auf, mich auszufragen. Ich weiß schon, dass das eine Berufskrankheit von dir ist. Aber Dante ist mein bester Freund. Ich werde ihn nicht ans Messer liefern.«

»Wer redet denn von *ans Messer liefern*? Ich will ihm helfen. Das kann ich nur, wenn ich weiß, was gespielt wird.«

»So langsam glaube ich, dass ihm niemand helfen kann.« Er winkte ein paar vorbeilaufenden Mechanikern zu und widmete seine Aufmerksamkeit dann wieder mir. »Bereite dich darauf vor, dass er dich entweder ignorieren oder sehr gemein zu dir sein wird. Was auch immer er tut: Nimm es nicht persönlich. Es ist bloß ein Beweis dafür, wie viel du ihm bedeutest.«

»Achja? Er besitzt eine seltsame Art, seine Zuneigung auszudrücken.«

»Das ist der springende Punkt: Er zeigt sie nicht. Er verbirgt sie und wird versuchen, dich zu verjagen. Tu mir einen Gefallen und lass nicht zu, dass das passiert. Du bist die erste Frau, die es jemals geschafft hat, zu ihm durchzudringen. Das macht ihm Angst. Aber es beflügelt ihn auch.«

Mit diesen Worten verabschiedete er sich und setzte sich zu einigen Ingenieuren an den Tisch, die sich soeben dort niedergelassen hatten.

Ein unmissverständliches Zeichen dafür, dass die Diskussion beendet war.

»Du siehst nachdenklich aus.« Kenzie stellte sich neben mich an die Brüstung des Balkons, von dem aus man die taghell erleuchtete Rennstrecke im Flutlicht überblicken konnte, auf der die Rennwagen zu dieser späten Stunde ihre Runden zogen.

»Wie hast du mich gefunden?«

»Das war nicht schwer. Es gibt nur einen Ort, an dem man sich in Singapur eine klitzekleine Brise erfrischenden Wind um die Nase wehen lassen und dabei ohne nervende Gäste und Journalisten den fantastischen Ausblick auf die Strecke genießen kann.«

Kenzie, Dakota, Allegra, Skye und ich kamen jedes Jahr zu diesem geheimen Treffpunkt abseits der eigentlichen Hospitality und gönnten uns verbotenerweise einen Cocktail im Dienst. Diese Tradition würden wir auch in diesem Jahr wieder aufleben lassen. Nur taten wir das normalerweise an dem Samstag während der Qualifikation und nicht während der Trainingssessions am Freitag.

»Dante verhält sich komisch.«

»Tut er das nicht immer?«

»Ich werde das Gefühl nicht los, dass alles miteinander zusammenhängt«, murmelte ich mehr zu mir selbst, als zu Kenzie.

»Wie meinst du das?«

»Seine Ausraster, seine ausschweifenden Frauengeschichten, seine Rauschgelage ... ich glaube, dass all das ein und denselben Ursprung hat.«

»Jap. Den Namen dieses Ursprungs kann ich dir nennen.«

»Was?« Ich umklammerte die Brüstung fester und riss die Augen auf. »Du weißt, was es ist?«

Kenzie zuckte mit den Schultern. »Na was wohl? Geld und Ruhm. Der Typ ist ein Goldjunge. Er hat sich seit jungen Jahren dumm und dämlich verdient, wurde als Megatalent gehandelt. Mit dem Geld und dem Ruhm kamen die Frauen, die Partys, die Drogen. Wenn man auf einmal alles haben kann, greift man eben zu, um sich zu vergewissern, dass es kein Wunschtraum ist. Mal ganz ehrlich: Wenn bei mir aus heiterem Himmel die *Chippendales* anklopfen würden, um mit mir zu schlafen, würde ich auch eine Orgie feiern.«

Ich verkniff mir ein Grinsen. »Danke für deine tiefgründige Psychoanalyse. Du solltest unbedingt umsatteln und Psychiaterin werden.«

»Soll ich dir noch was verraten?«

»Ich bitte darum.«

»Der Kerl hat es dir total angetan. Du stehst voll auf ihn.«

»Wie bitte? So ein Quatsch, Kenz. Weißt du was, wenn ich es mir recht überlege: Vielleicht solltest du doch lieber Wahrsagerin werden. Da kann man dich bei falschen Diagnosen nicht so schnell verklagen.«

»Komm schon, Riley. Wem willst du etwas vormachen? Du liebst es, dich mit ihm zu fetzen. Du starrst ihm ungeniert auf seinen Knackarsch und du kümmerst dich so aufopferungsvoll um ihn, wie um keinen unserer bisherigen Fahrer. Der arme Tom fühlt sich schon ganz vernachlässigt.«

»Das ist doch Unsinn. Tom läuft in der Spur. Ihn muss ich nicht babysitten. Dante hingegen ist eine tickende Zeitbombe.«

»Meinetwegen kannst du dich ruhig weiter belügen. Aber komm mir nicht in zehn Jahren, wenn du mit einem sterbenslangweiligen Mann in einem hässlichen Reihenhaus sitzt und nervtötende Kleinkinder schreiend um dich herumlaufen und sag mir, dass du mit Dante besser dran gewesen wärst.«

»Kannst du dir Dante als Vater vorstellen?«

»*Hell yes.* Er wäre ein super heißer Daddy. Mit dem

würde ich locker zehn Babys machen. Eins schöner als das andere.«

»Mal abgesehen von der Befruchtung, die mit ihm wahrscheinlich viel Spaß machen würde – eine Schwangerschaft und die darauffolgenden zwanzig bis dreißig Jahre erfordern ein gewisses Maß an Verantwortung. Und die besitzt er nicht.«

»Dafür besitzt du seit zwei Jahren genug Verantwortungsbewusstsein für ein ganzes *Serie del Rey* Team«, nörgelte Kenzie. »Die Ü-20 Riley hat mir deutlich besser gefallen, als die todlangweilige Ü-30 Riley.«

»Ich hatte meinen Spaß.«

»Und jetzt, da du die dreißig-Jahre-Marke überschritten hast, willst du keinen Spaß mehr haben? Das wird aber ein ziemlich beschissenes Leben, so ganz ohne Spaß.«

»Es treten mit dem Alter eben andere Dinge in den Vordergrund. Außerdem habe ich doch euch. Wenn man mit euch keinen Spaß hat, mit wem denn dann?«

»Ein schlagendes Argument. Trotzdem bin ich nicht überzeugt.«

»Na gut, Süße. Lass uns die Diskussion vertagen und stattdessen die Aussicht genießen. Es gibt nur ein Singapur.«

»Da hast du recht. Singapur ist nur ein Mal im Jahr.«

Kenzie legte mir den Arm um die Schultern und wir schauten in stillem Einklang auf die Straßen Singapurs, die hell erleuchtet zwischen den imposanten Wolkenkratzern lagen, und in ihren Häuserschluchten die zwanzig Rennwagen verschluckten, die in hoher

Geschwindigkeit und mit röhrenden Motoren über die Straßen donnerten.

Unweit von uns befand sich das *Marina Bay Sands* Hotel, auf dessen Dach eine gigantische Plattform mit Swimmingpool thronte.

»Wie gerne würde ich mal dort übernachten und in dem Pool schwimmen, während ganz Singapur zu meinen Füßen liegt«, schwärmte ich.

»Frag Dante. Der spendiert euch bestimmt ein paar Nächte dort. Stell dir mal vor, wie cool es wäre, wenn Singapur zu deinen Füßen liegt, während du im kühlen Pool planschst und Dante sich um dein ganz persönliches Wohlbefinden kümmert.«

»Kenzie!«

»Was denn? Man wird ja wohl noch träumen dürfen.«

27
DANTE

Den Freitag durchlebte ich im Trancezustand. Ich spulte mein Programm ab, so wie es von mir erwartet wurde und so wie ich es während meiner Jahre in der *Serie del Rey* stets getan hatte. Außer Liam fiel niemandem auf, dass mit mir etwas nicht stimmte.

Abgesehen von Riley, deren durchbohrender Blick mich regelrecht zu verfolgen schien.

Erschöpft und dankbar, dass die Qualen ein Ende hatten, stieg ich nach der zweiten Trainingssession aus dem Auto und setzte mich auf den eigens dafür vorgesehenen Fahrersessel in der Garage, um mir den Schweiß aus dem Gesicht zu wischen und meinem Körper eine Pause zu gönnen.

»Tja Alter, du hast dir das falsche Rennen ausgesucht, um auszurasten. Alkohol verträgt sich eben nicht mit einhundert Prozent Luftfeuchtigkeit und gefühlt eintausend Grad Asphalttemperatur. Wenigstens hast du inzwischen auch den letzten Rest an Alkohol in deinen Rennanzug geschwitzt.«

»Übertreib nicht ständig. Und falls du es noch nicht bemerkt hast: Du nervst.«

»Du bist derjenige, der nervt. Und zwar gewaltig. Was sollte die Scheißaktion mit Riley heute Morgen? Sie will dir bloß helfen.«

»Ich brauche keine Hilfe.«

»Damit liegst du falsch, mein Freund. Wenn du allerdings gesagt hättest, dass dir nicht mehr zu helfen ist, dann hätte ich dir vielleicht zugestimmt.«

»Es geht vorbei.«

»Und es wird wieder kommen.« Liam ließ sich seufzend neben mich plumpsen. »Solange du es nicht verarbeitest, wird es immer wieder kommen und dich jagen.«

»Ich will nicht zum Seelenklempner. Ich bin nicht irre. Das Thema hatten wir schon. Zu oft.«

»Man ist nicht automatisch krank, wenn man sich professionell helfen lässt.«

»Ich lege mich bei niemandem auf die Couch. Ende der Durchsage.«

»Bei niemandem? Auch nicht bei Riley?«

»Bei der ganz besonders nicht. Was soll sie von mir denken?«

»Nach allem, was sie bisher von dir gesehen hat, kann es nur noch besser werden. Schlimmer geht gar nicht.«

Ich warf ihm einen zweifelnden Blick zu.

»Na gut. Wenn man die Sexorgien, die Drogenpartys, die Bordellbesuche und die Schlägereien mal außen vor lässt. Aber die gehören der Vergangenheit an, oder? Das tun sie doch? Du lädst heute Nacht keine Horde Prostituierte auf dein Zimmer ein und bestellst eine Ladung Koks und Champagner?«

»Natürlich nicht«, seufzte ich.

»Das will ich dir auch geraten haben. Wenn du also heute Abend nicht vorhast auszuticken, was hast du dann vor?«

Ich zuckte mit den Achseln. »Weiß nicht.«

»Wieso schaust du nicht mal bei Riley vorbei? Du schuldest ihr eine aufrichtige Entschuldigung.«

»Lass Riley aus dem Spiel. Sie hat damit nichts zu tun.«

»Wie du meinst. Es ist dein Leben. Und wenn du die einzige Frau wegstoßen willst, die dich auf Dauer erträgt, dann tu das. Da draußen gibt es genug Tiffanys, Stacys, Barbies und Cherrys, die dich für eine Nacht von deinen Problemen ablenken können, wenn es das ist, was du willst.«

Liams Standpauke spukte auch noch in meinem Kopf herum, als ich nach einem überaus anstrengenden Tag in mein Hotel zurückkehrte und mich unter die Dusche stellte.

Das Klima, das in Singapur herrschte, war unbarmherzig und nahezu unerträglich. Was die Luftfeuchtigkeit betraf, hatte Liam nicht ganz unrecht. Sie kratzte an vielen Tagen an der Grenze zu einhundert Prozent. Die Temperaturen lagen selbst am späten Nachmittag und Abend noch jenseits der dreißig-Grad-Marke, sodass die ohnehin schon leichte Kleidung, die man am Leib trug, binnen einer Minute von Schweiß durchtränkt wurde.

In einem Rennanzug mit feuerfester Unterwäsche stand man folglich kurz vor dem Hitzeschlag. Vor allem, wenn man bei der Hitze auch noch einen Helm tragen und einen eintausend PS starken Rennwagen über einen gefährlichen Straßenkurs lenken musste.

Während des Rennens in Singapur verloren die Fahrer durch die Mengen an Schweiß, die sie unter diesen Extrembedingungen produzierten, zwischen zwei und vier Kilogramm an Körpergewicht.

Sich ausgerechnet hier volllaufen zu lassen, war eine saudumme Idee. Trotzdem tat ich es jedes Jahr von Neuem.

Ich stellte die Dusche ab und zog mir ein luftiges T-Shirt über. Dann schlüpfte ich in eine Jogginghose und griff nach meinem Tablet, um mir einen Film anzusehen.

Nach einer halben Stunde gab ich auf. Ich konnte mich auf keinen der Thriller konzentrieren. Die dunklen Gespenster und Nachtschatten klopften immer lauter an die Tür meines Bewusstseins und schrien danach, herausgelassen zu werden.

Ich ballte die Hände zu Fäusten und beförderte sie zurück in die Tiefe meines Unterbewusstseins.

Keine Minute später machten sie sich erneut bemerkbar.

Das Schreien wurde lauter.

Heftiger.

Unnachgiebiger.

Ich griff nach meinem Handy und rief Liam an. Es meldete sich nur die Mailbox.

Shit.

Blanke Angst ergriff Besitz von mir und ich spürte, wie mir die Kontrolle entglitt. Nicht mehr lange und die Geister der Nacht würden das Kommando übernehmen.

Ich taumelte zur Tür und versuchte in einem letzten, verzweifelten Versuch, Riley zu erreichen.

»Hallo?«, meldete sie sich nach dem ersten Klingeln. »Geht es dir gut?«

»Wie lautet deine Zimmernummer?«, presste ich hervor und schleppte mich zum Aufzug.

»3705. Ich komme dir entgegen«, sagte Riley ruhig. »Bleib am Telefon. Rede einfach weiter. Nicht auflegen, Dante.«

»Okay«, zischte ich kraftlos.

Ich schaffte es noch, in den Fahrstuhl zu steigen und den Knopf zu drücken. Dann schloss ich die Augen und ergab mich dem kalten Klammergriff der Dämonen und Geister, die so sehr danach verlangten, herausgelassen zu werden.

»Alles ist gut. Ich bin hier.« Ich spürte, wie jemand meinen Ellenbogen umfasste und mich sanft aus dem Fahrstuhl dirigierte.

Der Duft von Pfirsich und Hibiskus flutete meine Sinne und ließ mich ruckartig die Augen öffnen.

Riley.

Ich schaute geradewegs in ihr bezauberndes Gesicht. Ihre beruhigende Erscheinung brachte die Dämonen und Geister mit einem Schlag zum Schweigen.

Riley trug kein Makeup und war in einen Bademantel gehüllt. Anscheinend hatte ich sie wieder einmal geweckt.

»Da bist du ja wieder.«

»Ich wollte nicht ... also ich kann wieder ... ich sollte ...«, stammelte ich und verfluchte mich für meine wackeligen Knie und meine zittrige Stimme.

»Du solltest mit mir mitkommen, okay?«

Riley nickte stoisch, um ihren Worten Nachdruck zu verleihen.

»Okay«, lenkte ich mutlos ein und folgte ihr.

Schweigend gingen wir nebeneinander her und ich überlegte, ob es nicht besser wäre, sofort wieder abzuhauen.

»Denk gar nicht erst daran«, warnte mich Riley, die meine Gedanken zu erraten schien.

Sie öffnete ihre Tür mit der Keycard, bat mich herein und klopfte auf ihr breites Kingsize Bett.

»Setz dich.« Als ich zögerte, kam sie auf mich zu und streckte die Hand nach mir aus. »Bitte.«

Ich stieg wortlos auf das Bett und ließ den Kopf gegen den Rahmen sinken.

Abwartend stand Riley vor mir.

»Was ist?«

»Kein dummer Kommentar von wegen: *Wusste ich's doch, dass du mich irgendwann in dein Bett einlädst, Süße?*«

Ich zog einen Mundwinkel in die Höhe. »Du wirst es nicht glauben, aber mir ist ausnahmsweise mal nicht nach Sex zumute.«

»Moment.« Riley kramte in ihrer Handtasche und zog ihr Diktiergerät daraus hervor. »Sag das nochmal bitte, damit ich es für die Nachwelt festhalten kann.«

»Sehr witzig. Ich habe es nur gesagt, weil ich weiß, dass du mich nicht verraten wirst.«

Riley legte das Diktiergerät weg und krabbelte zu mir auf das Bett. Sie hob die Hand zum Schwur und sah mich feierlich an. »Werde ich nicht. Versprochen.«

»Danke.«

»Nicht dafür.«

Zwischen uns entstand eine beklommene Stille, in der niemand so recht wusste, was er sagen sollte. Warum war es plötzlich so unerträglich heiß in diesem Raum? Hatte Riley die Fenster geöffnet? Konnte man das überhaupt im siebenunddreißigsten Stock?

Nach einer Weile räusperte sie sich verlegen und strich sich die langen Haare hinter die Schultern. »Also dann erzähl mal, was ist der Plan?«

»Der Plan?«

»Ja, der Plan. Jetzt, wo du zur Pyjamaparty gekommen bist, sag mir doch, was du gerne tun würdest? Fernsehen? Die Minibar plündern? Musik hören?«

»Ist das eine Pyjamaparty mit Übernachtung?«

»Sieht ganz so aus.«

»Der Gedanke gefällt mir.«

»Das freut mich. Also, was willst du machen?«

»Welche Musik hast du anzubieten?«

»Alles, was du willst. Wir könnten die *Best of* Songs von *Eagle meets Tiger* hören und uns nach Mexiko zurückträumen?«

»Das klingt nach einem tollen Plan.«

»Also ist das ein Ja?«

Ich nickte. »Ja. Das ist ein Ja.«

Riley kramte nach ihrem Handy und legte es auf ihren Nachttisch. Kurz darauf erfüllte die Melodie meiner Lieblingsband den Raum. Mit Hilfe der Fernbedienung neben dem Bett löschte Riley einen Großteil des Lichts, entledigte sich ihres Bademantels, sodass sie nur noch ein übergroßes T-Shirt einer Heavy Metal Band trug und schlüpfte unter die Bettdecke.

Ich beobachtete sie aus den Augenwinkeln und bemühte mich, das Atmen nicht zu vergessen, während ich stocksteif dasaß.

»Na komm schon. Bist du bei allen Frauen so schüchtern?« Sie zwinkerte mir zu und hielt die Bettdecke für mich hoch.

»Ich glaube, ich werde nicht schlafen können.«

»Das sehen wir dann. Dreh dich um.« Riley bedeutete mir mit einer Handbewegung, mich von ihr wegzudrehen.

Wahrscheinlich wollte sie ihre Ruhe vor mir haben.

Wer konnte ihr das verübeln?

Doch statt der erwarteten kalten Leere umschlangen mich völlig unverhofft ihre warmen Arme. Eine Hand lag neben meinem Kopf und strich mir beruhigend durch die Haare. Ihre andere Hand lag auf meinem Bauch. Ich konnte ihre weichen Brüste an meinem Rücken spüren, die sich, genauso wie der Rest ihres fantastischen Körpers, vorsichtig an mich schmiegten.

»Ich bin stolz auf dich«, murmelte sie.

»Du bist stolz auf mich? Machst du Witze? Wieso solltest du stolz auf mich sein?«

»Du bist zu mir gekommen, statt deine Sorgen in einer fremden Bar zu ertränken. Du hast heute, was auch immer dich zermürben wollte, besiegt. Damit bist du einen Schritt weiter als gestern.«

»Du hast ja keine Ahnung, wie lang, steinig und heimtückisch dieser beschissene Weg ist.«

»Das Geheimnis des Vorwärtskommens besteht darin, den ersten Schritt zu tun.«

»Hast du dir das gerade ausgedacht?«

»Nein«, kicherte sie. »Das Zitat stammt von Mark Twain, aber ich finde er hat recht.«

»Riley?«

»Ja?«

»Wieso tust du das für mich? Willst du mir keine Standpauke halten und mich zur Schnecke machen?«

»Keine Angst. Morgen mache ich dich ausgiebig zur Schnecke. Aber heute Nacht hören wir einfach nur zusammen Musik, okay?«

»Okay.«

»Dann schließ jetzt die Augen und träum dich nach Mexiko. Die Musik. Die Lichter. Die Stimmung …«

»Dein Orgasmus vor zwanzigtausend Menschen.«

»Diese spezielle Erinnerung ist nicht sonderlich förderlich zum Einschlafen …«

»Aber es hat mir gefallen.«

»Mir auch«, flüsterte sie.

»Tatsächlich?«

»Ja.«

»Sehr?«

»Hmm.«

»Was bedeutet *Hmm*?«

»Es bedeutet: *Ja. Sehr.* Und jetzt halt endlich die Klappe.«

Ich schmunzelte und schloss die Augen, konzentrierte mich auf die altbekannte Melodie, die das Zimmer erfüllte. Und auf den warmen, weichen Körper, der mich festhielt, der mich tröstete, mich beruhigte.

Wann hatte ich das letzte Mal mit einer Frau gekuschelt? Einfach nur eng umschlungen dagelegen, ohne an Sex zu denken?

Ich konnte mich nicht daran erinnern. Das lag vermutlich daran, dass dies hier eine Premiere für mich war. Riley war eine Premiere. Meine ganz persönliche Premiere.

Die Augenlider wurden mir mit jedem Song schwerer. Rileys regelmäßigen Atemzügen in meinem Nacken lauschend, verabschiedete ich mich irgendwann vollkommen entspannt ins Land der Träume.

In dieser Nacht ließen sich die Geister nicht wieder

blicken. Keine düsteren Bilder drängten sich in meine Träume. Keine brutalen Flashbacks.

Da war nichts. Absolut nichts.

Nur ein glasklarer Cut, der mich so erholsam schlafen ließ, wie schon lange nicht mehr.

28

RILEY

Es hatte mir fast das Herz zerrissen, Dante so hilflos und verzweifelt im Aufzug vorzufinden. Was war es nur, das ihm dermaßen zusetzte? Das ihn derart verstörte? Das ihn komplett aus der Bahn warf?

Offenbar kämpfte er mit hässlichen Dämonen. Und dafür musste es einen schwerwiegenden Grund geben.

Ich würde es ihn so gerne fragen. Hätte so gerne Antworten. Doch ich wollte ihn nicht drängen. Er würde es mir von allein sagen. Wenn er bereit dazu war. Das wusste ich aus eigener, schmerzlicher Erfahrung.

Dennoch tat es mir in der Seele weh, wie er sich quälte und am Rande der Erschöpfung stand. Nur mit Mühe und Not hatte ich ihn sicher in mein Zimmer und dort auf mein Bett bugsieren können.

Es war ihm schrecklich unangenehm gewesen. Die

Scham stand ihm buchstäblich ins Gesicht geschrieben, als er da auf meinem Bett saß und am liebsten direkt wieder gegangen wäre, es aber nicht konnte, weil seine Kraft dazu nicht mehr ausreichte.

In dem Moment war es mir egal gewesen, dass ich als Pressechefin von *Titan Racing* keinen Fahrer in mein Zimmer bringen und ihn dort übernachten lassen sollte. Das hier ging weit über den Job hinaus. Vor mir saß ein Mensch in Not und ich sollte verdammt sein, wenn ich ihm nicht half.

Vor allem, weil mir dieser Mensch, so ungern ich es auch zugab, wichtig war. Sehr wichtig sogar.

Und weil sein Schmerz auch in mir Schmerzen hervorrief.

Es tat mir in der Seele weh, Dante so zu sehen und noch mehr, weil ich nichts für ihn tun konnte, außer für ihn da zu sein. Außer ihm mit meiner Nähe zu verstehen zu geben, dass er nicht allein war. Also stieg ich zu ihm ins Bett, schlug einladend die Bettdecke zurück und bedeutete ihm, darunter zu schlüpfen.

Ich hatte ihm den Kampf, den er in seinem Inneren mit sich ausfocht, angesehen und war erleichtert und dankbar zugleich, als er schließlich nachgab und sich in den schützenden Kokon legte, den ich ihm anbot. Um zu verdeutlichen, dass ich bei ihm war und das hier mit ihm durchstand, legte ich beruhigend meine Hand auf seinen durchtrainierten, muskulösen Bauch und strich mit der anderen Hand sanft durch sein verschwitztes Haar.

Zunächst spannte sich Dante unter der Berührung an. Er wirkte erschrocken. Ungläubig. Verunsichert.

Doch schon bald entspannte sich sein Körper und schmiegte sich vertrauensvoll an mich. Ich spürte die Wärme, die von ihm ausging und seinen gleichmäßigen, immer ruhiger werdenden Atem.

Es fühlte sich vertraut und tröstlich an. Ein Gefühl von Geborgenheit und Sicherheit, das uns umgab und einhüllte wie ein wohlig duftendes Parfüm.

Die Musik war neben Dantes kraftvollen Atemzügen das einzige Geräusch im Raum und obwohl es mir schwerfiel, nicht einzuschlafen, bemühte ich mich darum, wach zu bleiben, um über Dante zu wachen, der seinen Schlaf viel dringender benötigte als ich.

Ich strich ihm unablässig durch sein Haar und genoss die Gänsehaut, die sich dabei auf seiner Kopfhaut und in seinem Nacken bildete. Es gefiel ihm, von mir gestreichelt zu werden. Selbst wenn meine Berührungen nicht sexueller Natur waren.

Wahrscheinlich war das hier gerade Neuland für ihn. Denn ich konnte mir Dante nur schwer als jemanden vorstellen, der mit seinen Eroberungen kuschelte und außerhalb des eigentlichen Aktes Zärtlichkeiten mit ihnen austauschte.

Umso mehr freute es mich, dass er meine Zuwendung spürbar genoss und sich auf sie einließ. Er ließ zu, dass ich ihm Liebe schenkte und nahm diese bereitwillig und dankbar an und zwar ganz ohne einen Versuch zu unternehmen, mich zu verführen.

Das bedeutete, dass er mir vertraute. Dass er bereit war, sich mir zu öffnen und sich mir anzuvertrauen. Vielleicht nicht mit Worten, aber mit seinem Körper. Und das war immerhin ein Anfang.

Seine Atemzüge wurden ruhiger. Langsamer. Er musste eingeschlafen sein. Ich setzte mich vorsichtig auf und lugte über seine Schulter.

Die Furchen in seinem schönen, attraktiven Gesicht glätteten sich langsam und das, was ihn in die Tiefe zu zerren versucht hatte, schien ihn endlich loszulassen.

Er keuchte auf, als ich meine Hand von seinem Bauch nahm und tastete im Schlaf suchend danach.

»Alles ist gut. Ich bin hier«, flüsterte ich beruhigend und legte mich wieder hinter ihn. »Ich lasse dich nicht los. Versprochen.«

»Es tut mir leid«, murmelte er leise. »Es tut mir so schrecklich leid.«

Seine Stimme klang herzzerreißend traurig. Ich wusste nicht, ob er zu mir sprach, oder wen, beziehungsweise was, er mit dieser Aussage meinte.

Deshalb begann ich, zärtlich seinen Nacken zu küssen und ihm dabei beruhigend ins Ohr zu flüstern.

»Es ist alles gut, Dante. Niemand ist dir böse. Keiner erwartet eine Entschuldigung. Es ist alles in Ordnung.«

Er schniefte und kuschelte sich enger an mich.

»Riley ...«, seufzte er und legte seine Hand auf die meine. »Du bist so schön ... so ... wunderschön. Warum ... warum hasst du mich so?«

Ich erstarrte in meiner Bewegung.

Glaubte er wirklich, dass ich ihn hasste?

»Ich hasse dich nicht. Dazu mag ich dich viel zu sehr. Und jetzt schhhhhh ... Schlaf und lass los. Mach dir keine Sorgen. Du bist hier. Ich bin bei dir. Und ich gehe nirgendwo hin. Ich bleibe bei dir. Versprochen. Du bist in Sicherheit.«

Dante drückte meine Hand und hielt sie fest. Er brauchte diese Nähe jetzt. Er brauchte ... mich. Und obwohl mich das beunruhigen sollte, weil es bedeutete, dass zwischen uns mehr war, als wir zulassen durften, erfüllte mich dieses Wissen mit Sehnsucht, Glück und Erleichterung.

Also beschloss ich, mir das schlechte Gewissen für morgen aufzusparen und diese eine Nacht so zu tun, als wäre das hier vollkommen richtig. Denn genau so fühlte es sich an. Und manchmal war man besser damit bedient, den Kopf auszuschalten und einzig der Stimme seines Herzens zu lauschen, die einen selten fehlleitete, weil sie die Melodie unserer Seele spiegelte und uns begreifen ließ, was man nicht in Worte fassen konnte.

Als ich schließlich mit einem Lächeln auf den Lippen einschlief, erfüllte mich zum ersten Mal seit einer sehr langen Zeit ein Gefühl von innerem Frieden und Ruhe.

Ich erwachte nicht von dem schrillen Klingeln meines Handyweckers, wie sonst immer. Das, was mich weckte, fühlte sich viel angenehmer an.

Blinzelnd öffnete ich meine bleiernen Lider und schaute direkt in Dantes blaue Augen, die mich dazu einluden, in ihnen zu ertrinken. Seine Fingerspitzen strichen träge an meinem nackten Arm auf und ab.

»Guten Morgen«, murmelte er. Seine vom Schlaf noch rauchige Stimme ließ mich erschaudern.

»Morgen«, flüsterte ich und strich ihm zärtlich über die Wange.

Ich wusste nicht, wen diese Geste der Zuneigung mehr überraschte, Dante oder mich. Atemlos hielt ich inne und wartete auf eine Reaktion seinerseits.

Minutenlang lagen wir einfach nur da und genossen die unschuldigen, zarten Liebkosungen des anderen.

Die Erkenntnis, wie sehr mir Dantes Hände auf meinem Körper gefielen, ließ mich innerlich fluchen.

»Ich möchte dir etwas erzählen ...«, beendete Dante die fortwährende Stille zwischen uns. Er unterbrach unseren intimen Augenkontakt und betrachtete stattdessen angestrengt die Wand zu unserer Linken.

Behutsam drehte ich seinen Kopf zurück zu mir.

»Das hier ist ein sicherer Ort. Okay?«

»Sicher und wunderschön, Baby.« Dante lächelte, doch in seinen Augen lag eine Traurigkeit, die mich physisch schmerzte.

Er ließ mich los und rollte sich langsam auf den Rücken. Dabei bedeckte er das Gesicht mit seinen Händen und stieß einen Seufzer aus, der so tief aus seinem Inneren drang, dass ich glaubte, bis in den verborgensten Teil seiner Seele blicken zu können.

»Vielleicht hast du in der Vergangenheit schon das ein oder andere darüber gelesen. Aber, was auch immer in den Medien geschrieben wurde: Es entspricht nicht der Wahrheit.«

»In meinem Job lese ich jeden Tag dutzende Artikel. Die meisten davon entsprechen nur entfernt der Wahrheit. Deshalb musst du leider konkreter werden, fürchte ich.«

»Es geht um den Unfall meines Bruders.«

Ich kramte in meinen Gedanken.

Dantes Bruder.

Ja, da dämmerte etwas. Ich erinnerte mich jedoch nur schwach daran, da es schon einige Jahre zurücklag. Wenn ich mich nicht irrte, starb er vor langer Zeit während eines Freizeitausflugs.

»Santiago war mein kleiner Bruder. Wenige Wochen vor seinem Unfall haben wir seinen achtzehnten Geburtstag gefeiert. Ich befand mich damals in meinen Anfangsjahren in der *Serie del Rey*. Santiago fuhr aufgrund seines jungen Alters noch zwei Klassen darunter.« Dante brach ab und atmete tief durch. Seine Stimme zitterte leicht, als er weitersprach. »Er konnte es kaum erwarten, in die *Serie del Rey* aufzusteigen und gegen mich zu fahren. Santiago redete von nichts anderem. Er brannte dafür, richtete sein gesamtes Leben danach aus, trainierte unermüdlich.« Bei dem Gedanken an seinen zielstrebigen Bruder huschte ein melancholisches Lächeln über Dantes Gesicht. »Er hätte es geschafft, zweifellos. Wenn ich nicht ...«

Dante schwieg und ich tat es ihm gleich. Ich wusste aus den Medien, dass diese Geschichte ein zutiefst tragisches Ende nehmen würde.

»Es war eines dieser seltenen Wochenenden, an

denen kein Rennen stattfand. Also fuhr ich nach Hause, um meine Familie zu besuchen. Santiago erzählte mir während des Mittagessens stolz, dass ein Team der *Serie2* ihn unter Vertrag nehmen wolle. Damals lag die Rennklasse der *Serie2* direkt unter der *Serie del Rey* und wurde somit als indirekte Eintrittskarte in die *Serie del Rey* gehandelt. Machtest du in der *Serie2* von dir reden, standen die Chancen gut, dass du es binnen kürzester Zeit in die *Serie del Rey* schaffst.«

»Du hast die *Serie2* im zweiten Jahr gewonnen und bist im Folgejahr in die *Serie del Rey* aufgestiegen, nicht wahr?«

»Das stimmt. Bei mir passte damals alles. Team, Auto und fahrerische Leistung. Doch das Team, das Santiago umwarb, war finanziell angeschlagen. Das Auto taugte wenig. Das Team zahlte die Gehälter der Mitarbeiter nur unregelmäßig. Die Atmosphäre im Team drohte gänzlich zu kippen.«

»Keine gute Wahl also.«

»Nein. Eine extrem schlechte Wahl. Santiago wäre dem Feld mit diesem unterlegenen Auto hinterhergefahren. Er wäre ein Niemand gewesen und ganz schnell in Vergessenheit geraten. Also habe ich ihm das genauso gesagt. Aber er wollte es nicht einsehen. Alles, was er sah, war die Chance, der *Serie del Rey* und somit auch mir, einen Schritt näher zu kommen. Dass er die *Serie del Rey* schneller erreichen würde, wenn er noch ein weiteres Jahr in der *Serie3* an der Spitze fuhr und darauf wartete, dass sich ein Platz in einem der besten *Serie2* Teams auftat, kam ihm nicht eine Sekunde lang in den Sinn.«

»Du hast ihm also von dem Aufstieg in die *Serie2* abgeraten?«

»Ja. In seinem besten Interesse. Ich wusste schließlich, wie es läuft, weil ich das ganze Prozedere, das ganze Geschacher selbst hinter mir hatte.«

Dante stieß erneut einen tieftraurigen Seufzer aus.

»Es kam zum Streit. Santiago warf mir vor, dass ich seiner Karriere absichtlich im Weg stünde, weil ich Angst vor ihm hätte. Angst davor, dass der jüngere Bruder dem Älteren den Rang ablaufen würde. Ich ließ das nicht auf mir sitzen und schrie ihn an, dass er es mit dieser arroganten Einstellung niemals bis nach oben schaffen würde. Der Streit wurde immer hitziger, lud sich auf, eskalierte. Es fielen hässliche Worte, wüste Beschimpfungen. Meine Eltern versuchten dazwischen zu gehen, aber Santiago schleuderte mir mit einer schockierenden Inbrunst entgegen, dass er mich hasse und rannte zur Garage. Er schwang sich auf die Motocross Maschine unseres Vaters und fuhr los. Ohne Helm. Was danach geschah, weiß keiner so genau. Wir entschieden, dass wir ihm Zeit geben sollten, sich abzureagieren. Deswegen fuhren wir ihm nicht hinterher und suchten nicht nach ihm. Wir dachten, dass er sich beruhigen und zurückkehren würde.«

Ich hielt die Luft an. Denn auch wenn die Geschichte, die Dante mir soeben erzählt hatte, eine völlig andere war, als die in den Zeitungen, so hatten beide Geschichten eines gemeinsam: Das traurige Ende.

»Am späten Nachmittag klingelte die Polizei und

teilte uns mit, dass mein Bruder an dem nahegelegenen Steinbruch abgestürzt und umgekommen sei.«

Dante schüttelte sich bei den grausamen Bildern der Vergangenheit, die sich in diesem Moment wahrscheinlich in seinem Kopf abspielten. Er schloss die Augen und als er sie wieder öffnete, befand sich darin ein Sturm an Tränen, der jeden Moment loszubrechen drohte.

»Es ist meine Schuld, dass er tot ist. Ich habe ihn umgebracht.«

Reflexartig umfasste ich Dantes Gesicht und robbte zu ihm. »Sag das nie wieder! Das darfst du nicht mal denken. Es ist nicht deine Schuld. Du hast ihn nicht gezwungen auf das Motorrad zu steigen, wütend und ohne Helm. Er hat sich das Motorrad ganz allein genommen. Er hat entschieden, davonzufahren, statt sich den Tatsachen zu stellen. Das ist nicht deine Schuld, hörst du?«

»Aber ich habe ihn angeschrien. Er war aufgebracht über das, was ich zu ihm gesagt habe.«

»Ihr habt beide geschrien und in der Hitze des Gefechts Dinge gesagt, die nicht so gemeint waren. So ist das eben, wenn man streitet.«

»Aber ich bin der Ältere von uns. Ich hätte ruhig bleiben müssen. Ich hätte es besser wissen müssen.«

»Das ist leichter gesagt als getan. Wenn man sich liebt, reagiert man emotional. Es ist ein Zeichen dafür, dass einem der Gegenüber nicht egal ist.«

»Er hat gesagt, dass er mich hasst.«
Eine bittere Träne rollte Dantes Wange hinab.

»Du weißt, dass er das nicht ernst gemeint hat. Dass das Gegenteil der Fall ist.«

»Aber es ist das Letzte, was mein Bruder zu mir gesagt hat, bevor er gestorben ist. Allein. Enttäuscht. Vermutlich voller Angst. Der Gerichtsmediziner sagte, dass er noch ein paar Minuten gelebt hat, bevor er an seinen Verletzungen gestorben ist.«

Aus der einzelnen Träne wurde ein reißender Fluss aus Tränen, die sich nun einen Weg durch Dantes Gesicht bahnten.

»Gestern war sein Todestag«, flüsterte er tränenerstickt.

Ich atmete langsam aus und realisierte, dass ich unbewusst die Luft angehalten hatte, während ich versuchte, Dantes schockierende Worte zu verarbeiten.

Ich kämpfte gegen die Tränen an, die in mir aufstiegen und drängte sie energisch zurück. Mitfühlend zog ich Dante in eine enge Umarmung und stützte mein Kinn auf seinen Kopf. »Das erklärt so einiges«, murmelte ich leise und voller Anteilnahme.

»Was ist mit deinen Eltern? Vielleicht würde es helfen, wenn ihr an seinem Todestag zusammen seid und euch gegenseitig Kraft gebt, euch Trost spendet.«

»Für meine Eltern bin ich an dem Tag von Santiagos Tod mitgestorben«, offenbarte Dante heiser und wischte sich mit dem Handrücken die Tränen aus dem Gesicht.

»Wie meinst du das?« Ungläubig schnappte ich nach Luft, ließ Dante jedoch nicht los.

»Meine Mutter schrie mich auf Santiagos Beerdigung an, dass sie mich nicht mehr ansehen könne, ohne dabei an ihren toten Sohn zu denken. Also bin ich noch am selben Abend abgereist und seitdem nie wieder zurückgekehrt.«

»Heißt das, dass du deine Eltern seit über zehn Jahren nicht mehr gesehen hast?«

»Anfangs haben wir noch telefoniert. Sporadisch. Aber dann irgendwann nicht mehr. Meine Eltern sind zwei Jahre nach Santiagos Tod aus Italien zurück nach Argentinien gezogen.«

»Verstehe ...«

Obwohl man meinen sollte, dass eine Pressechefin stets die richtigen Worte fand, hatte ich keine Ahnung, was ich darauf erwidern konnte, um Dante diesen furchtbaren Schmerz zu nehmen. Sein Geständnis verschlug mir schlichtweg die Sprache.

Wortlos lagen wir da und sahen uns an. Minutenlang.

Ich strich mit meinen Fingerspitzen die Konturen von Dantes geröteten Augen nach und ließ meinen Zeigefinger seine Wange entlang zu seinen Lippen wandern. Er nahm meine Finger in seine Hand, küsste sie zärtlich. Seine schmetterlingszarten Berührungen erfüllten meinen Körper mit einem wohligen Kribbeln, von dem ich mir wünschte, dass es nie endete.

Doch das schrille Klingeln meines Handyweckers ließ uns zusammenzucken und beendete den magischen Moment vollkommener Vertrautheit zwischen uns.

Bedauernd setzte ich mich auf und strich Dante ein letztes Mal über das Gesicht. Dann schlug ich die Bettdecke zurück und griff nach dem Handy, um den unerbittlichen Wecker auszuschalten. Fieberhaft suchte ich nach einem halbwegs unverfänglichen Übergang in den bevorstehenden Tag, was sich nach dieser äußerst verfänglichen Nacht ziemlich schwierig gestaltete.

»Geh mit mir aus.«

Dante hatte sich aufgesetzt und fixierte mich mit entschlossener Miene. Seine langen, dunkelblonden Haare glichen denen eines Rockstars nach einem Konzert mit wildem Headbanging.

Unwillkürlich musste ich schmunzeln.

»Was ist an der Bitte so lustig?«

Erst mit dieser Frage drangen Dantes vorherige Worte zu mir durch. Sein verwegener, derangierter Anblick hatte mich dermaßen gefesselt, dass ich seine Worte zwar vernommen, ihre Bedeutung aber nicht verarbeitet hatte.

»Mit dir ausgehen? Hast du gesagt, ich soll mit dir ausgehen?«

Dante nickte ernst. »Ich möchte dich um ein Date bitten.«

»Du gehst auf keine Dates«, stellte ich verblüfft und irritiert zugleich fest.

»Bisher habe ich eben noch keine Frau getroffen, die in mir den Wunsch geweckt hat, sie zu daten.«

»Bisher?«

»Ja, bisher. Bis ich dich getroffen habe, Riley. Ich will mit dir ausgehen. Dich um ein richtiges Date bitten.«

»Das geht nicht.«

»Wieso?«

Ich stand auf und schritt eilig zum Fenster, um den

dringend notwendigen Abstand zu Dante zu gewinnen. Mit einem Ruck zog ich die Vorhänge zurück und blinzelte bei dem grellen Sonnenschein, der den viel zu eng gewordenen Raum durchflutete.

»Weil ... weil ... na weil ich zum Beispiel die Pressechefin bin und nicht einfach so einen berühmten Fahrer daten kann. Noch dazu im selben Team.«

»Du glaubst nicht, wie froh ich über diese Antwort bin«, entgegnete Dante sichtlich erleichtert und stand ebenfalls auf.

»Du bist froh, dass ich mich weigere mit dir auszugehen? Also war die Frage nach dem Date ein Scherz?«

Dante schob die Hände in die Hosentaschen seiner Jogginghose und kam geschmeidig und gefährlich wie ein Leopard auf mich zu geschlichen. Unmittelbar vor mir kam er zum Stehen und sah mich unter halb geöffneten Lidern an. »Ich bin froh, dass der Grund deiner Weigerung kein Hindernis ist.«

»Bitte?«

»Wenn du jetzt gesagt hättest, dass du nicht mit mir ausgehen willst, weil du nicht auf mich stehst, oder weil du das Milchgesicht heiraten willst, dann wäre ich ernsthaft besorgt gewesen. Aber wenn es bloß dein Job ist, der uns im Weg steht, interessiert mich das nur bedingt. Denn das ist lediglich eine belanglose Kleinigkeit und kein ernsthaftes Hindernis.«

»Belanglose Kleinigkeit? Geht's noch?« Ich stemmte verärgert die Hände in die Hüften.

»Hör zu, Riley: Wenn du nicht freiwillig mit mir ausgehen willst, muss ich dich eben zwingen. Ich könnte dich zum Beispiel erpressen.«

»Du kannst mich nicht erpressen. Womit denn? Du hast nichts gegen mich in der Hand.«

Dante lachte und mich überkam trotz der aufgeladenen Stimmung, die die flimmernde Luft zwischen uns zum Zerreißen spannte, eine enorme Erleichterung. Endlich wichen die Tränen und Sorgen in seinem Gesicht einem heiteren Lachen.

Endlich!

Die dunklen Schatten der Vergangenheit verzogen sich allmählich und machten Platz für das Hier und Jetzt.

»Ich werde dich einfach noch einmal fragen. Während meiner Siegerrunde am Sonntag. Via Teamradio. Dann bekommt die ganze Welt mit, dass ich auf dich stehe und du musst dich vor niemandem mehr verstecken. Problem gelöst.«

Mir klappte die Kinnlade herunter, weil ich wusste, dass Dante dazu durchaus in der Lage war.

»Du weißt, dass ich es tue, Riley.«

»Erstens: Dazu müsstest du gewinnen. Und falls du es vergessen hast: Deine Siegesbilanz in Singapur ist nicht gerade berauschend. Du hast hier noch nie gewonnen und nun weiß ich auch, warum. Zweitens: Erpressung ist nicht gerade der Weg in das Herz einer Frau.«

»Erstens: Ich schlage dir einen Deal vor: Gewinne ich am Sonntag, gehst du am Montag mit mir aus. Wir fliegen erst am Mittwochmorgen weiter nach Malaysia. Du hättest also Zeit für ein Date. Und zweitens: Du stehst drauf, wenn ich dich ärgere. Das erregt dich doch, Baby, nicht wahr?«

Meine sich rötenden Wangen verrieten mich und Dantes selbstgefälliges Grinsen ließ mich vermuten, dass es ihm nicht entgangen war.

So ein Mist.

Er beugte sich zu mir vor und legte seine Lippen auf die meinen. Bevor ich wusste, wie mir geschah, hatte er meine Taille bereits umfasst und drückte mich ungeduldig gegen die breite Fensterfront des siebenunddreißigsten Stocks.

Sein Kuss hatte etwas Raubtierhaftes.

Ausgehungert. Wild. Fordernd.

Ich gab mich der Versuchung hin und öffnete die Lippen, um ihm Zugang zu gewähren. Dante stöhnte auf. Seine Hände glitten unter mein T-Shirt und fanden den Weg zu meinem Po, den sie ausgiebig kneteten.

Seine Zunge stahl sich in meinen Mund und erkundete ihn forschend, während sein leises Stöhnen heiße Blitze der Lust in meinen Schoß sandte.

Wie stellte dieser Mann das bloß an? Wie schaffte er es, mich mit einem einzigen Kuss komplett willenlos und gefügig zu machen? Und warum fühlte sich bei ihm jeder Kuss wie schweißtreibender, harter Sex an?

Ich wollte ihn von mir stoßen, weil es das war, was ich als pflichtbewusste Pressechefin, die von einem ihrer Fahrer geküsst wurde, tun sollte. Doch ich konnte es nicht, weil ich diesen Kuss viel zu sehr genoss, um ihn zu beenden.

Also ließ ich Dante gewähren. Ließ zu, dass er mich mit seiner Zunge langsam und genussvoll in den Mund fickte, während seine Hände meinen Po besitzergreifend massierten und seine wachsende, pulsierende Erektion sich provokant an meiner Mitte rieb.

In mir regte sich der Wunsch, mit Dante zu schlafen. Mich von ihm auf das Bett werfen zu lassen, die Beine weit für ihn zu spreizen und ihn dazu aufzufordern, tief in mich zu stoßen.

Ich wollte harten, wilden und hemmungslosen Sex mit ihm. Wollte, dass er mich mit seinem Schwanz aufspießte und mir das Hirn aus dem Leib vögelte, während er mir dreckige Komplimente ins Ohr flüsterte und mich mit seinen Zähnen markierte.

Mein Körper wurde heiß und ich fühlte mich wie ein sich stetig erhitzender Vulkan, in dem die Lava der Lust brodelte und mit jeder Sekunde weiter anstieg.

Die Feuchtigkeit, die sich in meinem Schoß sammelte, benetzte die Innenseiten meiner Schenkel und sorgte dafür, dass sich meine Mitte verlangend zusammenzog. Sie brauchte Dantes Schwanz in sich. Und zwar ganz dringend.

Noch nie in meinem Leben hatte ich mich so sehr nach etwas gesehnt, wie nach Dante, tief in mir, jetzt, in diesem Moment.

Himmel!

Ich musste offiziell den Verstand verloren haben, so schwach und willenlos, wie ich gerade war.

Meine Hände wanderten zu Dantes knackigem Po und legten sich auf seine Pobacken, die ich fordernd an mich drückte und damit die Reibung seiner Härte auf meiner Vulva verstärkte.

Wir keuchten beide auf und ich stellte mich auf die

Zehenspitzen, um meine Spalte besser an seinem Schwanz reiben zu können.

»Du fühlst dich so unglaublich gut an«, raunte Dante mit erregter, heiserer Stimme und biss neckend in meine Unterlippe. »Mir schießen gerade tausend Fantasien in den Kopf, Riley. Eine davon verdorbener als die andere. Und keine davon auch nur ansatzweise jugendfrei.«

»Erzähl mir davon«, bat ich kaum hörbar, weil meine Stimme vor Verlangen brach. »Ich will es wissen.«

»Weil du dich von mir auf alle nur erdenklichen Arten vögeln lassen und meinen Schwanz in jedem deiner Löcher spüren willst?«

»Dante ...«

Meine Stimme war kaum mehr als ein flehendes Wispern.

»Baby, du hast keine Ahnung, wie gern ich dich jetzt auf das Bett werfen, dich hart ficken und mich in dir ergießen würde. Aber dieses Mal mache ich es richtig. Das hier ist mir zu wichtig. Du bist mir zu wichtig.«

Er lehnte seine Stirn gegen die meine und atmete schwer.

In meinem Bauch zündete eine Rakete nach der nächsten und schoss mit Überschallgeschwindigkeit in meinen Kopf. Vor meinen Augen explodierten die Feuerwerkskörper und ließen mich fast erblinden.

Das hier ... es war zu viel.

Erschrocken klammerte ich mich an Dante und schnappte nach Luft.

Benommen vor Sehnsucht und Lust flüsterte ich:

»Also gut. Wenn du gewinnst, gehe ich am Montag mit dir aus. Aber wenn du verlierst, ist das hier der letzte Kuss, den du jemals von mir bekommen wirst.«

Ich presste meinen Mund hungrig auf den seinen und genoss den Rausch, den er in mir auslöste.

Er umfasste mein Gesicht mit seinen Händen, neigte meinen Kopf und nahm sich alles, was ich ihm gab. Er verschlang mich regelrecht mit seinen Lippen, so als stünde er kurz vorm Verhungern.

Als er mich nach einer halben Ewigkeit losließ, glühten meine Wangen und mein Herz hämmerte so wild in meiner Brust, dass ich glaubte, es würde mir dort sämtliche Knochen brechen.

»Nichts in der Welt wird mich davon abhalten können, zu gewinnen, Baby. Also such schon mal dein schönstes Kleid raus, damit ich es ausgiebig bewundern kann, bevor ich es dir anschließend ausziehe.«

Er klaute sich einen allerletzten Kuss und verabschiedete sich mit einem leisen, eindringlichen, »Danke für letzte Nacht, Riley.«

Ich blieb mit schlotternden Knien zurück und hatte keine Ahnung, wovor ich mich mehr fürchtete: Dass Dante das morgige Rennen gewann oder dass er es verlor.

29
DANTE

»Was?«, brummte ich genervt, als ich nach der Nacht mit Riley mein Zimmer betrat und Liam auf meinem Bett sitzend vorfand, der mich forschend und neugierig zugleich betrachtete.

»Das frage ich dich. Als ich gestern Nacht deinen verpassten Anruf gesehen habe, kam ich umgehend hierher. Aber du warst weg. In meinem Kopf zeichneten sich sofort die schlimmsten Horrorszenarien ab, was du mir nicht verübeln kannst und ich wollte schon Riley für eine weitere Rettungsmission anrufen, als sie mir zuvorkam und mir schrieb, dass du bei ihr seist.«

»Na dann weißt du ja alles«, grummelte ich und ging ins Bad, um zu duschen.

Liam folgte mir.

»Alter, ich muss aufs Klo. Willst du mir jetzt beim Scheißen zusehen, oder was?«, herrschte ich ihn an.

»Hör auf, dich wie ein Arsch zu benehmen, Dante und erzähl mir stattdessen lieber, was ich *nicht* weiß.«

»Was denn?«, rief ich verärgert, weil ich viel lieber noch eine Weile in meinen erotischen Erinnerungen mit Riley geschwelgt wäre, statt mich von meinem Manager wie ein Schweizer Käse mit Fragen durchlöchern zu lassen.

»Bist du zu ihr gegangen, um dich bei ihr zu entschuldigen?«

»Nein.«

»Um sie zu ficken?«

»Nein.«

»Dante ...«

»Nein. Wenn ich es doch sage.«

»Du sagst viel, wenn der Tag lang ist. Das meiste davon ist Müll.«

Ich drehte mich zu meinem Manager um und zog missbilligend eine Augenbraue in die Höhe. Er grinste, weil er wusste, dass ich wieder mal auf den alten Trick reingefallen war. Wann immer er versuchte, meine Aufmerksamkeit zu erlangen, ich sie ihm aber nicht gewähren wollte, provozierte er mich. So auch dieses Mal.

»Geht doch. Dass du immer wieder darauf reinfällst. Oh Mann. Du bist echt einfach gestrickt, Kumpel.«

»Ich habe sie nicht gefickt, okay? Ich wollte es. Ich will es immer noch. Aber ich habe es nicht getan.«

»Warum nicht?«, wollte Liam wissen.

»Weil ...« Ich fuhr mir mit einer Hand durch die Haare und seufzte. »Weil sie etwas Besonderes ist. Sie bedeutet mir etwas. Sehr viel sogar. Und ich will das nicht vermasseln, indem ich ihr meinen Schwanz reinschiebe und sie zur Besinnungslosigkeit vögele.«

Liam stieß einen anerkennenden Pfiff aus. »Na sieh mal einer an. So langsam hörst du auf, dich selbst zu belügen. Dass ich das noch erleben darf. Dann erzähl doch mal, warum bist du zu ihr gegangen?«

»Ich bin zu ihr gegangen, weil ich *dich* nicht erreichen konnte und weil ich kurz davorstand, wieder Scheiße zu bauen. Sie hat mir geholfen. Mich gerettet. Mich vor Dummheiten bewahrt.«

Ein betroffener Ausdruck breitete sich auf Liams Gesicht aus. »Tut mir leid«, murmelte er. »Ich hätte erreichbar sein müssen und das war ich eigentlich auch. Aber du musst gerade in dem Moment angerufen haben, als ich kein Netz hatte.«

»Schon gut«, wiegelte ich etwas versöhnlicher ab. »Riley war ja da. Sie hat mich mit zu sich genommen und darauf bestanden, dass ich bleibe.«

»Also hast du sie doch gevögelt.«

»Nein«, zischte ich mit Nachdruck. »Wir haben in einem Bett geschlafen, ja. Und wir haben einander auch berührt. Aber nicht sexuell. Jedenfalls nicht gestern Nacht. Es war mehr wie ... kuscheln.«

»*Kuscheln?*«

Liam fiel bei seiner Frage die Kinnlade hinab und er ließ sich kraftlos, wie ein nasser Sack, auf mein Bett plumpsen.

»Seit wann *kuschelst* du?«

»Tue ich nicht. Jedenfalls nicht bis jetzt ... bis ... also bis ...«

»Bis du dich in Riley verknallt hast«, beendete Liam den Satz für mich und sah mich abwartend an.

Ich widersprach ihm nicht. Denn er hatte recht.

»Ich habe es ihr erzählt«, murmelte ich stattdessen und lehnte mich gegen die Badezimmertür.

»Was? Dass du dich in sie verliebt hast?«, wunderte er sich.

Ich schüttelte den Kopf. »Nein. Das mit Santiago. Dem Unfall ... damals.«

Liam stieß scharf die Luft aus und bedachte mich mit einem unergründlichen Blick.

»Du hast noch nie jemandem davon erzählt. Sie muss dir also wirklich wichtig sein. Das ist ... schön. Das ist wirklich schön. Ich freue mich für dich, Kumpel.«

»Sie ... sie ist nicht weggelaufen, als ich es ihr erzählt habe.«

»Warum sollte sie auch? Es war nicht deine Schuld, dass Santiago gestorben ist«, entgegnete Liam vollkommen unbeeindruckt von meiner Aussage.

»Aber ...«

»Nein. Stopp.« Er hob die Hand. »Es war nicht deine Schuld. Und egal, was du sagst: Du wirst mich nicht vom Gegenteil überzeugen können. Wir haben das schon so oft durchgekaut. Das Ergebnis bleibt dasselbe. Es. War. Nicht. Deine. Schuld.«

»Das hat sie auch gesagt ...«, erwiderte ich seufzend.

»Weil sie ein schlaues Mädchen ist. Wenn du also mir nicht glauben willst, dann glaub wenigstens ihr.«

Ich sah Liam eine Weile lang stumm an, bis er sich schließlich räusperte und das Wort ergriff.

»Wie geht es jetzt zwischen euch weiter? Hast du ihr gesagt, wie du für sie empfindest?«

»Indirekt ...«

Liam zog irritiert die Stirn kraus. »Was genau heißt *indirekt?*«

»Ich ... habe sie um ein Date gebeten. Also ... es ist eigentlich mehr eine Wette. Wenn ich diesen Grand Prix gewinne, geht sie mit mir aus. Wenn nicht, muss ich sie in Ruhe lassen.«

»Tatsächlich? Wirst du sie denn in Ruhe lassen, falls du verlierst?«, fragte Liam amüsiert.

Ich kniff verärgert die Augen zusammen. Was sollte diese Frage? Glaubte Liam etwa nicht an meinen Erfolg?

»Nein. Natürlich nicht. Weil ich nicht verlieren werde.«

»Dir ist schon klar, dass wir hier von Singapur sprechen. Der Kurs, der sich von allen Rennstrecken auf dem *Serie del Rey* Kalender am wenigsten zum Überholen eignet. Wie willst du da bis ganz nach vorne fahren?«

»Es mag schwierig sein, hier zu überholen. Aber es ist nicht unmöglich. Außerdem ist es auch eine der Rennstrecken auf dem Kalender, auf der die meisten Unfälle geschehen. Irgendeiner fährt hier immer gegen die Mauer. Und wenn das passiert, werden die Karten neu gemischt«, widersprach ich ihm.

»Dir ist das wirklich wichtig. Du meinst das wirklich ernst«, murmelte er mehr zu sich selbst als zu mir, wobei die Verblüffung in seiner Stimme verriet, wie sehr ihn das überraschte.

»Traust du mir das etwa nicht zu?«

Er hob den Blick und sah mich an. »Ich traue dir alles zu, Di Santo. Gutes wie Schlechtes. Wenn du dir erst mal etwas in den Kopf gesetzt hast, lässt du dich von nichts und niemandem mehr davon abbringen. Das ist der Grund, warum du so einzigartig, aber auch so gefährlich bist. Für dich gibt es keine Grenzen.«

Er erhob sich, kam zu mir herüber und klopfte mir auf die Schulter.

»Ich lass dich jetzt mal in Ruhe. Wir sehen uns nachher in der Lobby und fahren dann gemeinsam zur Strecke.«

Als ich später den Fahrstuhl zur Lobby nahm, um zur Rennstrecke aufzubrechen, war ich entschlossener denn je. Ich wollte dieses Rennen unbedingt gewinnen. Ich *musste* es gewinnen. Für Riley, aber auch für mich. Um mir selbst zu beweisen, dass ich nicht verflucht war und dass meine dunkle Vergangenheit nicht über meine Zukunft regierte.

Die Nacht mit Riley hatte mir gezeigt, dass es sich lohnte, sich den Menschen, die einem wirklich etwas bedeuteten, zu öffnen, statt sie von dem eigenen Gefühlsleben auszuschließen.

Diese Offenheit ... sie verband zwei Menschen

unweigerlich miteinander und schuf eine besondere Ebene des Vertrauens und der Geborgenheit.

Noch nie zuvor hatte ich so etwas fühlen dürfen. Doch jetzt, wo ich wusste, dass es das gab, wollte ich es öfter, um nicht zu sagen, immer fühlen.

Liam und ich fuhren die kurze Distanz bis zur Rennstrecke mit dem Auto, um nicht von Fans belagert zu werden und als ich im Paddock ankam, entdeckte ich Riley, die Toni gerade zu einem Interview begleitete.

Sie sah mich an und lächelte.

Ja wirklich. Sie lächelte.

Da war kein böser, wütender Blick. Keine verkniffene Miene. Keine imaginären Zornesblitze.

Stattdessen war da ein echtes, warmes Lächeln. Eines, das mich mitten in mein Herz traf und mir das Gefühl gab, als hätte ich die Ziellinie des Rennens, das noch nicht einmal begonnen hatte, soeben als Sieger überquert.

Meine Schritte verlangsamten sich als wir aufeinandertrafen und als Liam Toni in ein Gespräch verwickelte, nutze ich die Gelegenheit, um Riley einen heimlichen Kuss auf die Wange zu hauchen.

»Ich freue mich auf das Date mit dir, Baby«, flüsterte ich und fuhr mit meinem Daumen an ihrem Handgelenk entlang.

»Dazu musst du erst mal gewinnen«, flüsterte sie zurück und schloss für einen kurzen Moment die Augen.

»Das werde ich. Nichts auf der Welt wird mich

davon abhalten können, dich auszuführen. Dafür will ich es zu sehr. Dafür will ich *dich* zu sehr.«

»Du solltest so etwas nicht sagen«, murmelte sie und schielte zu Toni, der noch immer mit Liam sprach.

»Aber es ist das, was ich denke und fühle. Warum also nicht? Hast du etwa Angst, Riley?«

Sie zuckte zurück.

»Angst? Wovor?«

»Davor, dass du mich mehr mögen könntest, als du zulassen willst? Davor, dass dir das Date mit mir so gut gefallen könnte, dass du mehr willst?«

»Unsinn.« Sie schüttelte energisch den Kopf. »Dein Ego ist fast so groß wie dieses Land, Di Santo.«

»Und meine Sehnsucht nach dir ist noch viel größer«, entgegnete ich ungerührt. »Und dir geht es nicht anders. Das haben mir deine steifen Nippel, dein schmutziges Stöhnen, deine heißen Küsse und deine Hände auf meinem Po heute Morgen eindrucksvoll bewiesen.«

»Dante«, zischte sie und sah sich um. »Nicht so laut.«

»Warum? Ist es dir etwa peinlich, dass du dich an mir gerieben und meinen Schwanz an dich gepresst hast?«, neckte ich sie und liebte es, wie rot sie dabei wurde. »Du solltest mal sehen, wie geil es sich anfühlt, wenn er erst mal in dir drinsteckt und deine süße, kleine Pussy komplett ausfüllt. Du wirst meinen Namen stöhnen und so heftig kommen, dass du deinen eigenen Namen darüber vergisst. Na, wie klingt das für dich, Baby?«

Sie schluckte und fuhr sich mit einer fahrigen Bewegung über den Hals.

»Ich muss jetzt gehen«, sagte sie heiser und räusperte sich. »Wir sehen uns später.«

Ich lachte leise, weil sie meine Worte offenkundig extrem anmachten, sie das aber partout nicht zugeben wollte.

»Ist gut. Immer schön einen Fuß vor den anderen setzen«, neckte ich sie, als sie mit Toni davonging.

»Wie lange willst du ihr noch hinterherschauen?«, gluckste Liam und schob sich in mein Sichtfeld. »Lass uns ins Teamhaus gehen und was trinken. Diese feuchte Hitze macht mich fertig und damit meine ich nicht, die Hitze, die Riley und du da eben mit eurem geheimen Geflüster produziert habt.«

Ich verdrehte die Augen und folgte ihm ins Teamhaus, wo ich mir bei Skye ein kühles Wasser bestellte und mich in meinen Fahrerraum zurückzog, um mich noch ein letztes Mal mental auf das bevorstehende Rennen vorzubereiten, bevor in Kürze die Meetings mit den Ingenieuren begannen.

Dies hier waren die letzten Minuten vor Rennbeginn, in denen ich noch einmal in mich gehen und mich sammeln konnte. Die letzten Minuten, bevor es ernst wurde und es hieß: alles oder nichts.

30
RILEY

»**I**ch habe gehört, dass du dich auf eine ziemlich waghalsige Wette eingelassen hast.« Kenzie zwickte mich in den Arm und wich einem Kameramann aus, der ohne Rücksicht auf Verluste durch die Startaufstellung hetzte, wo die zwanzig Autos unter Flutlicht darauf warteten, dass der Grand Prix von Singapur begann. Mechaniker, Ingenieure, Fernsehteams, Reporter, Gäste und VIPs tummelten sich auf dem sogenannten *Grid* und ließen sich von der adrenalingeladenen Atmosphäre anstecken.

Toni hatte einem deutschen Fernsehsender ein *Live Interview* vom Grid zugesagt und so musste ich meinen geliebten Platz in der Garage verlassen und mich mit ihm in das wüste Getümmel stürzen, um aufzupassen, dass der Reporter nicht aus der Reihe tanzte.

Wie immer war auch Kenzie in Tonis Nähe, um ihm seine Wünsche von den Augen abzulesen, noch bevor er sich dieser Wünsche überhaupt bewusst wurde. So konnte sie mir nun vor dem Start gezielt auf die Pelle rücken und mich unliebsam löchern.

»Ich wette nur, wenn ich weiß, dass ich gewinne«, gab ich zurück und behielt Toni im Auge, der mit Tom sprach.

»Das verstehe ich nicht. Dante hat sich für den dritten Startplatz qualifiziert. Also stehen seine Siegeschancen auf einer Strecke wie Singapur, auf der das Überholen so gut wie unmöglich ist, eindeutig schlecht.«

»Genau. Er verliert und ich gewinne.«

»Nein, Süße, das hast du falsch verstanden. Dante führt dich auf ein Date aus, wenn er gewinnt. Nicht, wenn er verliert. Du gewinnst also, wenn er gewinnt, verstehst du?«

»Haha. Sehr lustig. Du weißt genau, was ich meine. Darf ich fragen, woher du überhaupt von der Abmachung zwischen Dante und mir weißt?«

»Tjaaaa«, sagte sie gedehnt. »Das wüsstest du wohl gern. Aber das bleibt mein Geheimnis. Genauso wie du uns verheimlicht hast, dass sich zwischen *Dirty Dante* und dir eine Lovestory anbahnt.« Kenzie zog eine beleidigte Schnute.

»Ich habe nichts verheimlicht. Es gibt nämlich keine Lovestory.«

»Das sieht Dante anders.«

»Was? Hat er das gesagt? Hast du mit ihm über mich gesprochen?«

»Na, na, na. Sei nicht so neugierig, Riley. Meine Gespräche mit Dante sind streng vertraulich.«

»Nicht, wenn ihr über mich redet.«

»Besonders dann, wenn wir über dich reden.«

Ich seufzte theatralisch. »Nun tu nicht so geheimnisvoll. Was habt ihr besprochen?«

»Aus mir bekommst du nichts heraus. Aber du solltest hoffen, dass Dante gewinnt. Und falls er es nicht tut, solltest du trotzdem mit ihm ausgehen.«

»Und warum?«

Kenzie zwinkerte mir zu. »Er ist ein heißblütiger Stier. Ein fantastischer Liebhaber. Ein rebellischer Bad Boy. Ein wilder Rennfahrer. Ein sexy Obermacho. Ein Orgasmator. Ein ...«

»Ein *Orgasmator*?«

»Ja, ein Orgasmator. Wie Terminator. Ist dir das ein Begriff?«

»Hä?«

»Wo lebst du denn bitte? Ein Orgasmator ist jemand, der dir Orgasmen verschafft, deren Intensität dich ins Jenseits befördern, weil sie zu viel für das Herz eines Normalsterblichen sind.«

Wir kicherten ungehalten, was uns einen fragenden Blick von Toni einbrachte.

»Darf ich mitlachen?« Er gesellte sich zu uns und musterte uns wissbegierig.

»Besser nicht«, antworteten wir im Chor und prusteten los.

Pünktlich zur Einführungsrunde betrat ich die Garage und postierte mich an meinem gewohnten Platz.

Kenzie hatte recht: Der Straßenkurs von Singapur eignete sich extrem schlecht zum Überholen. Deshalb standen die Chancen, dass Dante sich vom dritten Startplatz aus den Sieg sichern konnte, ausgesprochen ungünstig. Doch seine Worte, dass ihn nichts davon abhalten könne, spukten in meinen Gedanken und ich musste zähneknirschend zugeben, dass ich insgeheim darauf hoffte, dass er es schaffte.

So sehr mich der Kerl auch regelmäßig auf die Palme brachte, ich stand auf ihn. Zweifellos.

Falls er gewann, würde ich für einen Abend und eine Nacht meine Mission vergessen, einen zuverlässigen Ehemann und pflichtbewussten Vater zu finden. Für die Dauer des Dates würde ich verdrängen, dass ich chaotische, impulsive und verantwortungslose Männer wie Dante vor zwei Jahren für immer aus meinem Leben verbannt hatte.

Zwölf Stunden.

Einen Abend und eine Nacht.

Nicht länger.

Ich würde meiner Durststrecke von unterirdischem bis gar keinem Sex ein Ende bereiten und meiner Fantasie genug Futter für den Rest meines Lebens liefern.

Und falls Dante nicht gewann, würde ich ihn mir ein für alle Mal aus dem Kopf schlagen. Falls er nicht gewann, würde ich brav akzeptieren, dass das Schicksal mir keinen Ausrutscher auf meiner pflichtbewussten Mission erlaubte.

Das Rennen begann wie erwartet ohne große Ereignisse. Die Rennwagen fuhren dicht hintereinander über die kurvenreiche Strecke, ohne die Chance auf ein ernsthaftes Überholmanöver. Auch in der darauffolgenden Stunde passierte kaum etwas.

Fünfzehn Runden vor Schluss stahl ich mich aus der Garage und lief zu unserem geheimen Platz auf der Dachterrasse der Hospitality, wo Allegra, Kenzie und Dakota bereits auf mich warteten. Skye traf zeitgleich mit mir ein.

»Okay Leute. Acht Minuten. Dann muss ich wieder runter«, schnaufte ich leicht außer Atem.

Wir stellten uns an die Bande der Terrasse und genossen den einzigartigen Ausblick, der sich uns auf den Stadtkurs und die umliegenden Hochhäuser bot: Palmen, die sich im leichten Nachtwind wogen, der pink erleuchtete *Singapore Flyer*, ein eindrucksvolles Riesenrad unweit der Rennstrecke, und die zahlreichen Wolkenkratzer mit den Dachstrahlern, deren Farben alle fünf Sekunden wechselten.

Unter uns dröhnten die Motoren der eintausend PS starken Boliden durch die Nacht. Das Thermometer zeigte trotz der späten Stunde noch achtundzwanzig Grad.

»Singapur ist einfach besonders«, schwärmte Dakota.

»Singapur ist jedes Jahr ein Highlight«, stimmte

ihr Allegra zu, die seit ihrer Rückkehr aus der Sommerpause erstaunlich oft und viel lächelte.

Ich nahm mir fest vor, sie so bald wie möglich darauf anzusprechen, ob es neue Entwicklungen in dem fortwährenden Liebesdrama mit Byron gab. Dantes Gemütszustand hatte mich so sehr auf Trab gehalten, dass mir in der vergangenen Woche nahezu keine Zeit für einen Plausch mit meinen Freundinnen geblieben war.

Das musste ich schleunigst nachholen.

»Singapur ist vor allem immer für eine Überraschung gut«, schrie Kenzie aufgeregt und deutete hüpfend auf die Strecke. »Seht nur!«

Jasper Vanhoff auf Position eins liegend und Stefano Velucci, einer der Fahrer von *Racing Rosso,* auf Position zwei, lieferten sich einen erbitterten Kampf um die Spitze. Anscheinend hatte Vanhoff sich verbremst, was Velucci die Möglichkeit zum Angriff gab. Durch den Kampf der beiden um die erste Position, schaffte es Dante zu ihnen aufzuschließen. Er hielt sich in weiser Voraussicht im Hintergrund. Dann, eine Runde später, passierte das Unvermeidliche: Velucci zog neben Vanhoff. Die beiden fuhren Rad an Rad auf die vor ihnen liegende Kurve zu. Keiner der beiden dachte auch nur im Entferntesten daran, nachzugeben. Und so kam es, wie es kommen musste: Velucci bremste zu spät, fuhr geradeaus statt rechts in die Kurve einzulenken und schoss Vanhoff links außen ab. Dabei verlor Velucci seinen Frontflügel und schlitzte sich den Reifen auf, der sich binnen Sekunden von der Felge löste und ihn dazu

zwang, den Wagen rechts neben der Strecke abzu-
stellen.

»Vanhoff und Velucci sind raus«, rief Skye und
klatschte euphorisch in die Hände.

»Sieht so aus, als hättest du morgen ein Date,
Süße«, zischte mir Kenzie zu und zwickte mir fest in
den Po.

»Aua!«

»Du Weichei. Ich wette, dass *Dirty Dante* fester
zwickt als ich.«

»Du bist unmöglich«, lachte ich und umklammerte
nervös die Bande vor mir.

»Sag mal, müsstest du jetzt nicht in der Garage
sein und die Pressefragen managen?«, erkundigte sich
Allegra interessiert.

»Oh shit! Komplett vergessen!« Ich verteilte eilig
Kusshände und rannte zurück zu meiner Stammposi-
tion. Vor der Garage tummelten sich die ersten Reporter, die darauf spekulierten, dass Dante heute den Sieg
einfahren würde.

Es verblieben drei Rennrunden, wobei das soge-
nannte *Safety Car* momentan das Feld anführte. Das
Safety Car wurde bei Gefahrensituationen dazu einge-
setzt, das Rennen zu neutralisieren, das Tempo zu
drosseln und die Sicherheit aller Fahrer und Marshalls,
also aller Streckenposten, zu garantieren, während
diese die Fahrzeuge und Fahrzeugteile bargen. Für die
Dauer der *Safety Car* Phase herrschte zudem absolutes
Überholverbot, weswegen Dante seine Spitzenposition
problemlos behaupten konnte.

Eine Runde vor Schluss zog das *Safety Car* ab und Dante führte das dicht aufeinander fahrende Feld an.

»Jetzt keinen Fehler machen«, flüsterte ich. »Du schaffst das.«

Und tatsächlich: Keine zwei Minuten später überquerte Dante als erster die Ziellinie. Gleichzeitig explodierte entlang der Zielgeraden ein gigantisches, buntes Feuerwerk, das den schwarzen Nachthimmel lila und pink färbte.

Welcome to Singapore!

All die Anspannung und Nervosität fielen von mir ab, als Tom Clark wenige Sekunden später auf Position drei liegend, das Doppelpodium für *Titan Racing* komplettierte.

Ich tippte eilig ein paar Notizen für die bevorstehenden Interviews auf mein Handy, als eine Nachricht von Kenzie aufleuchtete:

Komm bloß nicht auf die Idee zu kneifen.

Ein belustigtes Grinsen breitete sich auf meinem Gesicht aus. Doch bevor ich dazu kam, Kenzie zu antworten, vernahm ich über meine Kopfhörer Dantes Stimme.

»Tausend Dank an das Team in Singapur und in der Fabrik. Ohne eure harte Arbeit wäre dieser Sieg nicht möglich gewesen. Ihr habt keine Ahnung, wie wichtig dieser Sieg ist. Wie viel er mir bedeutet. Danke, Leute. Danke, danke, danke!«

»Fantastisches Rennen, Kumpel! Saubere Leistung«, funkte Carl übermütig jubelnd zurück.

»Sagst du Riley, dass ich gewonnen habe?«, hörte ich Dante lachen.

»Ich glaube, das weiß sie«, wunderte sich Carl und drehte sich von der Pitwall zu mir um.

Ich rollte mit den Augen und mein Grinsen wurde noch eine Spur breiter. Zustimmend reckte ich den Daumen in die Höhe.

»Positiv, Dante. Sie hat es mitbekommen«, bestätigte Carl.

»Genau das wollte ich hören«, frohlockte Dante vergnügt.

31
DANTE

»Wohoooo! Hammer Rennen, Mann!«

Liam schlug mir so hart auf den Rücken, dass mir für einen Moment die Luft wegblieb. Die Erleichterung war ihm deutlich anzusehen.

»Danke. Es fühlt sich an, wie ein Befreiungsschlag«, gestand ich.

In den vergangenen Jahren hatte ich in Singapur nie viel zu Stande gebracht. Zu viele Fehler. Keine Motivation. Leichtsinnige Aktionen.

Doch die Aussicht auf ein Date mit Riley hatte mir Flügel verliehen. Meine Konzentration trotz der Höllentemperaturen im Auto aufrechterhalten. Meinen Kampfgeist geweckt. Aus diesem Grund war ich sofort zur Stelle, als sich eine Möglichkeit zu gewinnen auftat und hatte sie eiskalt genutzt, um mir den Sieg zu sichern.

Ich genoss die Zeremonie in vollen Zügen und suchte aus den Augenwinkeln die Menge der jubelnden Teammitglieder unter dem Podium nach Riley ab.

Und tatsächlich: Da stand sie! In der letzten Reihe, an den Kommandostand gelehnt. Sie applaudierte überschwänglich und grinste über beide Ohren.

Sie freute sich für mich.

Und das wiederum freute mich.

Als der Minister für Kultur und Bildung mir den Siegerpokal überreichte, warf ich den Pokal so hoch ich konnte und fing ihn lachend wieder auf. Die Champagnerdusche sorgte dafür, dass sich der Schweiß in meinem Rennanzug mit prickelndem Champagner mischte. Eine durchaus interessante, wenngleich äußerst klebrige Mischung. Doch es machte mir nichts aus.

Im Gegenteil. Ich fühlte mich so lebendig und aufgedreht, wie selten zuvor.

Nach der Zeremonie empfing mich Riley am Treppenabsatz, um mich zu der obligatorischen Pressekonferenz der Top-Drei-Fahrer zu begleiten, auf die ich nun wirklich überhaupt keine Lust hatte. Zu ausschweifend tobte der Tornado der Emotionen in mir. Zu sehr war mein Verstand damit beschäftigt zu begreifen, was in den letzten zwei Stunden geschehen war.

Ich hatte den ewigen Fluch von Singapur gebrochen. Nach über einem Jahrzehnt.

Endlich.

Ich sah mich um und entdeckte eine Tür, die

niemand in dem geschäftigen Gewusel, das hier herrschte, weiter zu beachten schien. Zielstrebig steuerte ich darauf zu und ging hinein.

»Wo zum Teufel läufst du hin?«, zeterte Riley hinter mir.

Kaum hatte sie den Raum betreten, schloss ich die Tür mit einem Knall und verriegelte sie.

»Was ...«

Weiter kam sie nicht. Ich zog sie ungestüm an mich und küsste sie gierig. Sie war wie das eiskalte Wasser, das ich nach fast zwei Stunden in der Höllenhitze von Singapur so dringend brauchte, um nicht zu verdursten. Sie war mein Eisbad, in dem mein Körper nach den Strapazen des Rennens ins Leben zurückfand.

»Ich habe gewonnen, Baby«, flüsterte ich an ihren Lippen.

»Ich weiß«, lächelte sie. »Deshalb musst du jetzt auch zur Pressekonferenz. Es sei denn, du lässt dreißig Riesen springen. Denn die brummen sie dir auf, wenn du sie verpasst.«

»Ich zahle auch dreihundert Riesen, wenn ich dafür mit dir hierbleiben und dich ausziehen darf.«

Ehrfurchtsvoll glitt ich mit der Hand unter ihren Rock und schob ihn hoch. Mit der anderen Hand zog ich das dünne Höschen an ihren Beinen hinab.

»Das geht nicht, Dante«, wandte Riley ein und schloss die Augen. »Das geht nicht«, wiederholte sie gequält und hielt die Luft an, als ich mich auf den Boden kniete und ihr linkes Bein über meine Schulter legte.

»Das geht, Baby. Und wie.«

Rileys Handy begann im selben Moment zu klingeln, in dem ich mein Gesicht zwischen ihren Schenkeln verschwinden ließ und mit meiner Zunge ihre nasse Mitte berührte.

»*Ahhh fuck* ... Hallo?«, rief sie heiser ins Telefon.

Ich begann sie ausgiebig zu lecken und spürte, wie sie ihr Becken an meinem Mund kreisen ließ.

»Hmm ... ja. Wir sind gleich da«, sagte sie tonlos. »Dante muss noch etwas erledigen.«

»Ich muss das hier erst zu Ende bringen. Sonst bekomme ich Ärger mit der Chefin«, bekräftigte ich Rileys Aussage und erntete dafür einen ihrer vernichtenden Blicke. Sie umfasste meinen Hinterkopf und drückte mein Gesicht zurück zwischen ihre Beine, ließ sich auf meinen Mund sinken.

Deutlicher konnte eine Einladung wohl kaum sein.

Ich bedeckte ihren Kitzler mit kleinen Bissen und kostete ausgiebig von ihrem süßen Saft.

»Okay, ich sage es ihm«, seufzte Riley abwesend. »Hör zu, ich muss ... Ahhh. Oh *Gott*!«

Sie schrie überrascht auf, als ich zwei Finger in ihre enge Mitte gleiten ließ.

»Nein, nein. Alles bestens. Ich muss Dante nur helfen. Ich komme gleich. Also wir kommen gleich, meinte ich.« Riley schlug sich gegen die Stirn und biss sich auf die Unterlippe.

»Okay, bye.«

Sie legte auf und ließ das Handy klappernd zu Boden fallen.

»Dank dir landen wir noch in Teufels Küche! Und jetzt bring es gefälligst zu Ende, Di Santo«, befahl sie und schloss die Augen. »Mach schnell, wenn ich bitten darf.«

»Weil wir zur Pressekonferenz müssen?«, murmelte ich zwischen ihren Schenkeln.

»Nein, weil ich dringend einen Orgasmus brauche.«

Mein Schwanz zuckte aufgeregt in meinem engen Rennanzug.

Mein Mädchen brauchte es. Und ich Glückspilz durfte es ihr besorgen.

Ich leckte sie so hingebungsvoll, wie das beste Schokoladeneis, das ich jemals gegessen hatte und lauschte ihrem immer lauter werdenden Stöhnen.

»Sie könnten dich hören«, warnte ich sie.

»Mir egal«, hauchte Riley. »Nicht aufhören.«

Ich konnte mir ein teuflisches Grinsen nicht verkneifen und widmete mich ihrer triefenden Mitte, um zu Ende zu bringen, was ich vor ein paar Minuten angefangen hatte.

Es beruhigte und erregte mich gleichermaßen, Riley Lust zu verschaffen. Hier, zwischen ihren Beinen, die ich unbedingt genauer erkunden wollte, gefiel es mir.

Das reinste Paradies.

Mein Paradies.

Zwanzig Sekunden später kam Riley mit einem spitzen Aufschrei. Sowie ihr Orgasmus abebbte, erhob ich mich zufrieden und bewahrte sie davor, hinzufallen.

»Kleiner Vorgeschmack auf morgen«, flüsterte ich an ihrem Ohr und küsste die empfindliche Stelle direkt darunter.

Sie rang nach Atem und schüttelte fassungslos den Kopf.

»Du hast so einen schlechten Einfluss auf mich. Wo soll das noch hinführen ...«

»Das werden wir zusammen herausfinden, Baby.«

Ich ergriff ihre zitternde Hand und drückte sie.

»Pressekonferenz? Wir sollten die anderen nicht warten lassen. Du hast ziemlich lange gebraucht, um zu kommen. Daran müssen wir arbeiten.«

»Wir? Wenn du willst, dass ich schneller komme, musst du dir in Zukunft eben mehr Mühe geben«, konterte sie.

Dann sammelte sie erhobenen Hauptes ihr Höschen auf und glättete ihren Rock.

»Worauf wartest du? Trödel nicht rum. Du hast schon genug Zeit verschwendet«, ermahnte sie mich und öffnete die Tür.

Ich gab ihr einen Klaps auf den Po und folgte der Hammerbraut schmunzelnd zur Pressekonferenz.

32
RILEY

Den Montag schrieb ich als zutiefst unproduktiven Tag ab. Obwohl ich nach dem Rennen noch stundenlang gearbeitet hatte und erst gegen fünf Uhr in der Früh ins Bett fiel, wachte ich bereits wenige Stunden später mit klopfendem Herzen und rumorendem Magen auf. Wieder einzuschlafen erschien mir vollkommen aussichtslos. Zu sehr nagte die Nervosität vor dem bevorstehenden Abend mit Dante an mir.

Um elf Uhr schlug ich genervt die Bettdecke zurück und machte mich auf ins hoteleigene Fitnessstudio, wo ich versuchte, das Lampenfieber herauszuschwitzen.

Nach einer Stunde auf dem Laufband brannten meine Beine und Arme. Doch die Nervosität blieb. Das änderte sich weder beim Frühstück mit den Mädels, noch bei dem anschließenden Arbeitstreffen am Pool.

Wir hatten ein paar Liegen nahe dem Pool unter

einem Baldachin zusammengeschoben und arbeiteten von dort unsere E-Mails und die Planung für das in sechs Tagen anstehende Rennen in Malaysia ab.

Dass meine Freundinnen mich die ganze Zeit mit meinem bevorstehenden Date aufzogen, sorgte nicht gerade dafür, dass sich meine flatternden Nerven beruhigten.

Am Nachmittag erreichte mich eine Textnachricht von Dante, in der er schrieb, dass er mich um zwanzig Uhr vor dem Hoteleingang treffen würde. Er bat mich, meinen Bikini und Wechselkleidung einzupacken, verriet mir jedoch nicht, wo unser Date stattfand.

Pünktlich um zwanzig Uhr durchquerte ich die Lobby und schritt durch die überdimensionalen Drehtüren nach draußen.

Dante lehnte an seinem schicken Sportwagen, den ich noch vor ein paar Tagen durch die Straßen Singapurs gefahren hatte. Als er mich bemerkte, richtete er sich auf. Er taxierte mich aufmerksam und stieß einen anerkennenden Pfiff aus, der mich leicht erröten ließ.

»Hallo, schöne Frau. Du bist tatsächlich gekommen.«

»Natürlich. Dachtest du, dass ich kneife?«

»Ich war mir nicht sicher.«

»Tja ... hier bin ich.«

Etwas verlegen kam ich vor ihm zum Stehen.

»Wo geht's hin?«

»Lass dich überraschen«, entgegnete er und hielt mir galant die Beifahrertür auf.

Dante nahm auf dem Fahrersitz Platz, hauchte mir einen Kuss auf die Wange und fuhr los. Ich begutachtete sein Profil von der Seite und staunte zum wiederholten Male, wie ungemein gut dieser Mann aussah.

Verwegen. Durchtrieben. Gefährlich. Wild. Rebellisch. Ein wahrer Teufel. Er machte seinem Namen, *Il Diavolo,* in jeglicher Hinsicht alle Ehre.

Wir fuhren in Richtung Zentrum und steuerten direkt auf das *Marina Bay Sands* zu. Mein Herz begann bei dieser Erkenntnis olympiareife Pirouetten zu drehen.

»Das *Bay Sands*? Wir gehen ins *Bay Sands*?«

»Nur das Beste für mein Mädchen.« Dante legte seine Hand auf meinen Oberschenkel. Eine Geste, die so vertraut wirkte, dass ich erschauderte. Ich konnte die Hitze seiner Hand durch den dünnen Stoff meines Kleids spüren. Sie brannte sich förmlich in meine Haut. Behutsam bedeckte ich seine Hand mit der meinen und konnte meine Freude bloß mühsam zügeln.

Dante parkte den Sportwagen vor dem Haupteingang und hielt mir die Tür auf.

»Hast du deinen Bikini eingepackt?«, fragte er mich, während wir auf den Aufzug zusteuerten.

»Habe ich. Aber die Benutzung des Panoramapools ist nur Hotelgästen gestattet. Leider.«

»Deshalb habe ich hier auch ein Zimmer für heute Nacht reserviert«, informierte er mich achselzuckend.

Er stieg in den Aufzug und drückte den Knopf für die oberste Etage. Als er meinen erstaunten Blick auffing, schob er sich mit einem schiefen Lächeln die Hände in die Hosentaschen. »Wir müssen es nicht benutzen. Aber es ist die Eintrittskarte für den Pool und Kenzie meinte, dass du schon immer mal darin schwimmen wolltest.«

»Und deshalb buchst du einfach mal so ein Zimmer in einem der exklusivsten Hotels von ganz Singapur? Das ist eine ziemlich teure Eintrittskarte, Dante.« Schlagartig überfiel mich das schlechte Gewissen.

»Vergiss das mal für einen Moment. Lass uns den Abend genießen, ohne auf das zu achten, was er kostet, okay?«

»Das ist nicht so leicht ...«

»Falls dich dein schlechtes Gewissen plagt, erinnere dich einfach daran, wie sehr du mich eigentlich verabscheust. Das wird es erleichtern. Wenn nicht, kannst du dich gern erkenntlich zeigen. Ich mag Massagen. Und Blowjobs.«

»Blödmann«, lachte ich und gab Dante einen warnenden Klaps auf den Arm.

Ein elegant gekleideter Kellner empfing uns am Aufzug der Dachterrasse und wies uns einen abgeschiedenen Platz mit Blick auf die *Marina Bay* und die umliegenden Hochhäuser zu.

»Willkommen im fünfundfünfzigsten Stock. Oder waren es sechsundfünfzig?«, überlegte Dante und lugte über den Terrassenrand in die Tiefe. »Ganz schön hoch.«

»Leidest du unter Höhenangst?«

Dante verzog ertappt das Gesicht.

»Wieso lädst du mich dann auf die Dachterrasse eines der höchsten Gebäude Singapurs ein?« Ungläubig schüttelte ich den Kopf.

»Weil du dir schon seit langer Zeit wünschst, hierher zu kommen.«

Sein Geständnis traf mich mitten ins Herz.

Er hatte seine Ängste überwunden, nur um mir eine Freude zu bereiten. Und aus seinem Mund klang es so, als sei das total selbstverständlich.

Dante Di Santo entfernte sich mit jedem Tag mehr von dem rüpelhaften Arschloch, für das ich ihn all die Jahre gehalten hatte.

»Das ist wirklich nett von dir, danke.« Verlegen nestelte ich an der Serviette, die auf meinem Teller lag und zuckte zusammen, als Dante frustriert aufstöhnte.

»Was ist?«

»Du hast mich gerade als *nett* bezeichnet. *Nett.* Milchgesicht ist deiner Meinung nach auch nett. Sieht so aus, als müsste ich den Eindruck, den du von mir hast, schleunigst revidieren.«

Ich schnaubte belustigt. »Dazu hast du ja jetzt den ganzen Abend Zeit. Mal sehen, wie du dich als Date so machst.«

Die Zeit verstrich, ohne dass wir davon Notiz nahmen. Zu vertieft waren wir in unsere angeregten Gespräche über die *Serie del Rey*, die wir beide abgöttisch liebten. Wir aßen mit atemberaubender Aussicht in luftiger Höhe, während sich um uns herum der Tag zur Nacht wandelte. Die Trüffelpasta und der dazu passende

Weißwein ließen mich genussvoll die Augen schließen. Als ich sie wieder öffnete, begegnete ich Dantes feurigem Blick, der fest auf meine Lippen geheftet war.

»Das Essen ist vorzüglich. Ich bin begeistert«, lobte ich das Restaurant und lehnte mich entspannt gegen die Rückenlehne meines Stuhls.

»Nachtisch?« Dantes raue Stimme jagte mir einen Schauer über den Rücken. »Sie servieren hier eine fantastische Schokotorte, habe ich mir sagen lassen.«

»Können wir ein Stück davon mitnehmen? Ich würde lieber noch eine Runde schwimmen, bevor sie den Pool schließen.«

Dante nickte. »Natürlich. Ich lasse uns ein Stück einpacken.«

Kurze Zeit später nahmen wir den Lift in den fünfzigsten Stock und betraten eine geschmackvoll eingerichtete Suite mit Blick auf die *Marina Bay* und die in der Dunkelheit funkelnde Stadt.

»Hier ist das Bad. Dort kannst du dich fertig machen. Ich ziehe mich derweil im Schlafzimmer um«, informierte mich Dante und öffnete die Tür zu einem weitläufigen Badezimmer aus Marmor und Granit.

Ich schloss die Tür hinter mir und ließ mich auf dem Badewannenrand nieder.

Bisher hatte Dante keine Anstalten gemacht, mich ins Bett zu bekommen. Er verhielt sich wie ein Gentleman und gab sich sichtlich Mühe, es langsam angehen zu lassen.

Wenn die Leidenschaft und das Feuer in ihm nur ansatzweise so sehr brodelten, wie in mir, dann wusste ich, welche Qualen er durchlitt.

Ich wollte dieses Abenteuer mit Dante. Ich wollte mit ihm die Nacht verbringen. Gleichzeitig fürchtete ich mich jedoch davor. Und je länger ich es herauszögerte, desto präsenter wurde diese Furcht.

Dante machte etwas mit mir, das meine Entscheidungen, meine gezielt geplante Lebenseinstellung ins Wanken brachte. Mit seinem sexy Grinsen hob er meine sorgfältig durchdachte Zukunft vollkommen aus den Angeln. Er sorgte dafür, dass ich alles in Frage stellte. Er brachte mich dazu, leichtsinnige und verantwortungslose Dinge zu tun.

Zugegeben, sie bereiteten mir einen Heidenspaß. Sie führten dazu, dass ich mich lebendig und begehrt fühlte. Doch das änderte nichts daran, dass eine erwachsene Frau sich nicht zu solchen Dingen hinreißen ließ.

Es wurde höchste Zeit, dass ich mir Dante aus dem Kopf und aus meiner Fantasie schlug. Ein für alle Mal.

Ich würde mit ihm schlafen und feststellen, dass er längst nicht so gut im Bett war, wie alle behaupteten. Damit wäre der Zauber gebrochen und ich könnte wieder meiner Arbeit und meiner *Ehemann-Kindsvater-*Mission nachgehen, ohne andauernd an Dante zu denken.

Aber zunächst einmal wollte ich eine ausgedehnte Runde im Rooftop Pool schwimmen, die überkochenden Emotionen abkühlen und die Aussicht genießen.

Ich schaute mich nach meiner kleinen Reisetasche um, konnte sie jedoch nirgendwo entdecken. Also

öffnete ich die Badezimmertür und suchte im Wohn-
bereich danach.

Erfolglos.

»Dante, weißt du wo ...« Die Worte blieben mir im
Halse stecken, als ich das Schlafzimmer betrat und
Dante mit nacktem Oberkörper auf dem Bett
sitzen sah.

Er trug lediglich seine Badeshorts und hatte die
Hände abwartend hinter dem Kopf verschränkt. Seine
durchtrainierten Arme spannten sich unter seiner
Körperhaltung und als er sich aufsetzte, kontrahierten
die Muskeln seines Sixpacks unter der sonnenge-
bräunten Haut.

»Ja, Baby? Was weiß ich?« Dante schob fragend die
Augenbrauen zusammen.

»Ich will dich«, entfuhr es mir, ohne dass ich es
verhindern konnte.

Dante erhob sich in Zeitlupe und schlenderte träge
zu mir. Abwartend legte er den Kopf schief und drehte
nachdenklich eine meiner Haarsträhnen zwischen
seinen Fingern. »Ich versuche wirklich alles richtig zu
machen. Und ich möchte nicht den Eindruck erwe-
cken, dass ich nur auf Sex aus bin, Riley.«

»Aber ich bin auf Sex aus«, wisperte ich und
schloss die Lücke zwischen uns. »Ich bin auf schmutzigen, wilden und hemmungslosen Sex mit dir aus.«

»Du willst also nicht schwimmen gehen?«

»Ich will mit dir schlafen, Dante. Jetzt sofort.«

33
DANTE

Ihr schlüpfriges Bekenntnis sorgte dafür, dass ich scharf die Luft einsog.

Sie wollte mit mir schlafen. Jetzt sofort. Ohne dass ich mit ihr geflirtet oder sie dazu gedrängt hatte.

Wortlos standen wir voreinander, während die Luft um uns herum immer dünner wurde. Mein Puls schlug laut in meinem Hals. Meine Fingerspitzen prickelten. Ich konnte meinen Atem hören.

»Bist du sicher?«, brach ich schließlich die erdrückende Stille zwischen uns.

»Fragst du das alle Frauen, mit denen du schläfst?« Riley verzog das Gesicht zu einer Grimasse.

»Ich will mir das mit dir nicht vermasseln, Riley.«

»Warum?«

»Weil ...« Ich verstummte.

»Weil?«

»Weil ich dich sehr mag, denke ich.«

»Denkst du?«

»Nein, ich *weiß* es. Ich mag dich, Riley. Sehr.«

»Ich mag dich auch, Dante.«

Riley schüttelte den Kopf und fuhr sich durch die glänzenden Haare, die ihr hübsches, dezent geschminktes Gesicht umrahmten und ihr in langen Wellen über die Schultern fielen.

»Was?«

»Ich kann nicht fassen, dass ich gerade gesagt habe, dass ich dich mag. Das Gegenteil ist der Fall: Ich kann dich nicht ausstehen.«

»Weil ich so schlecht küsse?«

Ich beugte mich vor und grub meine Zähne in die weiche Haut von Rileys Hals. Genau in die Stelle, an der ihr Hals in ihre Schultern mündete.

»Ja«, wimmerte sie. »So schlecht.«

»Und weil sich meine Hände auf deinem Körper so ungeschickt anstellen?«, flüsterte ich in ihr Ohr und öffnete den Reißverschluss ihres enganliegenden schwarzen Kleides, das ihre sinnlichen Kurven perfekt betonte. Bedächtig ließ ich meine Fingerspitzen über ihren nackten Rücken bis zu dem Ansatz ihres straffen Pos gleiten.

»So verflixt ungeschickt«, hauchte Riley und schloss die Augen.

Ich gab ihr einen kräftigen Klaps auf den Po, der sie aufstöhnen ließ.

»Du magst es also nicht, wenn ich dich anfasse?«

Meine Hände wanderten zu ihrem Hals und schoben das Kleid von ihren Schultern. Es glitt an ihrem Körper hinab und landete achtlos neben ihren Füßen.

»Nein, ich mag es nicht«, keuchte sie und leckte sich über die Lippen.

»Kein bisschen?«

»Kein bisschen.«

Ich trat einen Schritt zurück und bewunderte die Pforte zum Paradies. Oder zur Hölle. Je nachdem, wie man es betrachtete.

Riley trug einen schwarzen BH, ein schwarzes Höschen, das man eigentlich nicht als Höschen bezeichnen konnte und irrsinnig heiße schwarze Lack-Heels. Die versteckten Tattoos, die ihren Körper schmückten, gaben mir den Rest.

Ihr Anblick war mehr, als ich ertragen konnte.

»Du machst mich fertig, Baby. Du hast ja keine Ahnung, was du anrichtest ...«

Neben dem neckischen Tattoo auf ihrem Oberschenkel und der Feder auf ihrem Oberkörper, zierte eine Reihe von Sternen den unteren Ansatz ihrer Brüste. Ich öffnete ihren BH und warf ihn achtlos in die Ecke, um die Konturen jedes einzelnen Sterns mit meinem Zeigefinger nachzufahren.

»Du hast noch nicht alle gesehen«, lächelte Riley verführerisch und ging an mir vorbei zum Bett.

Sie kniete sich auf die Matratze und präsentierte mir ihre perfekte Kehrseite. Mein Blick schweifte anerkennend über ihre Schultern und über ihren durchtrainierten Rücken. Zwischen ihren Schulterblättern befand sich ein spitzer Pfeil mit dem schnörkeligen Schriftzug »*Unbreakable*«.

Doch das, was das Fass endgültig zum Überlaufen brachte, waren die tätowierten halterlosen Strumpfbänder auf der Rückseite ihrer Oberschenkel.

Ich schluckte und ballte sprachlos die Hände zu Fäusten. In mir wurde ein unsichtbarer Schalter umgelegt. Vielleicht traf mich auch der Blitz und ließ mich in Flammen stehen. Oder beides.

Auf jeden Fall warf ich blindlings diesen ganzen *Gentlemen-Gehen-Es-Langsam-An-Scheiß* über Bord und streifte entschlossen meine Shorts ab.

»Dreh dich um, Baby«, forderte ich sie auf, während ich aus der Reisetasche neben dem Bett mit leicht zittrigen Fingern ein Kondom hervorholte. »Ich will dein Gesicht sehen, wenn ich es dir besorge.«

»Aber ich will dich nicht sehen«, erwiderte sie frech. »Ich will dich nicht mit meinem enttäuschten Gesichtsausdruck entmutigen.«

»Wieso enttäuscht?«

»Weil du bestimmt genauso schlecht vögelst, wie du küsst.«

Ich schnaubte amüsiert und rollte das Kondom über meinen ungeduldigen Schwanz.

Sie wollte es also auf die harte Tour.

Schmutzig und derb, statt romantisch und liebevoll.

Dann würde ich ihr genau das geben.

Wir hatten Zeit. Zeit, um es zunächst hart, wild und schnell zu treiben, bevor wir uns zärtlich, langsam und bedächtig erkundeten. Zumindest hoffte ich das.

»Kein Kommentar?«, stichelte sie. »Weil du weißt, dass ich recht habe?«

Ich ging zum Bett zurück und strich ihr sanft durch das lange Haar, das ihr bis zur Taille reichte. Dann zog ich sie mit einem deutlich unsanfteren Ruck an ihren Haaren hoch, sodass ihr Rücken gegen meinen Oberkörper prallte.

»Ich werde dich so hart durchvögeln, dass du den gesamten Grand Prix von Malaysia im Stehen verbringen wirst«, flüsterte ich drohend in ihr Ohr und bedeckte ihre schweren Brüste besitzergreifend mit meinen Händen. »Es wird Zeit, dass dir jemand Manieren beibringt. Und da Milchgesicht dazu offensichtlich nicht in der Lage ist, werde ich dich jetzt einreiten, Süße.«

Mit Genugtuung registrierte ich die Gänsehaut, die sich auf Rileys Nacken ausbreitete und bis in ihr Dekolleté kroch.

»Besäßest du die Güte, deine Beine für mich breitzumachen, Schätzchen?«

Ich stieß Rileys Oberkörper zurück auf die Matratze und beobachtete zufrieden, wie sie mit fahrigen Bewegungen die Beine für mich spreizte.

»Weiter. Mein Schwanz braucht Platz«, befahl ich.

Sie stöhnte und leistete meinem Befehl folge.

Ich griff ihr zwischen die Beine, zerriss energisch ihren Slip und stieß ein erregtes Knurren aus.

Riley drehte ihren Kopf zu mir und warf mir einen lustverschleierten Blick zu.

»Das Gesicht auf die Matratze. Ich will es nicht sehen, wenn ich dich ficke.«

Sie keuchte erstickt und gehorchte widerwillig.

»Braves Mädchen«, lobte ich sie und positionierte mich zwischen ihren weit gespreizten Schenkeln.

Ich schloss die Augen und bereitete mich gedanklich auf die intensiven Gefühle vor, die mich erfassen würden, wenn ich endlich in die Frau eindrang, die ich mehr als alles andere wollte.

Doch nichts in der Welt hätte mich auf das überwältigende Gefühl vorbereiten können, das mich überrollte, als ich Zentimeter für Zentimeter in ihre feuchte und enge Pforte drang.

»*Holy Shit*«, entfuhr es mir und ich biss fest die Zähne zusammen, um nicht sofort zu kommen.

»Warum hörst du auf? Mach weiter«, beschwerte sich Riley.

»Wer hat dir erlaubt, dein Gesicht von der Matratze zu heben?«, fuhr ich sie an und stieß so fest zu, dass sie einen Satz nach vorn machte.

»Ich bestimme, was passiert und wann. Merk dir das, denn ich werde es nicht noch einmal sagen«, ermahnte ich sie und begann mich in ihr zu bewegen.

Oh verflucht.

Ich hatte in meinem bisherigen Leben wahrscheinlich schon so viel gevögelt, wie manche Männer es in zehn kompletten Leben nicht schafften. Aber das hier, das hier war ein anderes Level. Das hier stellte alle Gefühle in den Schatten, die ich bisher bei jeglicher Art von Sex erlebt hatte. Mit und ohne Drogeneinfluss.

»Härter«, verlangte Riley und riss mich aus meinem Schockzustand.

Ich gab ihr einen kräftigen Klaps auf den Po. Dann noch einen. Und noch einen. Und noch einen.

»Hast du die Regeln nicht verstanden, oder legst du es darauf an, bestraft zu werden?«

Ihr lüsternes Keuchen verriet sie: Es gefiel ihr, grob angefasst zu werden.

»Sieh mal einer an. In der Öffentlichkeit gibst du dich vernünftig und beherrscht, aber in Wahrheit macht dich mein Schwanz in deiner Pussy so geil, dass du dir nichts sehnlicher wünschst, als die Kontrolle abzugeben und von mir beherrscht zu werden.«

»Sei still«, flüsterte sie, begleitet von einem gequälten Stöhnen, als ich sie für ihre ungezogene Bemerkung extra hart fickte.

»Kaum zu fassen, dass sie ausgerechnet dich zur Pressechefin von Titan Racing ernannt haben. Wo du doch so schwer von Begriff bist und offenbar noch immer nicht begriffen hast, wer hier das Sagen hat. Kleiner Tipp unter Freunden: Du bist es nicht.«

»Wir ...«, stieß Riley abgehackt hervor. »Wir sind keine Freunde.«

»Verdammt richtig, Süße. Ich bin ein berühmter Rennfahrer und du die kleine, dreckige Hure, die es sich bereitwillig von mir besorgen lässt. Wie konnte mir das nur entfallen.«

»Ah ...«

Rileys genussvoller Aufschrei ließ mich erschaudern.

Bei meinen derben Worten zog sich ihre heiße, nasse Pussy um meinen Schwanz zusammen und sog ihn noch tiefer in sich hinein. Sie verschlang ihn förmlich. Verspeiste jeden einzelnen Zentimeter und ließ sich gierig von ihm ausfüllen.

Meine sexy Kriegerin. Wie verrückt sie mich machte. Geradezu rasend und wahnsinnig vor Begierde, fickte ich sie so schnell und hart, dass ich darüber das Bewusstsein zu verlieren drohte.

»Nicht du benutzt mich«, keuchte sie atemlos und bäumte sich auf. »Ich benutze dich. Damit das klar ist.«

Meine Mundwinkel zuckten belustigt und ich knurrte unheilvoll als ich mich zu ihr vorbeugte, sie im Nacken packte und sie zurück in das kühle Laken drückte.

»Soweit ich das erkennen kann, befindest du dich auf Knien. Demütig. Weit geöffnet. Klatschnass. Und wimmernd vor Geilheit. Du bettelst geradezu darum, dass ich dich gründlich durchnehme, weil dazu offensichtlich sonst niemand in der Lage ist. Rede dir bloß weiter ein, dass du mich dominierst. Aber wir beide wissen doch, dass *ich* derjenige bin, der entscheidet, ob, wann und wie hart du kommst. Also sei ein braves Mädchen und hör auf, mich zu provozieren. Denn sonst kann es gut sein, dass ich tief und heftig in dir abspritze. Und zwar *bevor* du zum Zug gekommen bist.«

»Nein ...«, wisperte sie angstvoll. »Bitte ... bitte nicht.«

Ich lachte rau. Ihr verzweifeltes Betteln war wie flüssiges Heroin, das durch meine Venen rauschte und meinen Verstand außer Kraft setzte. Die niederen Instinkte in mir übernahmen das Kommando und trieben mich zielstrebig in Richtung meines gigantischen Höhepunktes.

Ich erhöhte den Druck meiner Stöße und umfasste mit eisernem Griff ihre Taille, zog sie in dem Moment, in dem ich unbarmherzig in sie stieß, hart zu mir.

Ihr geröteter Po klatschte gegen mein Becken. Immer und immer wieder.

Ihr unregelmäßiger, abgehackter Atem vermischte sich mit ihrem verzweifelten Wimmern.

Ich beugte mich leicht nach vorn und löste eine Hand von ihrer Taille, um mit meinem Zeigefinger ihre Perle zu umkreisen, was sie mit einem lauten Stöhnen belohnte.

»Das gefällt dir, nicht wahr?«

»Ich hasse es«, schimpfte sie atemlos in die Laken.

»Und wie du es hasst. Ich kann es spüren. Es hören. Es sehen.«

Ich erhöhte nun auch die Geschwindigkeit meiner Stöße und warf den Kopf in den Nacken, bereit, abzuheben und jeden meiner Tropfen in Rileys Mitte zu pumpen.

Morgen würde ich meine Rennfahrerkarriere beenden und mich für den Rest des Lebens mit Riley einschließen, um den ganzen lieben langen Tag Sex mit ihr zu haben.

Oh ja. Genau das würde ich tun.

Ich spürte, dass auch Riley am Rande der Klippe stand. Also kniete ich mich mit einem Bein auf das Bettende und pfählte sie unablässig mit gezielten, schnellen und intensiven Stößen. Es gab für sie kein Entkommen. Keine Chance, mir zu entfliehen. Mein Schwanz glitt unermüdlich in sie, trieb sie an, reizte sie.

»Wage es nicht zu kommen, Riley«, drohte ich, wohlwissend, dass sie genau das Gegenteil von dem, was ich ihr befahl, tun würde.

Und tatsächlich: Riley explodierte keine drei Sekunden später wie ein funkensprühendes Feuerwerk an Silvester. Sie zuckte unkontrolliert unter meinen Stößen und gab heisere, nicht zusammenhängende Laute von sich.

»So ist es gut, Baby. Ich bin hier. Ich gebe dir, was du brauchst«, feuerte ich sie an und verlangsamte meine Stöße erst, als ihr Orgasmus langsam abebbte.

Behutsam drehte ich sie auf den Rücken und legte mich auf sie. Sie hatte die Augen geschlossen und atmete schwer. Ihre Wangen waren gerötet und sie sah so umwerfend aus, dass ihr frisch gevögelter Anblick mir den so dringend notwendigen Atem verschlug.

»Das war so schlecht«, wisperte sie. »So furchtbar schlecht.«

»Der schlechteste Sex deines Lebens?«

»Mit Abstand.«

»Ich kann mich garantiert noch steigern. Am besten fangen wir direkt damit an.«

Ich schob mit meiner Hand ihre Beine auseinander und versenkte mich in einer fließenden Bewegung in ihr.

Es hatte mich extrem angemacht, sie kommen zu sehen. Zu spüren, wie sie explodierte und zu wissen, dass ich es war, der sie dazu brachte. Ich war so scharf, dass ich am ganzen Körper zitterte und schon beinahe kam, als ich nur in sie hineinglitt.

Viel würde es nicht mehr brauchen. So viel stand fest.

»So verdammt geil«, murmelte ich an ihrer Schulter und begann, mich in ihr zu bewegen.

Für gewöhnlich mochte ich es hart und wild. Aber bei Riley verhielt es sich anders. Ich wollte jede Faser von ihr spüren. Den Sex mit ihr auskosten. Ihn genießen. Langsam. Tief. Bedächtig.

Ihre Hände wanderten zu meinem Rücken und ich erschauderte, als sie mit ihren langen Fingernägeln aufreizend über meine Haut kratzte.

Sie schlang ihre Beine um mich und passte sich meinem Rhythmus an.

Unsere Blicke verhakten sich ineinander und der Satz, der mir in diesem Moment in den Sinn kam, bereitete mir eine Heidenangst.

Riley hob den Kopf und lud mich dazu ein, sie zu küssen. Ich senkte meine Lippen auf ihren leicht geöffneten Mund und ertrank in dem Strudel der Leidenschaft, den dieser Kuss, gepaart mit der köstlichen Wärme ihrer feuchten Mitte, die meinen Schwanz eng umhüllte, in mir erzeugte.

So etwas wie das hier ... ich hatte es noch nie zuvor gespürt.

Es war stärker, mächtiger und intensiver als alles, was ich je erlebt hatte. Und ... es überforderte mich.

Die Wucht des Höhepunktes, der mich in diesem Augenblick traf und mit sich riss, ließ mein Herz und meine Seele zerspringen.

Aufgewühlt löste ich mich von Rileys Lippen und

stöhnte meinen nicht enden wollenden Orgasmus in die Kissen neben ihrem Hals.

Erschöpft und glücklich blieb ich auf ihr liegen.

Ich wollte unsere Verbindung nicht trennen. Ich wollte in ihr bleiben.

Für immer.

34
RILEY

Dante lag vollkommen entspannt auf mir und streichelte mit seinem Daumen über meine Hüfte.

Ich ließ meine Hände seinen Rücken hinabwandern und liebkoste mit meinen Fingerspitzen seinen knackigen Po.

Hmmm. Dieser Mann fühlte sich einfach göttlich an.

Ich wurde schon wieder scharf.

Dabei lag mein letzter Orgasmus noch keine fünf Minuten zurück.

Die Küsse dieses Mannes waren phänomenal. Seine Hände auf meinem Körper eine göttliche Gabe. Und der Sex überirdisch genial. Nicht von dieser Welt.

Dante stellte alles bisher erlebte in den Schatten. Dabei konnte ich nicht behaupten, dass ich in meinen Zwanzigern ein Kind von Traurigkeit gewesen war. Ich hatte viel ausprobiert. Viel Spaß gehabt. Doch nicht ansatzweise das gefühlt, was Dante in den vergangenen Minuten in mir ausgelöst hatte.

Er seufzte leise an meinem Hals und rollte sich widerwillig von mir herunter, um sich das prallgefüllte Kondom abzuziehen und zu entsorgen.

»Schokotorte gefällig?« Er zog fragend die linke Augenbraue in die Höhe und öffnete die Box mit dem gigantischen Stück Kuchen darin.

Ich lächelte. »Gern.«

»Mal sehen, was wir zu trinken da haben.« Neugierig öffnete Dante den Kühlschrank der Minibar auf der anderen Seite des Zimmers. »Wasser, Cola, Wein, Bier«, zählte er die Optionen auf.

»Ich nehme ein Bier, bitte.«

»Schokotorte mit Bier?« Dante richtete sich auf und sah mich verdutzt an.

»Warum nicht?«

Er dachte einen Moment über meine Worte nach und zuckte dann mit den Achseln. »Warum eigentlich nicht. Du hast recht. Es hört sich nach der perfekten Kombination an.«

Pfeifend nahm er zwei Flaschen des gekühlten Biers aus dem Kühlschrank und schlurfte damit zum Bett zurück.

Ich nahm die Erfrischung dankend entgegen und trank einen gierigen Schluck.

Dante stellte seine Flasche neben dem Bett ab und griff nach der Box mit der Torte. Er schaufelte eine großzügige Portion der Kalorienbombe auf den Löffel und balancierte ihn zu mir.

»Hier bitte ...« Scheinbar unabsichtlich fiel die Torte kurz vor ihrem Ziel vom Löffel und landete stattdessen direkt auf meiner rechten Brust.

»Ups. Ich bin so furchtbar ungeschickt«, bedauerte Dante scheinheilig. »Das haben wir gleich, keine Sorge.« Er senkte seinen Kopf auf meine Brust und vernaschte genüsslich den cremigen Schokokuchen. Dabei ließ er es sich nicht nehmen, meine Knospen ausgiebig abzulecken.

»Das hast du mit Absicht gemacht«, lachte ich und wand mich unter ihm.

Er sah mit entrüstetem Blick zu mir auf und leckte ungeniert weiter. »Wo denkst du hin«, murmelte er. »Mit Absicht? Sowas würde ich nie tun.«

»Schon klar.« Ich trank einen weiteren Schluck und bemühte mich nach Kräften, die Beine zusammenzuhalten, in deren Mitte sich schon wieder eine verräterische Nässe bildete.

»Lass es uns nochmal versuchen. Dieses Mal funktioniert es bestimmt«, beteuerte Dante.

Er belud den Löffel ein zweites Mal und dirigierte ihn geschickt zu mir. Die Torte hatte meinen Mund fast erreicht, als der Löffel sich plötzlich verselbstständigte, eine Kehrtwende einlegte und über meinem Venushügel abstürzte.

Dante sah erstaunt von dem leeren Löffel zu dem Stück Torte zwischen meinen Beinen. »Ich habe absolut keine Ahnung, wie das passieren konnte. Aber ich mache dich selbstverständlich wieder sauber.«

Er beugte sich über meinen Bauch und schleckte sich an meiner Leiste entlang zu meiner Mitte.

Ich stellte in weiser Voraussicht meine Flasche ab und umgriff die Laken neben mir.

Dante schob meine Beine auseinander und leckte mich aufopferungsvoll sauber. Dabei berührte er auch Stellen, von denen ich mir ziemlich sicher war, dass sich dort keine Schokotorte befand.

»Du bist feucht, Riley.« Er setzte sich auf und musterte mich prüfend. »Ich glaube, dass ich mühelos in dich gleiten könnte, wenn du dich auf mich setzt.«

»Und warum sollte ich mich auf dich setzen?«

»Das ist die beste Position, um mich zu erwürgen und mich ein für alle Mal loszuwerden.«

»Ein überaus gutes Argument.«

»Möchtest du es wagen?«

»Unbedingt.«

Ich sah zu, wie Dante ein Kondom aus seiner Tasche fischte und es sich genießerisch über seinen beachtlichen Ständer rollte.

»Wird es sehr weh tun?«, scherzte er mit einem frechen Grinsen.

»Und wie. Ich werde dich leiden lassen«, entgegnete ich ernst und drückte ihn rückwärts in die Kissen.

Dann stieg ich auf ihn und nahm ihn bis zum Anschlag in mich auf.

Perfekt.

Einfach perfekt.

Mir entwich ein ungläubiges Keuchen und ich brauchte einen Moment, um mich an den süßen, qualvollen Druck in meiner Mitte zu gewöhnen. Lustvoll verschränkte ich meine Hände mit den seinen und begann mit einem gemächlichen Ritt im Schritttempo, der schon bald in einen Trab und schlussendlich in einem wilden Galopp mündete, bevor er mit einem erstklassigen Sprung über den Oxer und der Überquerung der Ziellinie seinen Höhepunkt fand.

Irgendwann, in den frühen Morgenstunden, lagen wir atemlos und restlos befriedigt unter den Laken und redeten über Dinge, über die man bei Tageslicht nicht sprach.

Dante erzählte mir weitere Details des Unfalls und Geschichten aus den Jahren danach. Lückenlos. Filterlos. Er breitete seine ganze Seele vor mir aus. Verletzlich. Geschunden. Und gebrochen.

Ich gestand ihm den Ursprung meiner Tattoos. Dass sie einer düsteren, rebellischen und zutiefst unglücklichen Zeit in meiner Jugend entsprangen. Dass die Karrieren meiner Eltern stets an erster Stelle kamen und sie ihr einziges Kind bereits im jungen Alter in ein schrecklich konservatives Internat abgeschoben hatten. Dass sie viel zu selten für mich da gewesen waren und mir stets den Eindruck vermittelten, dass sie sich nicht für mich interessierten und dass ich ihren Ansprüchen nicht genügte.

Im Gegensatz zu Dante hatte ich mich allerdings vor einigen Jahren mit Hilfe eines Therapeuten mit meinen Eltern ausgesprochen und versöhnt. Zwar würden wir nie die herzliche, warme Eltern-Tochter-

Beziehung führen, die ich mir wünschte, aber ich hatte mich damit arrangiert, konnte mit der Vergangenheit abschließen. Die Wunden heilen lassen.

Zweifellos: Die Wunden hinterließen teils tiefe Narben. Doch sie rissen nicht ständig wieder auf.

»Hast du es mit einer Therapie versucht?«, fragte ich Dante und fuhr die Buchstaben des Tattoos auf seiner Leiste nach.

Santiago, stand dort, umrandet von zwei kleinen Engelsflügeln.

Er schüttelte den Kopf. »Ich kann meine Gefühlswelt keinem wildfremden Menschen auf einer Couch liegend offenbaren.«

»Du musst verarbeiten, was geschehen ist, Dante. Um damit abzuschließen. So wie ich. Es gibt so viele verschiedene Therapiemethoden.«

»Ich versuche ja damit abzuschließen. Auf meine Art.«

»Und was ist deine Art?«

»Angeln. Wandern. Zelten. Der ganze naturbelassene Kram eben.«

»Du und angeln?« Ich kicherte bei dieser absurden Vorstellung.

»Was ist so lustig daran? Diesen Sommer habe ich in Alaska verbracht und Lachs gefischt. Ich bin mit einem Wasserflugzeug in einen Park geflogen, den man mit dem Auto nicht erreichen kann und habe dort abseits der Zivilisation trainiert. Bin gewandert. Mit dem Kanu gefahren. Geschwommen. Habe bis spät in die Nacht am Lagerfeuer gesessen und dabei an dich gedacht ...«

»Du warst in *Alaska*?«

»Ja. Klingt das so abwegig?«

»Kein Wunder, dass dich niemand gefunden hat.«

»Hast du denn nach mir gesucht, Baby?«

»Wie kommst du denn darauf ...«

»Vielleicht wünsche ich mir ja, dass du nach mir suchst und dir Sorgen um mich machst.«

»Nicht alle Wünsche gehen in Erfüllung.«

Dante schloss die Augen und presste verbittert die Lippen aufeinander. »Das stimmt. Meinen Bruder werde ich nicht wieder lebendig machen können. Egal, wie viel Geld ich verdiene.«

Mitfühlend streckte ich die Hand nach ihm aus und strich ihm behutsam über die Wange. »Es tut mir so leid, dass du das all die Jahre durchmachen musstest.«

Dante umfasste dankbar meine Hand und schmiegte sich an sie, bedeckte sie mit kleinen Küssen.

Ich rückte näher an ihn heran und schlang mein Bein um ihn, suchte nach seinen Lippen. Wir küssten uns demütig, andächtig, vorsichtig. So, als könne eine falsche Bewegung dieses zerbrechliche Band zwischen uns zerstören.

Irgendwann glitt Dante in mich und liebte mich quälend langsam, während sein Blick ununterbrochen auf mir ruhte. Wir kamen nahezu zeitgleich mit einer Intensität, die mir die Tränen in die Augen trieb und stöhnten dabei heiser den Namen des anderen.

35
DANTE

Ich hörte beim dritten Mal auf zu zählen, wie oft wir uns ineinander verloren und uns gegenseitig Lust und Erlösung verschafften. Als die ersten Strahlen des anbrechenden Tages durch die bodentiefe Fensterfront schienen, hatten wir noch keine Minute geschlafen.

Wir verbrachten die viel zu kurze Nacht damit, hemmungslos zu vögeln, tief verborgene Geheimnisse unter dem Schutz der Bettdecke zu teilen, uns langsam zu lieben und zärtlich unsere verschwitzten Körper zu streicheln.

»Wie wäre es, wenn wir hinauf zum Pool gehen und von dort aus in den Tag starten?«, schlug ich vor.

Riley strahlte begeistert. »Das klingt fantastisch.«

Wir schafften es tatsächlich, uns aus dem intimen Kokon zu lösen und zogen uns rasch die Badesachen an, um Hand in Hand mit dem Aufzug zur Dachterrasse zu fahren.

Ein Blick auf die Uhr verriet mir, dass es nicht einmal sieben Uhr war. Deshalb überraschte es mich nur bedingt, dass sich außer uns noch niemand hier oben befand.

Wir legten unsere Bademäntel auf zwei gemütlichen Liegen ab, die zwischen einer imposanten Palme direkt am Pool standen und sprangen übermütig in das kühle Nass.

Riley schwamm in kräftigen Zügen zum Rand des Pools, von dem aus es beinahe steil nach unten ging. Sie stützte die Arme auf den Beckenrand und legte den Kopf darauf ab.

»Wahnsinn. Das musst du dir ansehen«, raunte sie beeindruckt.

Ich schwamm zu ihr und stellte mich hinter sie, schlang meine Arme um ihren Oberkörper und platzierte mein Kinn auf ihrer weichen Schulter. Meine Finger wanderten unter ihr knappes Bikinioberteil und umkreisten sanft ihre Brustspitzen, was ihr ein wohliges Seufzen entlockte.

So verharrten wir eng umschlungen, während wir den Himmel über Singapur in stillem Einklang dabei beobachten, wie er sich von dunkelblau zunächst lila, dann orange und schließlich strahlend gelb färbte.

»Danke für das schöne Date«, flüsterte Riley und drehte den Kopf zur Seite, um meine Lippen zu streifen.

»Was wäre, wenn es nicht bei diesem einen Date bliebe?«, erwiderte ich mutig.

»Ich dachte du verbringst mit jeder Frau nur eine Nacht, weil du es als deine Pflicht ansiehst, so viele Frauen wie möglich zu beglücken«, neckte sie mich.

»Vielleicht habe ich meine Pflicht erfüllt und möchte mich von nun an darauf konzentrieren, eine einzige Frau glücklich zu machen.«

Riley schnaubte zweifelnd und machte sich von mir los. »Männer wie du ändern sich nicht, Dante. Nicht in dieser Hinsicht. Eine Frau wird dir niemals ausreichen.«

»Woher willst du das wissen?«

»Weil ich Männern wie dir zur Genüge begegnet bin. Du eignest dich weder zum Ehemann noch zum Vater.«

»Moment mal – Ehemann? Vater? Ich habe von weiteren Dates gesprochen. Und nicht davon, zu heiraten und Babys zu machen.«

»Siehst du, genau das meine ich. Ich kann die Panik in deinen Augen förmlich sehen. Ich brauche bloß die Wörter Heirat und Kinder in den Mund zu nehmen und schon bist du auf und davon.«

»Das stimmt doch überhaupt nicht. Ich finde lediglich, dass es ein wenig früh ist, sich über dieses Thema Gedanken zu machen.«

»Für dich vielleicht. Du bist ein Mann. Du kannst auch mit sechzig Jahren noch problemlos Vater werden. Ich bin zweiunddreißig. Mir bleiben nur noch ein paar gute Jahre. Ich kann meine Zeit nicht mehr wie früher in belanglose Affären investieren, die nirgendwo hinführen.«

»Also bin ich eine belanglose Affäre für dich?«

»Du bist ein einmaliges Abenteuer, Dante. Letzte Nacht war wundervoll. Und ich bereue nichts davon. Im Gegenteil. Aber das Abenteuer endet hier und heute.«

»Servierst du mich gerade ab?«

»Komm schon, Dante, dir muss klar gewesen sein, dass das mit uns nicht auf Dauer sein kann und darf. Die Abmachung galt für eine Nacht.«

»Von dieser Abmachung habe ich nichts mitbekommen. Wann haben wir das so entschieden?«

»Ich habe das entschieden. Für uns beide.«

»Schön für dich. Allerdings möchte ich meine Entscheidungen gern selbst treffen. Vor allem, was dich und mich betrifft.«

»Ich glaube es ist besser, wenn ich mich auf den Heimweg mache. Das hier führt zu nichts.«

Riley schwamm zur Liege und hievte sich aus dem Wasser.

Ich blieb wie vom Donner gerührt zurück, unfähig ihr zu folgen.

»Jetzt warte mal! Wo willst du hin? Können wir bitte darüber reden, Riley?«

Sie drehte sich zu mir um. In ihrem Blick lagen Bedauern und eine Entschlossenheit, die mir das Herz in die Kniekehlen sinken ließen.

»Mach nicht alles kaputt, Dante. Lass uns die letzte Nacht in Ehren halten und da weitermachen, wo wir vor diesem Wochenende aufgehört haben.«

»Ich mache alles kaputt? *Ich*?«, rief ich Riley aufgebracht hinterher, die in diesem Moment in den Aufzug stieg und wenige Sekunden später verschwunden war.

»Verdammte Scheiße«, schrie ich und schlug mit der Faust in das seichte Wasser.

Stoisch schwamm ich ein paar Bahnen im Pool, um mich abzureagieren und um runterzukommen. Als ich zwanzig Minuten später die Suite betrat, fest entschlossen in Ruhe mit Riley zu sprechen, waren sie und all ihre Sachen verschwunden.

Ich ließ mich resigniert auf die Bettkante sinken und raufte mir die Haare.

Was zur Hölle sollte das?

Ich bat sie um weitere Dates, weil mir eine gemeinsame Zukunft mit ihr außerordentlich verlockend und erfüllend erschien und sie servierte mich eiskalt ab, weil ich ihrer Meinung nach nicht zum Lebenspartner taugte.

Zweifellos sprach mein Ruf nicht gerade für mich, aber man sollte meinen, dass Riley nach alledem, was sie über mich wusste, die oberflächliche Meinung der Öffentlichkeit nicht länger teilte.

Ein anderer, ausgesprochen schmerzlicher Gedanke, schoss mir in den Kopf:

Vielleicht hatten meine düsteren Geständnisse sie dermaßen abgestoßen und angeekelt, dass sie nicht mit mir zusammen sein wollte. Vielleicht war sie fortgelaufen, weil sie mit einem angeknacksten Mann mit gebrochener Seele keine Familie gründen wollte.

Ich wusste nicht, welcher dieser verstörenden Gedanken mir mehr Angst einjagte.

Angst. Ein völlig neues Gefühl in Bezug auf Frauen.

Für gewöhnlich war ich erleichtert und dankbar, wenn sich eine Frau nach einer gemeinsamen Nacht ohne ein großes Gefühlstheater verabschiedete.

Doch Rileys Abschied fühlte sich an, als sei ein weiteres Stück meiner Seele gebrochen.

36
RILEY

»Wieso willst du uns nicht erzählen, wie das Date mit Dante lief?«, bohrte Kenzie zum gefühlt 355. Mal und versuchte vergeblich mich mit Schokolade zu ködern.

Gestern Nachmittag war das Team in Kuala Lumpur angekommen. Nun saßen wir zusammen bei einem späten Mittagessen in dem provisorischen Motorhome von *Titan Racing.*

»Weil es nur Dante und mich etwas angeht.«

»Nein, Süße. Es geht uns alle etwas an. Wir sind deine Freundinnen. Und mal abgesehen davon, dass wir darauf brennen zu erfahren, wie der Sex mit *Dirty Dante* ist, wollen wir auch, dass du glücklich bist. Du läufst seit deiner Rückkehr wie eine trauernde Witwe zwei Tage nach der Beerdigung ihres geliebten Mannes herum.«

»Kenzie hat recht. Außerdem habe ich vorhin Tim

mit hängenden Schultern im Paddock gesichtet. Hast du mit ihm Schluss gemacht?«

»Ich habe nicht mit ihm Schluss gemacht, weil wir nie ein Paar waren. Wir sind lediglich ab und zu miteinander ausgegangen.«

»Und in Zukunft geht ihr nicht mehr miteinander aus?«

»Nein. Tim ist ein lieber Kerl. Aber er ist nicht der Richtige für mich.«

»Ist Dante denn der Richtige?«

»Gott behüte. Natürlich nicht.«

»Und wieso nicht?«

»Weil Dante ein Mann fürs Bett und kein Mann fürs Leben ist.«

»Schließt das eine das andere aus?«, überlegte Allegra und biss in ihr Sandwich.

»Sag du es mir. Du überstrahlst seit ein paar Wochen scheinbar mühelos alles und jeden vor Glück. Du sprühst förmlich vor Lebensfreude.«

»Tatsächlich?« Allegra errötete und senkte den Blick. »Also ich würde behaupten, dass ein Mann extrem gut im Bett sein und gleichzeitig auch zum Ehemann und Kindsvater taugen kann.«

»Byron vielleicht. Aber doch nicht Dante.«

»Warum nicht?«

»Hallo? Wir sprechen hier von Dante Di Santo alias *Il Diavolo*. Seine Vergangenheit ist euch ein Begriff?«

»Wir haben alle eine Vergangenheit, auf die wir nicht immer stolz sind«, warf Dakota nachdenklich ein. »Keiner von uns ist perfekt. Wir machen alle

Fehler. Solange wir daraus lernen, sollte man sie uns verzeihen.«

»Genau«, pflichtete ihr Kenzie bei. »Nagele Dante nicht an seiner Vergangenheit fest. Damit raubst du ihm und dir womöglich die Chance auf eine gemeinsame Zukunft.«

»Als ich ihm gesagt habe, dass ich einen Mann suche, der sich zum Heiraten und Kinder bekommen eignet, stand ihm die blanke Angst ins Gesicht geschrieben.«

Skye verschluckte sich an ihrer Limonade und begann panisch zu husten. Kenzie klopfte ihr auf den Rücken und warf mir einen skeptischen Blick zu.

»Eventuell hättest du mit der *Heirat-und-Kinder* Diskussion bis zum dritten Date warten sollen. Schon mal darüber nachgedacht?«

»Der Punkt ist doch, dass ich mir Dante weder als Ehemann noch als Vater meiner Kinder vorstellen kann. Deshalb habe ich das Thema angeschnitten und nicht, weil ich mir einen Heiratsantrag von ihm erhofft habe.«

»Ach Süße. Du bist erste Sahne in deinem Job. Aber von der Liebe hast du nicht den geringsten Plan«, seufzte Dakota.

Ich wollte gerade etwas einwenden, als Dante mit entschlossenem Gesichtsausdruck an unseren Tisch trat.

»Tag die Damen.«

»Hi«, antworteten meine Freundinnen im Chor und wollten sich erheben, um sich dezent zu verkrümeln.

»Bitte bleibt sitzen. Was ich zu sagen habe, können ruhig alle hören.«

Die Mädels sahen sich vielsagend an und spitzten gespannt die Ohren.

»Mach jetzt bitte keine Szene, Dante«, zischte ich nervös.

Obwohl das Motorhome an diesem späten Donnerstagnachmittag nur wenige Teammitglieder zählte, konnte ich es mir nicht leisten, vor ihnen blamiert zu werden.

»Ich wollte mich anbieten.«

»Du wolltest dich anbieten? Als was?«

»Als dein Ehemann und Vater deiner Kinder.«

»Dante ...«

Kenzie, Dakota, Skye und Allegra schauten mit weit aufgerissenen Augen zwischen Dante und mir hin und her.

»Ich brauche Popcorn«, flüsterte Kenzie. »Und eine große Portion Eis.«

»Ich will mit dir zusammen sein, Riley. Wenn du also heiraten willst, dann tun wir das. Und wenn du ein Baby willst, machen wir eins. Meinetwegen auch zehn. Lass uns gleich heute Abend damit anfangen.«

»Du weißt nicht, was du da redest«, murmelte ich und umklammerte mein Wasserglas.

»Ich hatte genug Zeit, darüber nachzudenken. Denn seit du aus dem *Bay Sands* geflüchtet bist, habe ich an nichts anderes mehr gedacht. Und ich scheue mich nicht davor, es der ganzen Welt mitzuteilen, weil ich mir absolut sicher bin.«

»Jetzt vielleicht. Aber was ist in fünf Jahren? Du

hast noch nie eine ernsthafte Beziehung geführt. Nichts, was länger als eine Woche gehalten hat.«

»Das liegt daran, dass ich mit keiner dieser Frauen mein Leben verbringen wollte.«

»Ich glaube nicht, dass das eine gute Idee ist«, protestierte ich halbherzig und umklammerte das Glas in meiner Hand wie einen Rettungsanker.

»Warum gibst du Dante nicht einfach eine Chance? Eine Beziehung auf Probe? So wie in einem neuen Job. Drei Monate Probezeit. Wer dafür ist, hebt die Hand«, schlug Kenzie feierlich vor.

Fünf Hände schnellten nach oben. Dante, Kenzie, Dakota, Allegra und Skye sahen sich zufrieden an.

»Fünf gegen eins. Du bist überstimmt«, stellte Allegra fest.

»Ich stimme doch nicht über mein Privatleben und über meine Zukunft ab, als ginge es um die Restaurantwahl für den nächsten Mädelsabend. Ihr habt einen Knall. Alle miteinander.«

Mit diesen Worten erhob ich mich und ließ die verdutzte Gruppe wutentbrannt stehen.

Wenn ich gehofft hatte, dass meine Freundinnen mich von nun an mit dem Thema Dante in Ruhe lassen würden, hatte ich mich gründlich getäuscht.

Sie saßen mir das gesamte Wochenende des

Malaysia Grand Prix im Nacken und drängten mich dazu, Dante eine Chance einzuräumen.

Und auch Dante ließ es sich nicht nehmen, mich permanent auf sein Angebot hinzuweisen.

Als ich am Sonntagabend in den Flieger nach Italien stieg, atmete ich tief durch.

Mich erwarteten zehn erholsame, *Dante freie* Tage im Büro, bevor ich am Mittwoch in einer Woche zu unserem Heimat Grand Prix in Monza aufbrechen würde.

Zehn Tage, an denen ich Dante nicht zu Gesicht bekommen würde und mich nicht permanent fragen musste, ob ich das Richtige getan oder einen fatalen Fehler begangen hatte.

Ich ahnte zwar, dass Dante mir während dieser zehn Tage trotzdem nicht aus dem Kopf gehen würde, aber die Hoffnung starb bekanntlich zuletzt.

37
DANTE

Seit der Abreise aus Kuala Lumpur hatte ich Riley nicht mehr zu Gesicht bekommen. Während sie in der Fabrik von *Titan Racing* zu Gange war, flog ich mit ein paar anderen Fahrern der *Serie del Rey* nach Monaco, wo ich mir vor ein paar Jahren ein Apartment am Hafen gekauft hatte.

Wie die meisten der Fahrer, hatte ich mich für einen Wohnsitz in der Steueroase des Fürstentums entschieden, um nicht die Hälfte meines Einkommens an den italienischen oder den argentinischen Staat zahlen zu müssen. Stattdessen spendete ich großzügige Summen an Organisationen, die sich der Krebsforschung, der Umwelt, der gleichberechtigten Bildung und dem Tierwohl widmeten.

Von den finanziellen Anreizen einmal abgesehen, befand sich Monaco unweit der italienischen Grenze, was es mir erlaubte, binnen fünfundzwanzig Minuten in Italien zu sein. Das milde Klima und die hügelige Landschaft boten zudem optimale Trainingsbedingungen für die überaus wichtige Fitness der Fahrer. Der Standort der Fabrik von *Titan Racing*, von dem mich nicht einmal vier Fahrtstunden trennten, stellte einen weiteren Pluspunkt dar. Wurde ich also im Rennsimulator oder für Meetings gebraucht, setzte ich mich am Morgen ins Auto und erreichte die Fabrik am Mittag.

Der bevorstehende Heim Grand Prix von Monza ließ mich in den zehn Tagen, in denen ich in Monaco verweilte, umso härter trainieren. Für *Titan Racing* und mich, als Halbitaliener, ging es in Monza schließlich um die Ehre. Außerdem würde meine Schwester zur Rennstrecke kommen, um mich zu unterstützen. Ich wollte sie auf keinen Fall mit einer schlechten Leistung enttäuschen. Womöglich spielte auch Riley, die unablässig vor meinem inneren Auge auftauchte, eine Rolle in meinem brutalen und unbarmherzigen Trainingsprogramm. Aber darüber wollte ich lieber nicht genauer nachdenken.

Ich hatte ihr so deutlich wie nur möglich zu verstehen gegeben, dass ich mir eine Zukunft mit ihr wünschte. Das leere Hotelzimmer und die Erkenntnis, dass Riley mich verlassen hatte, machten mir eine Million Mal mehr Angst, als die Vorstellung diese Frau zu ehelichen und mit ihr ein Baby zu bekommen. Fuck, ich *wollte* der Mann sein, den diese Frau heiratete. Und wenn ihr jemand Babys machte, dann sollte ich es sein, und nicht Milchgesicht oder irgendein anderes blödes Arschloch.

Natürlich hatte mich das Gespräch über Kinder und Heirat im ersten Moment aus den Socken gehauen. Ich war so damit beschäftigt gewesen, die intensiven Gefühle zu sortieren, die in Rileys Gegenwart von mir Besitz ergriffen, dass sie mich mit diesem Thema regelrecht überfahren hatte. Es traf mich ohne Vorbereitung. Und dementsprechend dumm und unbeholfen hatte ich reagiert.

Aber deutlicher, als ich ihr meine Absichten in Malaysia zu verstehen gegeben hatte, ging es nun wirklich nicht.

Und sie?

Sie hatte abgeblockt. Immer wieder.

So wie es aussah, würde ich mich in Geduld üben müssen, während ich darauf hoffte, dass sie ihre Meinung irgendwann änderte und uns als Paar eine Chance einräumte.

Blöd nur, dass Abwarten und Tee trinken nicht zu meinen Stärken gehörten.

Zehn Tage waren seit meinem letzten Aufeinandertreffen mit Riley vergangen. Am heutigen Mittwoch brach ich am frühen Nachmittag in Richtung Monza auf. Wegen des hohen Fanandrangs würde ich an diesem Wochenende nicht in einem Hotel, sondern in einem der komfortablen Fahrermotorhomes unweit des Paddocks übernachten.

So sehr ich meine Fans in Italien auch liebte, dass mein Auto von ihnen belagert und umzingelt wurde und die Menschen ihre aufgeregten Gesichter an meine Autoscheiben drückten, behagte mir nicht sonderlich.

Die Fans campierten vor den Hotels der Fahrer und kamen auf erschreckend ausgefallene Ideen, um sich in die Hotels und bis zu den Zimmern der Fahrer zu schleichen.

Folglich hatte ich mich dazu entschieden, den Hotels in Mailand den Rücken zu kehren und sicherheitshalber unmittelbar neben dem Paddock in einem eigens für Teams reservierten Bereich zu übernachten.

Der Verkehr hielt sich heute glücklicherweise in Grenzen, sodass ich gegen siebzehn Uhr vor dem Modeatelier meiner Schwester Felicitas unweit der Mailänder Innenstadt zum Stehen kam. Felicitas war drei Jahre älter als ich und eine beeindruckend erfolgreiche Geschäftsfrau. Ihr Modestudium in Mailand hatte sie mit Bravour gemeistert und sich anschließend bei Gucci und Dior hochgearbeitet, bevor sie auf dem Höhepunkt ihrer Karriere ihr eigenes Modelabel gegründet und sich auf den Laufstegen dieser Welt als Designerin einen Namen gemacht hatte.

Anmutig und elegant wie immer winkte sie mir zu und griff nach ihrer Tasche. Sie schloss die Boutique sorgfältig ab und steuerte zielstrebig auf meinen Wagen zu, der dank seiner getönten Scheiben nichts über die Insassen verriet.

»Hallo Schätzchen. Seit wann bist du denn pünktlich und zuverlässig?«, scherzte sie und drückte mir einen Kuss auf die Wange.

»Ich versuche ein besserer Mensch zu werden.«

»Du meinst, du versuchst erwachsen zu werden?« Felicitas tätschelte meinen Oberschenkel und schnallte sich an.

»Ich finde es durchaus erwachsen von mir, an deinem Krankenhausbett zu sitzen und auf dich aufzupassen, weil du einen lebensgefährlichen Blinddarmdurchbruch für eine harmlose Magenverstimmung gehalten hast.«

»Das war nett von dir, das stimmt.«

»Wieso sagen alle Frauen neuerdings, ich sei nett? Das bereitet mir ernsthafte Sorgen. Ich bin doch kein Softie wie Milchgesicht.«

»Du bist ein knallharter Kerl, Bruderherz. Ich verrate niemandem, dass du in Wahrheit ein zartes Herz besitzt, das sich danach sehnt, geliebt zu werden. Wer ist Milchgesicht?«

Ich seufzte. »Unwichtig.«

»Soso. Seine große Schwester anzulügen ist keine gute Idee. Aber wem sage ich das. Willst du heute noch losfahren oder übernachten wir im Auto?«

»Ich fahre ja schon«, moserte ich und fädelte mich in den Verkehr ein.

Felicitas und Riley standen einander wirklich in nichts nach. Meine Schwester gehörte zu derselben Diktatorengesellschaft wie die Hammerbraut.

Während der dreißigminütigen Fahrt von Mailand nach Monza brachte mich meine Schwester auf den neuesten Stand, was den Mailänder Klatsch und Tratsch anging und erklärte mir stolz, dass sie die neue Garderobe für eine berühmte Schauspielerin entwerfen durfte. Ihre Augen leuchteten und für einen Moment wich die knallharte Geschäftsfrau einem verträumten kleinen Mädchen, dessen kühnste Träume wahr wurden.

Wir sprachen über vieles, doch ein Thema mieden wir: Unsere Eltern.

Felicitas hielt den Kontakt zu unseren Eltern. In den Jahren nach Santiagos Tod hatte sie mich stets bekniet, mit ihnen zu sprechen und den Streit beizulegen. Irgendwann war mir der Kragen geplatzt und ich hatte ihr gedroht, den Kontakt zu ihr ebenfalls abzubrechen, wenn sie mich nicht damit in Ruhe ließ. Seitdem schnitt sie dieses Thema nicht mehr an.

Ich schämte mich zu sehr für meinen Ausraster, als dass ich den Mut aufgebracht hätte, nach all den Jahren dieses Tabuthema zwischen uns wieder aufzugreifen.

»Das ist also dein Motorhome? Ich habe mir das eher wie einen Camping Van vorgestellt, aber das hier ist ja ein echtes Mehrfamilienhaus.«

Ich gluckste amüsiert und entriegelte die Tür meines komfortablen Mobilhomes auf sechs Rädern.

»Kaffee?«, bot ich meiner Schwester an.

»Ja, gern. Aber bitte nicht die lahme Brühe, die du für gewöhnlich machst.«

»Du kannst dir den Kaffee auch selbst kochen, Feli.«

»Weißt du was? Das ist eine ausgezeichnete Idee. Rutsch mal rüber.« Sie drängte sich neben mich und gab mir mit ihrer kantigen Hüfte einen Bodycheck.

»Hast du neuerdings Eisenstangen in deiner Kleidung versteckt oder solltest du einfach mal mehr essen?«

»Sehr lustig, Dumpfbacke. Warum setzt du dich nicht an den Tisch und lässt deine große Schwester die Arbeit machen? So wie immer.«

»Selbstmitleid steht dir nicht, Feli.«

»Dir auch nicht, Dante. Willst du mir erzählen, warum du wie ein begossener Pudel aussiehst, der seinen Knochen versteckt hat und ihn nicht wiederfindet?«

»Wenn überhaupt bin ich ein Rottweiler oder ein Dobermann. Und sicher kein Pudel.«

»Na schön. Wie du willst. Wieso schaust du wie ein Dobermann, der von einem Chihuahua beim Wettrennen überholt wurde?«

»Als würde ich mich von einem Chihuahua ausbooten lassen …«

»Aua! So ein Mist«, fluchte Felicitas wenig damenhaft und sprang zur Seite.

Meine liebe Schwester hatte sich dank einer wegwerfenden Handbewegung in meine Richtung heiße Milch über ihre schicke Seidenbluse gegossen.

»Au, au, au«, jammerte sie und knöpfte sich eilig die Bluse auf, unter der ein rosafarbener Spitzen-BH zum Vorschein kam. »Was stehst du da so nutzlos rum? Gib mir lieber mal eins deiner T-Shirts.«

»Ich habe die Reisetasche im Schlafzimmer abgestellt. Gib mir einen Moment«, versuchte ich sie zu besänftigen und erhob mich, um nach dem verwaschensten und hässlichsten T-Shirt zu suchen, das ich dabeihatte.

38
RILEY

Ich schaltete den Motor meines Motorrads aus und stellte die Maschine vor Dantes Motorhome ab. Sein Wagen stand davor. Das bedeutete, dass er in der Nähe sein musste.

Gedankenverloren zog ich mir den Helm vom Kopf und redete leise vor mich hin. »Hallo Dante. Ich habe über dein Angebot nachgedacht und ich glaube ... also ich hoffe, dass ... Aaaaaargh! Nochmal von vorn: Lieber Dante. Ich bin gekommen, um dir zu sagen ... Nein, so auch nicht.«

Die vergangenen fünf Tage hatte ich dieses Gespräch in einer Gedankenendlosschleife durchgespielt. Trotzdem stand ich jetzt vollkommen planlos vor seiner Tür, ohne die leiseste Ahnung, wie ich ihm meinen plötzlichen Sinneswandel erklären sollte. Wie ich ihm begreiflich machen konnte, dass ich bereit war, all meine Zweifel über Bord zu werfen und auf volles Risiko zu setzen.

Ich, die schlagfertige und gewiefte Pressechefin von *Titan Racing*, kämpfte mit einer Sprachblockade.

Fantastisch.

Wo sollte das noch hinführen ...

Die ersten drei Tage nach meiner Rückkehr aus Kuala Lumpur hatte ich mir erfolgreich eingeredet, dass ich ohne Dante besser dran war. An Tag vier bröckelte meine Schutzburg. An Tag fünf fielen die Mauern.

Was für ein elendes Armutszeugnis.

Zu meiner Verteidigung musste man hinzufügen, dass meine Freundinnen mich fast zu Tode genervt hatten. Selbst wenn ich es schaffte, eine Stunde lang nicht an Dante zu denken, kamen Allegra, Kenzie oder Dakota an meinem Tisch vorbeigeschlendert und erwähnten mit voller Absicht das »D«-Wort. Selbst Skye, die zwischen den Rennen nicht in der Fabrik arbeitete, bombardierte mich mit Nachrichten.

Tja und nun stand ich hier und dachte ernsthaft darüber nach, mich auf eine Beziehung mit diesem machohaften Frauenheld mit der großen Klappe einzulassen. Ich musste verrückt sein. Völlig verrückt.

Verrückt nach Dante ...

»Tief durchatmen«, versuchte ich mir die Angst zu nehmen.

Ich schielte zur Tür des Motorhomes, in dem Dante während dieses Rennwochenendes wohnte und straffte entschlossen meine Schultern.

Weiterhin erbärmliche Selbstgespräche zu führen,

würde nur bewirken, dass mich vorbeispazierende Menschen als geistig verwirrt einstuften und die Polizei riefen.

Ich sollte klopfen.

Wenn Dante erst einmal vor mir stand, würden mir die richtigen Worte einfallen.

Ganz bestimmt.

Mit gemischten Gefühlen hüpfte ich die Stufen zu seinem Motorhome hinauf und klopfte drei Mal gegen die Tür.

»Es hat geklopft, Dante«, hörte ich eine Frauenstimme rufen und erstarrte.

Keine Sekunde später wurde die besagte Tür aufgerissen und eine bildschöne Frau mit olivefarbenem Teint, langen dunkelbraunen Haaren und einem hauchdünnen, verspielten, Spitzen-BH kam zum Vorschein.

»Kann ich Ihnen helfen?« Argwöhnisch ließ sie den Blick an mir hinabwandern.

Ich öffnete den Mund, um etwas zu sagen, bekam jedoch keinen Ton heraus.

»Dante, hier steht eine stumme Frau an der Tür. Kommst du jetzt bitte mal aus dem Schlafzimmer und bringst mein T-Shirt mit?«

»Schlafzimmer?«

Die Frau beäugte mich, als hätte ich nicht mehr alle Tassen im Schrank.

»Schätzchen, ist alles in Ordnung mit Ihnen? Brauchen Sie Hilfe? Sie sehen blass aus.«

»Ich ... also ... ja, mir geht es gut. Ich habe mich wohl an der Tür ...«

»Riley, hi.« Dante tauchte hinter der Frau auf und umfasste behutsam ihre nackte Taille, um sie zur Seite zu schieben. »Was machst du hier?«

»Ich..«, begann ich und kramte in meinem Kopf nach einer glaubwürdigen Ausrede.

»Du?«

»Ich wollte mich nur vergewissern, dass du gut angekommen bist«, beeilte ich mich zu sagen. »Und jetzt muss ich leider wieder los.«

Eilig drehte ich mich um und bemühte mich, langsam und aufrecht zu gehen, statt fluchtartig zu sprinten.

Ich hatte mein Motorrad fast erreicht, als die Wut mich so unverhofft überrollte, dass ich auf dem Absatz kehrt machte und wie ein wilder Stier auf Dante zustiefelte, der äußerst irritiert dreinblickte. Ich baute mich vor ihm auf und kniff zornig die Augen zusammen.

»Eigentlich bin ich gekommen, um dir zu sagen, dass ich uns eine Chance geben will. Dass ich gern weitere Dates mit dir haben möchte. Doch wie ich sehe, hast du bereits einen Ersatz für mich gefunden. Das ging ja verdammt schnell.«

»Ersatz? Welchen Ersatz denn?«

Dantes Dreistigkeit, sich dumm zu stellen, entlockte mir ein verächtliches Schnauben.

»Ich glaube, sie meint mich«, warf die brünette Schönheit ein und lugte neugierig über Dantes Schulter.

»Wieso denn dich?« Er schaute verwirrt zu der Brünetten.

Eines musste man ihm lassen: Der Mann war ein verflixt guter Schauspieler.

»Vielleicht weil ich im BH in deinem Motorhome stehe und sie mich nicht kennt, du Dummkopf.«

Dantes Kopf schnellte zu mir. Seine Augen waren geweitet. »Riley, um Gottes Willen, nein! Das ist nicht das, wonach es aussieht.«

»Ach nein? Die Frau ist halb nackt und hat dich gebeten, ihr T-Shirt aus deinem Schlafzimmer mitzubringen. Aber natürlich ist es nicht das, wonach es aussieht. Schon klar. Willst du mich verarschen? Du hast gesagt, du hättest dich geändert. Dass du mit mir zusammen sein willst. Shit, du hast felsenfest behauptet, dass du mich heiraten und mit mir eine Familie gründen willst.«

»Wie bitte?«, mischte sich die Brünette mit schriller Stimme ein. »Wann genau hattest du vor, mir das zu erzählen?«

»Felicitas, halt bitte mal für einen Moment die Klappe«, zischte Dante. »Hör zu, Riley, das hier ist Felicitas. Wir sind ...«

Ich hob die Hand und schüttelte den Kopf. »Spar dir deine Lügenmärchen. Ich hätte wissen müssen, dass du dich niemals änderst. Dass man dir nicht trauen kann. Dass du nichts von dem, was du mir geschworen hat, ernst meinst.« Mehr zu mir selbst, als zu Dante, murmelte ich, »Wie dumm und naiv kann man nur sein?«

Salzige Tränen stiegen mir in die Augen. Ich wandte mich eilig ab, um mich vor Dante nicht noch mehr zu demütigen.

»Riley, wartest du bitte und hörst mir zu?«, verlangte Dante und setzte sich in Bewegung. »Riley! Bleib stehen! Bleib *sofort* stehen!«

Doch ich dachte nicht im Geringsten daran, stehen zu bleiben und ihm zu zeigen, wie sehr mich sein Verrat traf. Ich erreichte mein Motorrad und stülpte mir in Windeseile den Helm über den Kopf, um Dantes Lügen nicht länger ertragen zu müssen. Seine warme Hand legte sich von hinten um meinen Arm, versuchte mich zu bremsen. Ich schüttelte sie ab und gab kräftig Gas.

Viel schneller als zulässig, brauste ich über die staubige Straße in Richtung Streckenausgang und traute mich erst durchzuatmen, als ich auf die Hauptstraße nach Mailand bog.

39
DANTE

»**D**ante, hey!«

Ich spürte, wie mir jemand unsanft ins Gesicht schlug. Kurz darauf landete ein Schwall kaltes Wasser auf mir und lief direkt in meine Nase. Ich schnellte hoch und hustete, um mich nicht an dem Wasser, das durch meine Nase in den Rachen lief, zu verschlucken.

»Da bist du ja wieder. Etwas weniger Dramatik hätte mir auch gereicht.«

Ich blickte in das Gesicht meiner Schwester, die immer noch in einem Hauch von Nichts über mir kniete und in einer Mischung aus Panik und Angst zu mir hinabsah.

»Wieso liege ich auf dem Boden?«

»Panikattacke. Du bist ohnmächtig geworden, als die Kleine auf ihrem Bike davongebraust ist.«

»Riley!« Ich stemmte die Hände auf den Boden und rang um Balance, als ich mich ruckartig erhob.

»Langsam, Dante. Sonst landest du wieder im Dreck. Ein zweites Mal rette ich dich nicht«, mahnte meine Schwester und griff nach meinem Arm.

»Ich muss sie finden, bevor ...«

Tränen stiegen in meine Augen und schnürten mir die Kehle zu. Wie ein unnachgiebiges Seil legte sich die Angst in einer Schlinge um meinen Hals und zog zu.

»Sie ist nicht Santiago. Okay? Sieh mich an, Dante«, forderte meine Schwester mit fester Stimme. »Sie ist nicht Santiago. Hast du mich verstanden?«

»Was, wenn sie verunglückt und stirbt? Sie war wütend und aufgebracht. Genauso wie Santiago.«

»Das wird sie nicht.«

»Woher willst du das wissen? Woher?« Ich raufte mir die Haare und rannte kopflos auf und ab. »Das ist alles meine Schuld.«

»Red' keinen Unsinn.«

»Wir müssen sie suchen, Feli. Sofort!«

»Du musst dich erst mal hinsetzen und runterkommen. Dann überlegen wir uns gemeinsam die nächsten Schritte.«

»Wir müssen sie suchen«, wiederholte ich und wollte nach meinem Autoschlüssel greifen. Doch Feli war schneller und warf ihn weg.

»Wo willst du sie denn bitte suchen? Sie könnte inzwischen überall sein! Du warst locker fünf Minuten weg. In deinem Zustand fährst du mir kein Auto, Dante. Vergiss es!«

»Fünf Minuten?« Kalte Angst kroch in meine Glieder. »Was, wenn sie bereits tot ist?«

»Dante, Schluss jetzt! Hör sofort auf damit! Hat sie ein Handy? Können wir sie anrufen?«

»Wie soll sie das hören, wenn sie fährt? Außerdem wird sie meine Anrufe wohl kaum entgegennehmen.«

»Sie wird nicht ewig mit diesem Scheißteil fahren. Also rufen wir sie so lange an, bis sie abhebt.«

»Sie wird mir nicht antworten.«

»Dir vielleicht nicht. Aber meine Nummer kennt sie nicht. Also werde ich es versuchen.«

Felicitas warf mir mein Handy zu. »Gib mir ihre Nummer.«

Sie tippte Rileys Nummer in ihr Handy und hielt es sich ans Ohr. »Es klingelt.«

Ich schöpfte Hoffnung und hielt angespannt die Luft an. Doch Feli schüttelte nur bedauernd den Kopf. »Mailbox.«

»So ein Mist«, fluchte ich und raufte mir die Haare.

»Ich schreibe ihr eine Nachricht und versuche es wieder.«

»Was willst du ihr schreiben?«

»Dass ich deine Schwester bin. Was denn sonst?«

»Wieso hat sie mich nicht angehört, Feli? Wieso?«, stöhnte ich verzweifelt und versuchte nicht erneut in Panik zu verfallen.

»Wer dich und deinen Ruf kennt, braucht lediglich eins und eins zusammenzuzählen, wenn er, beziehungsweise sie, eine spärlich bekleidete Frau in deiner Nähe sieht. Acht von zehn Frauen hätten so reagiert.

Die neunte Frau wäre auf mich losgegangen. Die zehnte auf dich. Oder auf uns beide.«

»Aber ich habe mich verändert. Das weiß sie.«

»Woher?«

»Ich habe es ihr gesagt.«

»Das ist ein Standardspruch, den Männer in etwa so oft benutzen, wie sie an ihrer überlebenswichtigen PlayStation zocken. Hast du ernsthaft erwartet, dass sie dir das abnimmt?«

Meine Schwester wählte erneut Rileys Nummer. Vergeblich.

»Wer ist diese Frau überhaupt?«

»Sie ist meine Traumfrau. Die Frau, auf die ich mein ganzes Leben lang gewartet habe.«

»Willst du mich auf den Arm nehmen?«

»Sehe ich so aus?«

»Du siehst richtig beschissen aus, Dante. Die Panikattacke ist nur ein weiterer Beweis dafür, dass du dir dringend Hilfe suchen musst. Du kannst nicht jedes Mal wie ein Sack Reis umfallen, wenn jemand im Streit davonbraust.«

Bevor ich etwas erwidern konnte, klopfte es an der Tür.

Ich sprang auf und rannte regelrecht darauf zu, um sie ungestüm aufzureißen und Kenzie beinahe rückwärts die Treppe herunterzustoßen.

Im letzten Moment hielt ich sie fest und bewahrte sie davor, den Halt zu verlieren.

»Was für eine stürmische Begrüßung«, witzelte sie und presste sich atemlos die Hand aufs Herz.

»Entschuldige bitte. Ich hatte gehofft, dass es jemand anderes ist.«

»Na herzlichen Dank für die Blumen.«

»So war das nicht gemeint ...«

»Ich weiß. Schon gut. Wen hast du denn erwartet?«

»Riley. Sie hat mich zusammen mit meiner Schwester gesehen und die falschen Schlüsse gezogen.«

»Oh oh.«

Meine Schwester erhob sich und kam auf Kenzie zu. »Da komme ich einmal im Schaltjahr zur Rennstrecke, um mir anzusehen, wie mein kleiner Bruder im Kreis fährt und trete gleich am ersten Tag eine Lawine los.«

»Scheint in der Familie zu liegen«, neckte sie Kenzie. »Ich bin Kenzie, die Assistentin des Teamchefs.«

»Felicitas. Dantes Schwester.«

»Ich möchte nicht unhöflich sein, aber Riley ist ziemlich aufgebracht auf ihrem Motorrad davongebraust. Wir können sie nicht erreichen. Ich habe Angst, dass sie einen Unfall baut.«

»Riley ist zwar ein unverbesserlicher Hitzkopf, aber sie ist nicht dumm. Und auch nicht leichtsinnig. Ich bin mir sicher, dass ihr nichts zugestoßen ist.«

»Was wenn doch?«

Kenzie legte den Kopf schief und musterte mich aufmerksam.

»Du machst dir wirklich Sorgen, oder? Du wirkst ziemlich panisch.«

»Ich *bin* panisch.«

»Okay.« Sie hob den Zeigefinger. »Gib mir eine Minute.«

Kenzie entfernte sich ein paar Schritte und zückte ihr Mobiltelefon. Anscheinend sprach sie mit jemandem. Jedenfalls bewegten sich ihre Lippen, auch wenn ich nicht verstehen konnte, was oder mit wem sie redete. Kurz darauf kam sie zurück und lächelte mir aufmunternd zu.

»Allegra sagt, dass Riley vor wenigen Minuten im Teamhotel eingetroffen ist. Sie bereiten dort alles für den Empfang vor, den das Team heute Abend gibt.«

»Gott sei Dank«, seufzte ich und ließ mich kraftlos gegen den Türrahmen sinken.

»Das bringt mich zu dem Anliegen, aus dem ich ursprünglich hergekommen bin. Eigentlich waren die Fahrer auf dem Empfang nicht vorgesehen, aber Toni fragt, ob du trotzdem vorbeischauen und ein paar Hände schütteln könntest. Natürlich ist deine Schwester ebenfalls eingeladen.«

»Um ehrlich zu sein ...«

»Riley wird auch da sein«, versuchte mich Kenzie zu ködern.

»Du solltest dahin gehen und mit dieser Riley reden. Wir können ebenso gut morgen zusammen essen gehen und plaudern. Und übermorgen. Und überübermorgen«, ermutigte mich meine Schwester.

»Bist du sicher?«

»Sicher bin ich sicher. Wann soll Dante da auftauchen?«, wandte sie sich an Kenzie.

»Gegen neun.«

»Geht klar. Er wird da sein. Und vorher helfe ich ihm, sich dem Anlass gemäß herauszuputzen.«

»Oh bitte nicht«, rief ich gequält.

»Keine Widerrede. Sonst verpasse ich dir wasserfeste Wimperntusche und roten Lippenstift.«

40
RILEY

Schade, dass Sie so schnell wegmussten und mein Bruder uns einander nicht vorstellen konnte. Vielleicht ergibt sich während der nächsten Tage noch eine Möglichkeit dazu. In der Zwischenzeit wäre ich Ihnen dankbar, wenn Sie meinen Bruder anrufen könnten, um ihm zu versichern, dass Sie nicht bei einem Motorradunfall gestorben sind.

Viele Grüße
Felicitas Di Santo

Ich ließ wie vom Donner gerührt das Handy sinken und biss mir ertappt auf die Unterlippe.
  Felicitas Di Santo.

Bei der Frau in Dantes Motorhome handelte es sich um seine *Schwester*. Nicht um seine Geliebte.

Der Pokal für die eifersüchtigste Zicke aller Zeiten ging eindeutig an mich. Aber sowas von.

»Hey Girl. Kenzie hat sich eben nach dir erkundigt.« Allegra trat neben mich und sah konzentriert durch die Unterlagen in ihrer Mappe. Als ich nichts erwiderte, hob sie den Blick und zog besorgt die Stirn kraus. »Alles klar bei dir? Du siehst blass aus.«

»Ich habe riesengroßen Mist gebaut«, flüsterte ich tonlos.

»Du baust nie Mist, Riley.«

»Dieses Mal schon, fürchte ich. Und zwar so richtig.«

»Details?«

»Ich habe Dante Unrecht getan und ihn auf einen Trip durch die Hölle geschickt. Seine ganz persönliche Hölle.«

»Das klingt dramatisch.«

»Es *ist* dramatisch.«

»Dann solltest du schleunigst mit ihm reden«, entgegnete Allegra pragmatisch.

»Ja, das sollte ich.«

»Worauf wartest du? Ruf ihn an und schaff es aus der Welt. Ich warte hier auf dich.«

Dankbar nickte ich und schritt eilig durch die Drehtür des Hotels ins Freie. Mit zitternden Fingern wählte ich Dantes Nummer.

Nach dem ersten Klingeln hob er ab.

»Geht es dir gut?«, fragten wir unisono.

»Du zuerst«, bat mich Dante.

»Es geht mir gut ... oder auch nicht. Dante, es tut mir so leid. Ich hätte dir zuhören müssen und vor allem hätte ich niemals auf meinem Motorrad einfach so im Streit davonfahren dürfen. Ich habe völlig verdrängt, was dieser Anblick in dir auslösen muss. Es war keine Absicht. Ich habe nicht nachgedacht. Das war furchtbar dumm von mir. Und egoistisch.«

»Du musst dich nicht entschuldigen, Baby. Aber versprich mir, dass du mich nie wieder im Streit verlässt.«

»Das werde ich nicht. Ich verspreche es dir.«

»Ich würde es nicht verkraften, wenn dir etwas zustößt. Du bist mir so unglaublich wichtig ...« Dante verstummte.

All die unausgesprochenen Worte zwischen uns drohten mich zu erdrücken. Ein beklemmendes Gefühl breitete sich in meiner Brust aus und ich sehnte mich danach, Dante zu zeigen, dass auch er mir unglaublich wichtig war.

»Können wir uns sehen? In Ruhe reden?«

»Ich komme in ein paar Stunden zu dem Empfang von Toni. Wir sehen uns dort.«

»Natürlich. Okay. Kein Problem.« Ich versuchte mir meine Enttäuschung nicht anmerken zu lassen. Wer konnte ihm schon verübeln, dass er keinerlei Lust verspürte, mich nach dieser unreifen Aktion für ein klärendes Gespräch zu treffen.

»Riley?«

»Ja?«

»Ich hatte wirklich eine panische Angst um dich.«

»Deine Schwester hasst mich bestimmt.«

»Das fragst du sie am besten selbst. Sie wird mich während des Wochenendes unterstützen. Ihr werdet euch also gezwungenermaßen über den Weg laufen.«

Na wunderbar.

Konnte dieser Tag noch schlimmer werden?

In den folgenden zwei Stunden griff ich Allegra bei der Organisation der Veranstaltung, zu der auch ausgewählte Pressevertreter kommen würden, unter die Arme. Das lenkte mich zumindest ein wenig von meiner Nervosität ab, Dante nach meinem ruhmreichen Paradeabgang reumütig gegenüberzutreten. Und von der Angst, dass ich mir mit meiner Eifersuchtsnummer die Chance auf eine Beziehung mit ihm vertan hatte. Dass er mich nicht mehr wollte, weil er mich als viel zu anstrengend und durchgeknallt empfand.

Als Dante um kurz nach neun durch den Eingang des Hotels spazierte, die Hände gelangweilt in den Hosentaschen vergraben, machte mein Herz einen aufgeregten Salto. Allerdings sackte es schlagartig in meine Schuhspitzen, als er an mir vorbeiging, ohne mich auch nur eines Blickes zu würdigen und stattdessen direkt auf die blonde, spindeldürre Journalistin zusteuerte, die ihn bei jedem TV-Interview mit ihren Augen auszog.

Er ließ sich von ihr umarmen und in ein Gespräch

verwickeln. Ihre perfekt manikürten pinken Fingernägel ruhten auf seinem Unterarm und ihre langen, gestylten Wimpern klimperten kokett im Einklang mit ihrem mädchenhaften Kichern.

Ich verdrehte die Augen und ging zum Buffet, um mir ein Schokotörtchen zu stibitzen.

Frustkalorien.

Genau das, was ich brauchte.

Nach der Veranstaltung würde ich mir eine der Champagnerflaschen klauen und sie auf meinem Zimmer zur Feier des Tages exen. Obwohl – ein kleines Gläschen konnte auch jetzt nicht schaden. Vielleicht schaffte ich es so, mir den Abend schön zu trinken und den Schmerz der Eifersucht zu betäuben.

Ich spülte die blubbernde Flüssigkeit hinunter und schielte erneut in Dantes Richtung.

Er sah im gleichen Augenblick auf und schlenderte mit gleichgültiger Miene auf mich zu.

»Ich soll ein paar Hände schütteln und den Journalisten einige Fragen beantworten. Kannst du mir helfen, das schnell hinter mich zu bringen? Ich habe Pläne für heute Abend.«

»Pläne? Was denn für Pläne?«

»Es gibt da jemanden, der meine volle Aufmerksamkeit verdient und dem ich mich möglichst schnell widmen möchte. Also hilf mir bitte und sorg dafür, dass ich schnell von dieser Veranstaltung verschwinden kann, okay?«

Er warf einen flüchtigen Blick zu den ihn anschmachtenden Frauen und lächelte verschmitzt.

Na super.

Deutlicher konnte er mir kaum zeigen, dass sein Interesse an mir erloschen war.

Seine abweisende Art verunsicherte mich. Aber sie machte mich auch gleichermaßen wütend. Wenn ich ihm angeblich so unglaublich wichtig war, wieso behandelte er mich dann auf diese zermürbend distanzierte und kühle Art?

Ich straffte meine eingesackten Schultern und reckte entschlossen das Kinn. »Lass uns anfangen. Wenn du dir Mühe gibst, bist du in einer Stunde fertig und kannst diesem Jemand deine uneingeschränkte Aufmerksamkeit widmen.«

»Ich hoffe, dass sie sich noch eine Stunde gedulden kann. So wie ich das sehe, ist es dringend.«

»Was ist dringend?«

»Ihr Bedürfnis nach meiner vollen Aufmerksamkeit.«

41
DANTE

Ich ballte die Hände in meinen Hosentaschen zu Fäusten, um mein Pokerface zu wahren.

Bei Rileys zornigem Gesichtsausdruck fiel mir das sichtlich schwer.

Die Eifersucht loderte in ihr wie ein außer Kontrolle geratener Waldbrand.

Nach genau dieser Bestätigung hatte ich gesucht. Der Bestätigung, dass es sie störte, wenn ich meine Aufmerksamkeit anderen Frauen schenkte. Dass es ihr missfiel, wenn mich andere Frauen berührten. Dass sie es hasste, wenn ich sie ignorierte.

Ihr filmreifer Auftritt vor meinem Motorhome ließ mich stark vermuten, dass ich ihr nicht egal war. Dass sie Gefühle für mich hegte. Dass es womöglich trotz all ihrer Gegenwehr eine Chance für uns gab.

Doch sicher war ich mir nicht gewesen. Schließlich hatte sie mich in Singapur eiskalt abserviert und sich seitdem durch nichts und niemanden erweichen lassen.

Hier war sie also: Meine Bestätigung.

Die Art und Weise, wie Rileys Augen die mich umzingelnden Frauen erdolchten, sprach Bände. Ihre Reaktion auf meine Forderung, möglichst schnell von der Veranstaltung verschwinden zu können, um anderen Aktivitäten nachzugehen, ließ keine Zweifel zu.

Riley wollte mich. Sie wollte mich für sich allein.

Und ich wollte sie. *Nur sie.*

Meine Aufgabe bestand darin, ihr das Offensichtliche ein für alle Mal begreiflich zu machen. Und ich fand, dass ich bisher respektable Arbeit leistete.

Denn während ich fleißig Hände schüttelte und mich vor allem den anwesenden Frauen gegenüber von meiner charmantesten Seite zeigte, wurde Rileys Körperhaltung immer angespannter und zorniger.

Zwar gab sie sich zuckersüß und lachte an den richtigen Stellen, aber in ihr brodelte die Lava der Eifersucht und drohte jeden Moment auszubrechen.

»Gut. Das war's. Du bist in Gnaden entlassen.« Sie überkreuzte die Arme vor der Brust und funkelte mich erbost an. »Viel Spaß heute Abend.«

»Danke. Den werde ich mit Sicherheit haben.«

Riley machte auf dem Absatz kehrt und entfernte sich schnellen Schrittes in Richtung der Toiletten am südlichen Ende des Foyers. Ich folgte ihr unauffällig und in gebührendem Abstand. Als ich die Tür zum eleganten Waschraum der Frauen öffnete, lehnte Riley an einem der Waschbecken aus Marmor und starrte ausdruckslos in den Spiegel.

»Hast du ihn schon gefragt?«

Bei dem Klang meiner Stimme zuckte sie erschrocken zusammen und stieß sich vom Waschbecken ab.

»Was machst du hier? Das ist die *Damentoilette*. Leidest du an Dyslexie?«

»Hast du ihn schon gefragt?«, wiederholte ich unbeirrt.

»Wen was gefragt?«

»Na den Spiegel. *Spieglein, Spieglein an der Wand, wer ist die Schönste im ganzen Land?*«

»Was soll der Quatsch, Dante?« Riley schüttelte den Kopf. »Solltest du nicht unterwegs sein? Ich dachte, du musst dich dringend um jemanden kümmern. Jemand Weibliches nehme ich an?«

»Du«, antwortete ich und schloss die Tür hinter mir. »Du, Riley.«

»Was ich?«

»Du bist die Schönste im ganzen Land. Und du bist der Jemand, bei dem ich sein will. Du bist der Jemand, um den ich mich dringend kümmern muss.«

»Ich?«

»Ja, du. Du bist eifersüchtig. Auf meine Schwester, weil du sie für eine meiner Affären gehalten hast und auf die Frauen, mit denen ich heute Abend gesprochen habe.«

»Unsinn. Ich bin nicht eifersüchtig.«

»Natürlich bist du das. Und du weißt auch, warum.«

»Nein, das weiß ich nicht.«

Ich stieß mich von der Tür ab und ging langsam auf Riley zu. Sie wich zurück, wie ein in die Enge getriebenes Reh. Doch ich war im Vorteil. Denn hinter ihr befand sich die Wand.

Riley saß in der Falle.

»Du magst mich. Deswegen bist du eifersüchtig. Du magst mich sogar sehr. So sehr, dass du mich nicht teilen willst.«

»Du redest totalen Blödsinn.«

Ich beugte meinen Kopf zu ihr hinab, sodass nur wenige Zentimeter unsere Münder voneinander trennten.

»Du bist in mich verknallt, Baby.«

»Bin ich nicht.«

»Und ich bin bis über beide Ohren in dich verknallt.«

»Bist du nicht.«

»Doch. Das bin ich.«

»Wirklich?«

»Ja. So unglaublich viel, dass ich dich auf der Stelle heiraten und mit dir ein Baby machen will.«

»Das ist verrückt.«

»Oh ja, das ist es. Eine Ehe mit dir wäre definitiv ein wilder Ritt. Aber ich liebe die Herausforderung und du bist die Herausforderung meines Lebens, Riley.«

»Aber ...«

»Bist du heute zu mir gekommen, weil du mir das sagen wolltest, Riley?«

»Dir was sagen?«

»Dass du mit mir zusammen sein willst. Dass du uns eine Chance gibst.«

Riley presste die Lippen aufeinander und rang mit sich.

»Sag es mir. Bist du heute zu mir gekommen, weil du es versuchen willst? Willst du eine Zukunft mit mir?«

»Ja. Ja, das will ich. Aber wie soll das funktionieren? Du bist der wandelnde Traum zigtausender Frauen. Models, Moderatorinnen, Schauspielerinnen. Perfekte Frauen eben. Die Auswahl ist nahezu unbegrenzt. Die Versuchung ist riesengroß. Das hat mir dieser Abend wieder schmerzlich vor Augen geführt.«

»Ich will dich, Riley. Und zwar nur dich.«

»Das sagst du jetzt ...« Sie atmete hörbar aus und blickte traurig zur Decke.

»Hey« Ich strich mit dem Zeigefinger über die Konturen ihres Schlüsselbeins und genoss den Anblick von Rileys flatternden Augenlidern unter meiner zarten Liebkosung. »Du wirkst extrem gestresst. Wo kommen all diese plötzlichen Selbstzweifel her? Du weißt, dass ich von allem nur das Beste nehme. Wieso also sollte ich bei meiner Traumfrau eine Ausnahme machen? Du bist die Beste. Mit Abstand. Du bist mein Mädchen, Riley.«

Ich senkte meine Lippen auf ihren Hals und begann mich daran hinab zu küssen.

Rileys leises Seufzen sandte elektrische Impulse direkt in meinen Schoß.

»Geh zur Tür, Baby.«

»Zur Tür? Wieso?«

»Ich kann sie nicht abschließen. Also musst du

dafür sorgen, dass in den nächsten Minuten niemand hereinkommt.«

»Warum soll niemand hereinkommen?«

»Weil ich meinem Mädchen jetzt zeigen werde, wie sehr ich sie will.«

Ich öffnete den Gürtel und den Knopf meiner Hose, die dank Rileys süßen Lauten mindestens drei Nummern zu eng geworden war.

Riley befeuchtete ihre Lippen und presste die Knie zusammen.

Sie wollte es.

Sie wollte mich.

Ich unterdrückte den Drang, mir besitzergreifend auf die Brust zu trommeln und umschlang stattdessen mit einer Hand ihr Kinn, während ich mit der anderen Hand langsam an meinem Schwanz auf und ab fuhr.

»Die Tür, Baby.«

Wortlos schritt sie zur Tür und lehnte sich mit dem Rücken dagegen. Mit großen Augen fixierte sie mich. Sie war heiß. Und gleichzeitig schüchtern. Vernunft und Leidenschaft rangen in ihr um die Oberhand.

»Das ist ein öffentlicher Ort, Dante. Jeden Moment könnte ein Gast zur Tür hereinkommen«, mahnte sie.

»Deswegen wirst du dich mit aller Kraft dagegen lehnen und dafür sorgen, dass niemand uns stört.«

Ich umfasste ihre Taille und drehte sie in einer fließenden Bewegung um die eigene Achse, sodass sie ihre Handflächen gegen die Tür stemmte und mir ihren knackigen Po entgegenreckte.

Dieser aufreizende Anblick entlockte mir ein zutiefst erregtes Knurren. Als ich ihr Kleid hochschob und den hauchdünnen String entdeckte, der in ihren süßen Pobacken verschwand, konnte ich mir einen kräftigen Klaps auf den Po nicht verkneifen. Riley quittierte es mit einem lüsternen Aufschrei.

»Na, na, na. Wenn du so schreist, wird man dich hören. Du musst leise sein«, lächelte ich teuflisch und schob meine Hand zwischen ihre Beine, geradewegs in ihre feuchte Spalte.

»Wir können es nicht tun. Nicht hier«, protestierte sie halbherzig.

»Und warum nicht?«

»Die Gefahr, dass man uns entdeckt ist zu groß.«

»Genau das liebst du doch. Die Gefahr. Das Risiko. Du bist ein Adrenalinjunkie, so wie ich«, flüsterte ich in ihr Ohr.

»Dante ...«

»Ich würde jetzt liebend gern meiner Freundin zeigen, wie sehr ich sie will. Dazu müsstest du allerdings die Beine für mich spreizen, Baby.«

Ein Zittern ging durch Rileys Körper. Es verriet sie. Es verriet ihr verbotenes Verlangen nach diesem Lustspiel. Ihre verwegene Sehnsucht danach, von mir genommen zu werden. Dieses Wissen trieb mich unaufhaltsam auf meinen Orgasmus zu und das, obwohl ich Riley noch nicht einmal berührte.

»So ist es gut. Hände an die Tür, Beine auseinander und deinen hübschen Po zu mir. Genauso gefällt mir das.«

Ich fischte ein Kondom aus meinem Geldbeutel und rollte es über meinen aufgeregt wippenden Schwanz, während ich die Aussicht auf die sexy Kehrseite meiner Hammerbraut genoss. Wie sie da vor mir stand, Hände und Arme gegen die Tür gepresst, das Cocktailkleid hochgeschoben, die Beine für mich gespreizt, bereit und willig, von mir genommen zu werden, raubte mir die Luft zum Atmen.

Ich stellte mich hinter sie und strich sanft über ihren runden Po und die tätowierten Strumpfbänder auf ihren Oberschenkeln.

Riley forderte und bettelte abwechselnd darum, dass ich in sie eindrang. Als ich meiner Begierde endlich nachgab und Stück für Stück ihre heiße Öffnung eroberte, stöhnten wir beide gequält auf.

»Merkst du, wie sehr ich dich will, Baby? Spürst du, was du mit mir anrichtest? Ich brauche dich, verdammt.«

»Zeig es mir«, keuchte Riley erstickt. »Zeig mir, wie sehr du mich brauchst.«

Ich umfasste ihre Taille und rammte meinen Schwanz in sie. Dann zog ich mich zurück und stieß erneut zu. Härter. Schneller. Tiefer.

Ich gab ihr alles. Einfach alles. Ich wollte mich ganz in dieser Frau verlieren. Mich mit ihr vereinigen. Ich wollte eins mit ihr sein.

Mein Becken klatschte rhythmisch gegen Rileys ausgestreckten Po. Ich liebte dieses Geräusch. Das Geräusch, das mir unmissverständlich signalisierte, dass unsere Körper miteinander verbunden waren, sich neckten, sich gegenseitig Lust schenkten.

»Ich will dich, Riley. Nur dich. Immer nur dich«, zischte ich angestrengt und erhöhte das Tempo weiter. »Sag mir, dass du mich auch willst.«

»Ich will dich«, flüsterte Riley heiser. »Ich will dich, Dante.«

»So ist es gut, Baby. Und jetzt, wo wir das geklärt haben, werde ich meiner Freundin ihren wohlverdienten Orgasmus besorgen«, knurrte ich zufrieden.

Ich drehte Riley zu mir, hob sie hoch und presste sie gegen die Wand. Sie schlang ihre Beine um meine Hüften und legte ihre Arme um meinen Hals. Ihre Lippen suchten die meinen und fanden sie in dem Moment, als ich erneut in sie eindrang.

Drei Stöße, vier, fünf.

Ich konnte den Rand der Klippen bereits sehen. Zielstrebig steuerte ich mit meinem Mädchen darauf zu. Und als ich mit ihr absprang, fielen wir nicht hinab in die tosenden Wellen, sondern flogen zusammen in Richtung der uns wärmenden Sonne.

42
RILEY

Drei Monate waren vergangen, seitdem Dante und ich uns eingestanden hatten, dass wir einander brauchten und wollten. Drei Monate, seitdem ich all meine Bedenken über Bord geworfen und mich Hals über Kopf in eine Beziehung mit dem Womanizer schlechthin, dem *Enfant Terrible* des Motorsports, gestürzt hatte. Drei Monate, in denen ich mich so lebendig und geliebt gefühlt hatte, wie noch nie zuvor in meinem Leben.

Kurzum: Ich bereute keinen Tag.

Im Gegenteil.

Dante brachte den Menschen in mir zum Vorschein, dessen Existenz ich fast schon vergessen hatte: Abenteuerlustig, wild, rebellisch, leidenschaftlich, risikofreudig, aufbrausend, lebhaft, temperamentvoll.

Er reizte mich bis aufs Messer, brachte mich regelmäßig auf die Palme, strapazierte meine Nerven bis aufs Äußerste.

Und ich liebte es.

Ich liebte es, mit ihm zu streiten. Mit ihm zu diskutieren. Mich von ihm zum Schweigen bringen zu lassen. Ihn zum Schweigen zu bringen. Ich liebte es, wenn er sich bei mir entschuldigte, vor mir auf die Knie sank und seinen Kopf zwischen meinen Beinen verschwinden ließ, um mir zu zeigen, wie sehr ihm unser Streit leidtat. Dabei könnte ich schwören, dass er mindestens in acht von zehn Fällen mit voller Absicht stritt, nur um mich erst rasend vor Wut zu machen und mich dann anschließend mit Feuereifer zu nehmen.

Dante brauchte es wild. Zügellos. Hemmungslos.

Genauso wie ich.

In jeglicher Hinsicht.

Mit jedem Tag verlor ich ein weiteres Stück meines aufgeregt pochenden Herzens an diesen Mann. Dafür vermehrten sich die Schmetterlinge in meinem Bauch so rasant, dass ich bald eine Schmetterlingsfarm eröffnen konnte.

Heute stand das letzte Rennen der Saison bevor. Wir waren am Dienstag im sonnigen Abu Dhabi angekommen und bereiteten uns akribisch auf das Rennen vor, das am heutigen Sonntag die Teamweltmeisterschaft entscheiden würde.

Tom, unser zweiter Fahrer, hatte sich den Fahrer-weltmeisterschaftstitel bereits im letzten Rennen sichern können. Er war eine solide und zuverlässige Saison gefahren, hatte bei jedem Rennen aufgrund seiner Spitzenplatzierungen fleißig Punkte gesammelt und besaß gegen Ende der Saison so viele Punkte Vorsprung, dass ihn in Abu Dhabi keiner der anderen Fahrer mehr einholen konnte.

Da Dantes Einsatz für *Titan Racing* erst mitten in der Saison begonnen hatte, fehlten ihm in der Fahrer-wertung logischerweise die Punkte aus den ersten Saisonrennen. Somit konnte er im Hinblick auf den Fahrerweltmeistertitel nichts ausrichten. Zumindest nicht in dieser Saison. Denn Dante wirkte felsenfest entschlossen, den Titel in der kommenden Saison an sich zu reißen. Und die Chancen dafür standen gut: *Titan Racing* hatte vor einem Monat seinen Vorvertrag für die nächsten beiden Jahre in einen Festvertrag gewandelt. Dantes Zukunft als Stammfahrer für *Titan Racing* war somit gesichert. Ihm blieben nun also noch zwei Jahre, um sich den großen Traum vom Weltmeis-terschaftstitel der Fahrer endlich zu erfüllen.

Seinen kleineren Traum, den Weltmeisterschafts-titel des besten Teams der *Serie del Rey*, konnte er sich schon am heutigen Sonntag erfüllen. Denn *Titan Racing* lag in der Wertung der Konstrukteure, also in der Wertung der Teams, knapp vor *Racing Rosso*. Da *Racing Rosso* vor wenigen Wochen völlig überraschend seinen alten Teamchef abgesetzt und einen neuen Teamchef präsentiert hatte, war das italienische Team momentan auf der Suche nach Ordnung in dem Chaos, das der überstürzte Teamchefwechsel noch immer nach sich zog.

Ein klarer Vorteil für *Titan Racing*, den wir eiskalt auszunutzen gedachten.

»Es sieht gut aus für uns«, murmelte Kenzie neben mir in der Garage, von wo aus wir gemeinsam das Renngeschehen auf der Strecke verfolgten.

»Und wieso klingt das so, als würdest du dich nicht darüber freuen?«

Kenzie errötete. »Was? Wieso? Ich freue mich. Total.«

»Ach ja?« Ich runzelte irritiert die Stirn.

»Ja, natürlich. Total.«

»Du wiederholst dich, Kenz. Ist alles in Ordnung bei dir?«

»Jap. Alles super.«

»Wie ist eigentlich der neue Teamchef von *Racing Rosso*? Du hast ihn doch bestimmt bereits kennengelernt?«

»Nur flüchtig. Er scheint nett zu sein.«

»Flüchtig? Nett?« Ich zog amüsiert die Augenbrauen hoch. »Du hängst andauernd bei der Konkurrenz ab. Und da willst du mir erzählen, dass du ihn nur flüchtig kennst? Außerdem, nett sieht der nicht aus. Er ist heiß wie die Hölle und gleichzeitig kalt wie Stein. Eine interessante Kombination, findest du nicht?«

Kenzie zuckte mit den Schultern. »Wie gesagt, so gut kenne ich ihn nicht.«

»Lügnerin.«

»Oh, ich glaube Tonis Gäste brauchen mich. Ich sehe mal lieber nach ihnen. Bis nachher.«

Beinahe fluchtartig verließ Kenzie die Garage in Richtung Motorhome.

Kopfschüttelnd blickte ich ihr hinterher.

Allegra und ich hegten schon seit ein paar Wochen den Verdacht, dass der neue Teamchef von *Racing Rosso* es Kenzie angetan hatte. Da Kenzie allerdings als Assistentin von Toni, dem Teamchef von *Titan Racing* und somit dem härtesten Konkurrenten von *Racing Rosso* arbeitete, begab sie sich mit ihrer Schwärmerei auf gefährlich dünnes Eis. Kein Wunder also, dass sie es abstritt.

Kenzie war die loyalste Person, die ich kannte. Sich auf den Boss der Konkurrenz einzulassen, ließe sich niemals mit ihrem moralischen Kompass vereinbaren.

Ich seufzte verdrossen. Da würde noch einiges an Drama auf uns zukommen.

Angespannt verfolgte ich die letzten Runden dieses finalen Saisonrennens und tatsächlich sah es so aus, als würden Tom und Dante das Rennen auf Platz eins und zwei beenden. Mit diesem Resultat würde die diesjährige Teamweltmeisterschaft *Titan Racing* gehören.

Eine gewonnene Teamweltmeisterschaft und ein souveräner Doppelsieg: Das krönende Ende einer aufregenden Saison voller Höhen und Tiefen, in der auch Dantes und meine Beziehung anfangs für Aufsehen gesorgt, jedoch im Team und im Paddock eine große Befürwortung gefunden hat.

Morgen würden Dante und ich nach Südamerika aufbrechen, wo wir Weihnachten und Neujahr zusammen in völliger Isolation verbrachten. Bevor wir in die Atacama Wüste nach Chile reisten, stand ein Treffen mit Dantes Eltern in Argentinien auf dem Plan. Vor sechs Wochen hatte Dante auf eigenen Wunsch eine Therapie begonnen, die ihm dabei half, seine Vergangenheit aufzuarbeiten, um damit irgendwann abschließen zu können. Auf uns wartete ein langer Weg, doch wir waren fest entschlossen, diesen steinigen Weg zusammen zu bewältigen.

Was genau den Ausschlag gab, für seine Entscheidung, sich Hilfe zu suchen? Ich wusste es nicht. Schließlich hatte Liam jahrelang versucht, Dante zu diesem Schritt zu überreden. Mit mäßigem Erfolg.

Vielleicht lag es an dem Gespräch, das Dante und ich über unsere Zukunft geführt hatten und seinem Wunsch, eine Familie mit mir zu gründen. Wenn es nach ihm ginge, wäre ich längst schwanger. Doch ich hatte ihn in seinem Eifer gebremst und ihm klar gemacht, dass wir zuerst unsere eigenen Baustellen in den Griff bekommen mussten, bevor wir ein kleines, hilfloses Wesen in die Welt setzten, das all unserer Liebe und Zuwendung bedurfte.

Keine Woche später war Dante zu seiner ersten Therapiestunde aufgebrochen. Und vor zwei Tagen hatte er mir eröffnet, dass wir auf dem Weg in die Atacama Wüste bei seinen Eltern vorbeischauen würden. Ich hatte ihn umarmt und ihn festgehalten. Minutenlang. Hatte ihn spüren lassen, dass er diesen Weg nicht alleine gehen musste. Dass ich an seiner Seite sein würde. Heute. Morgen. Bis an unser Lebensende.

Ich dachte nicht im Traum daran, Dante jemals wieder loszulassen.

Auch wenn ich es bisher noch nicht laut ausgesprochen hatte: Ich liebte diesen Mann mehr als mein Leben.

43
DANTE

Nach drei Tagen in Buenos Aires, trafen Riley und ich am dreiundzwanzigsten Dezember vollkommen erschöpft in der Wellness Lodge nahe Calama in der Atacama Wüste ein.

Die Tage in Argentinien hatten uns viel Kraft gekostet. Die Vorstellung davon, wie es sein würde, meinen Eltern nach all den Jahren wieder gegenüberzutreten, spukte unaufhörlich in meinem Kopf herum, seitdem ich den Flug für Riley und mich gebucht hatte. Dementsprechend nervös und gereizt verhielt ich mich. Riley ertrug es tapfer und ließ sich von meinen Panikattacken keineswegs beeindrucken oder verschrecken. Sie stand felsenfest an meiner Seite und wies mich gekonnt in die Schranken, wenn ich es übertrieb. Sie war die Konstante, an der ich mich festhalten konnte, wenn ich den Halt verlor. Der Kompass, der mir die Richtung wies, wenn ich drohte, mich zu verirren. Der Sonnenstrahl, der durch die dicken Nebelschwaden drang, die versuchten, mich zu verschlucken.

Als ich vor dem Haus meiner Eltern stand und mir zum hundertsten Mal alle möglichen Horrorszenarien ausmalte, war es Riley, die die Klingel betätigte und mir den Schubs über die Schwelle gab.

Nur wenige Sekunden später stolperte ich rückwärts über dieselbe Schwelle aus dem Haus heraus. Jedoch nicht, weil meine Eltern mich hochkant rauswarfen, sondern weil meine Mutter mich so stürmisch umarmte, dass ich drohte, den Halt zu verlieren.

Es folgten stundenlange, tränenreiche und überaus aufwühlende Gespräche, bei denen kein Auge trocken blieb. Selbst Feli, die es sich nicht nehmen ließ, nach Argentinien zu reisen und sich höchstpersönlich davon zu überzeugen, dass ich dort tatsächlich auftauchte, vergoss bittere Tränen.

Meine Mutter hatte in ihrer dunkelsten Stunde am Rande ihrer Kräfte für einen Augenblick die Nerven verloren. Ein Augenblick, der eine Kettenreaktion an fatalen Ereignissen und Missverständnissen ins Rollen brachte, die ihr für ein Jahrzehnt auch ihren zweiten Sohn rauben sollte.

Ein solcher Schmerz ließ sich nicht in drei Tagen aufarbeiten und vergessen. Aber Riley hatte mir in der Nacht zuvor, als wir uns langsam und intensiv liebten, erneut die Weisheit von Mark Twain ins Ohr geflüstert: Das Geheimnis des Vorwärtskommens besteht darin, den ersten Schritt zu tun.

An dieses Zitat klammerte ich mich während

unserer Zeit in Argentinien. Eines fernen Tages würden wir das Ziel erreichen. Und bis dahin galt es, tapfer einen Fuß vor den anderen zu setzen.

Vor uns lagen nun zwei Wochen in einer abgelegenen Lodge mitten in der Wüste. Wie eine grüne Oase lag sie dort, umgeben von nichts als Sand und Gestein. Ich hatte einen Bungalow mit privatem, hinter Palmen verstecktem Pool für uns gemietet.

Jeden Morgen würde ich in der Wüstenhitze mein strenges Trainingsprogramm absolvieren, da ich fest entschlossen war, in der nächsten Saison den Fahrerweltmeistertitel an mich zu reißen. Den Rest des Tages verbrachten Riley und ich dösend unter den im Wind raschelnden Palmenblättern am Pool, entspannten bei lockernden Massagen im Wellnessbereich oder schwitzten zusammen im weichen Himmelbett.

An Heiligabend aßen wir das köstliche Weihnachtsmenü auf der Terrasse der Lodge mit Aussicht auf die umliegende Bergkette und genossen die traute Zweisamkeit.

»Ich habe eine Überraschung für dich«, flüsterte ich an Rileys Lippen und gab ihr einen langen Kuss, der Lust auf mehr machte.

»Was hast du wieder ausgeheckt?« Belustigt musterte sie mich.

»Komm mit, dann zeige ich es dir.«

Ich half ihr beim Aufstehen und schlenderte Hand in Hand mit ihr zum Parkplatz. Vor einem der geräumigen Trucks blieb ich stehen.

»Du willst einen Ausflug machen? Jetzt? Es ist schon dunkel, Dante.« Skeptisch sah Riley sich um.

»Wir schlafen heute Nacht auswärts. Schau mal auf die Ladefläche.«

Riley ging um den Wagen herum und hievte sich an der Ladefläche hoch. »Ist das ein Bett?«

»Jap, das ist ein Bett. Unser Bett. Lust auf Heilige Nacht unter den Sternen der Atacama Wüste? Ich fahre uns auf ein Plateau, von dem aus wir einen fantastischen Blick auf die Milchstraße haben.«

Riley quiekte begeistert. »Na und ob ich Lust habe! Wie verrückt und kitschig ist das denn bitte? Gib mir fünfzehn Minuten. Ich will nur noch schnell ein paar Sachen packen und mich fertig machen«, bat Riley mit glänzenden Augen und rannte in Richtung unseres Bungalows davon.

Ich folgte ihr grinsend und packte ebenfalls ein paar Dinge für die Nacht in meine Tasche.

Nach einer Stunde Fahrt erreichten wir unser Ziel und kletterten zusammen auf die Ladefläche, die ich mit Hilfe des zuvorkommenden Hotelpersonals in ein gemütliches Bettenlager verwandelt hatte. Eine bequeme Matratze, Bettdecken, Kissen, Laternen, chilenischer Wein und ein Picknickkorb mit Früchten und Schokolade füllten die breite Fläche des Trucks, auf der wir uns jetzt aneinander kuschelten und in den lila leuchtenden Nachthimmel schauten, den Millionen von Sternen zierten.

Die Milchstraße leuchtete am hellsten von allen. So hell und intensiv, dass es mir vorkam, als befänden wir uns in der unendlichen Weite der Galaxie und nicht auf dem sicheren Boden der Erde.

Ich strich gedankenverloren durch Rileys Haar, genoss ihren warmen Atem an meinem Hals und das zärtliche Streicheln ihrer Fingerspitzen unter meinem T-Shirt.

»Ich liebe dich«, platzte es ohne Vorwarnung aus mir heraus.

Ertappt sah ich an mir hinab, geradewegs in Rileys strahlende Augen, die alles in den Schatten stellten, was die Milchstraße zu bieten hatte.

»Ich liebe dich auch, Dante. Du hast keine Ahnung, wie sehr.«

»Dann lass uns heiraten und eine Familie gründen.«

Riley hob die Hand und zeichnete mit ihrem Zeigefinger meine Augenbrauen nach. »Das werden wir. Irgendwann.«

»*Irgendwann*? Damit kann ich mich nicht zufriedengeben. Ich muss wissen wann, Riley. Ich will die Tage zählen, bis es soweit ist.«

»Also gut.« Riley schloss die Augen und überlegte. Als sie sie wieder öffnete, lächelte sie zufrieden. »Wenn du die Weltmeisterschaft gewinnst.«

»Die Weltmeisterschaft?«

»Wenn du die Weltmeisterschaft gewinnst, heirate ich dich und mache so viele Babys mit dir, wie du willst.«

»Falls es dir entgangen ist: Ich habe die Weltmeisterschaft bereits gewonnen. Vor zwei Wochen, um genau zu sein. Also heißt das, wir können direkt loslegen?« Vielsagend ließ ich meine Hand zu Rileys Bauch wandern.

»Nicht die Teamweltmeisterschaft, du Schlitzohr. Die Fahrerweltmeisterschaft. Gewinnst du sie, heirate ich dich.«

»… und bastelst ein Baby mit mir? Oder zwei? Drei?«

»So viele du willst.«

»Abgemacht«, stimmte ich dem Deal zu und rechnete in Gedanken aus, wie viele Monate es noch dauern würde, bis ich Riley endlich zu *Señora Dante Di Santo* machen durfte. »Wie wäre es, wenn wir in der Zwischenzeit schon mal anfangen, zu üben? Ich muss schließlich bereit sein, wenn es so weit ist.«

»Dagegen ist nichts einzuwenden«, kicherte Riley und quietschte vergnügt, als ich mich auf sie rollte und begann, mich an ihrem verführerisch duftenden Dekolleté hinab zu küssen.

EPILOG – RILEY

11 MONATE SPÄTER

Gebannt starrte ich auf den Bildschirm vor mir und lauschte über meine Kopfhörer dem Gespräch zwischen Dante und Carl am Funk. Beim heutigen Grand Prix von Vietnam, drei Rennen vor Saisonende, bot sich Dante die Chance, den Weltmeistertitel der Fahrer einzulochen. Er war eine fulminante, nahezu fehlerlose Saison gefahren, getrieben von dem Wunsch, sich seinen großen Traum zu erfüllen und dem Bestreben, mich für immer an sich zu binden.

Aus den Stadionlautsprechern drang *Midnight City* von »M83« und heizte den Zuschauern, die das Rad an Rad Rennen zwischen Dante und Jasper Vanhoff mit angehaltenem Atem verfolgten, gebührend ein.

Die beiden schenkten sich nichts.

Keinen Zentimeter.

Mit waghalsigen Manövern überholten sie einander und versuchten den jeweils anderen auszubooten.

Vanhoff und Di Santo, die explosivste Mischung der *Serie del Rey*, sorgte bei den Zuschauern für enthusiastische Jubelschreie und bei mir für akutes Herzinfarktpotenzial. Mein Adrenalinlevel erreichte unbekannte Höhen, die weit über die tiefrote Obergrenze hinausragten.

Runde für Runde ertrug ich tapfer den erbitterten Zweikampf an der Spitze, hörte Dantes ermatteten Atem durch den Funk und bangte Seite an Seite mit meinen Freundinnen um den Sieg.

Zieh dein Höschen aus und halte dich bereit, hatte Dante mir vor knapp neunzig Minuten mit einem dreckigen Grinsen zugeflüstert, als er an mir vorbeigegangen und in seinen Boliden gestiegen war.

Bereits vor vier Wochen, als sich herauskristallisierte, dass er die Weltmeisterschaft frühzeitig für sich entscheiden könnte, hatte er mich dazu gedrängt, die Pille abzusetzen und stattdessen wieder zu Kondomen gegriffen. *Ich halte mich an unseren Deal. Ich hoffe, du tust es auch*, informierte er mich mit rauer Stimme, als er sich ein Kondom überzog und zu mir auf das Hotelbett stieg.

Allein der Gedanke, dass Dante Di Santo unbedingt ein Kind mit mir wollte, ließ mich feucht werden.

Hätte mir jemand vor achtzehn Monaten gesagt, dass ich Dante Di Santo als Vater meiner Kinder auserwählen würde, hätte ich ihn zuerst auf dem Boden rollend ausgelacht und ihn anschließend in eine Irrenanstalt einweisen lassen. Dante Di Santo, der ungehobelteste, verantwortungsloseste, selbstgerechteste und machohafteste Aufreißer des gesamten Motorsports als Vater meiner Kinder?

Nur über meine Leiche.

Achtzehn Monate später konnte ich mir bloß einen Mann auf diesem Planeten vorstellen, mit dem ich ein Baby haben wollte: Dante Di Santo.

»Letzte Runde. Wir haben den Motor komplett geöffnet. Du kannst jetzt die maximale Leistung abrufen. Das ist deine Runde, Kumpel. Hol dir den Titel«, feuerte Carl Dante über das Teamradio an.

Mir stockte der Atem und ich schrie erschrocken auf, als sich Jasper und Dante am Eingang von Kurve sechs touchierten.

»Ich kann mir das nicht ansehen.«

Allegra, Kenzie, Dakota und Skye, die sich alle solidarisch um mich herum versammelt hatten, tätschelten mir mitfühlend die Schulter, während ihre Augen auf das Geschehen vor uns geheftet waren.

Selbst Dantes Schwester und Eltern waren angereist und verfolgten mit Liam das Rennen aus dem Motorhome.

Jasper überholte Dante kurz vor der drittletzten Kurve und erreichte den Kurvenausgang als Erster. Die Mechaniker von *Titan Racing* schlugen die Hände über dem Kopf zusammen. Die Menge tobte. Die Ingenieure hörten auf zu tippen und fixierten angespannt die bunten Punkte auf ihrem Echtzeitrundendiagramm, das die Position der Autos auf die Sekunde genau wiedergab.

Das Rennen schien so gut wie verloren.

Aber ich wusste es besser.

Ich kannte Dante.

Ich kannte die Entschlossenheit, die heute Morgen in seinen Augen gestanden hatte. Die Gewissheit, mit der er mir versichert hatte, dass wir heute Abend auf unsere Verlobung anstoßen und heute Nacht unser Baby zeugen würden.

Ich *wusste*, dass er sich diesen Sieg holen würde.

Es gab nichts auf der Welt, das ihn daran hindern konnte. Niemand, der ihn aufhalten würde.

Ich riss mir die Kopfhörer von den Ohren und sprintete los. Überquerte ohne Rücksicht auf mögliche Konsequenzen die Pitlane, kletterte an der Boxenmauer hoch und hangelte mich durch den Schlitz im Gitter, der während des Rennes für die manuellen Anzeigetafeln der Rundenzeiten genutzt wurde.

Stoisch richtete ich meinen Blick auf die Zielgerade vor mir und blendete alles andere um mich herum aus.

Drei. Zwei. Eins, zählte ich in Gedanken und sah Vanhoff dicht gefolgt von Dante aus der letzten Kurve biegen.

»Komm schon, Baby! Du schaffst es«, schrie ich, so laut ich konnte.

Und tatsächlich: Dante nutzte den Sog des Windschattens, schob sich an Jasper heran, zog nach links außen und nutzte jeden der eintausend PS seines Höllengefährts, um Jasper wenige Meter vor der Ziellinie zu überholen. Eine halbe Nasenlänge vor Jasper raste er an der schwarz-weiß karierten Zielflagge vorbei.

»*Jaaaaaaaaa!*« Das Echo der fünfzigtausend Zuschauer dröhnte in meinen Ohren und mischte sich mit dem wilden Jubel der umstehenden Teamkollegen.

»Wohooo! Was für eine Show! Du hast es geschafft, Dante. *Du* bist Weltmeister«, funkte Carl.

»Reife Leistung, Dante. Du hast allen gezeigt, wer der König der *Serie del Rey* ist«, schaltete sich Toni ein.

»Danke, Jungs«, funkte Dante ergriffen zurück. Sein emotionales Schluchzen ließ ihn verstummen. »Ich habe so lange auf diesen Moment gewartet.« Erneut brach er ab.

Mit Tränen in den Augen stellte ich mich hinter Toni und Carl an den Kommandostand und folgte Dante, der seine Ehrenrunde drehte und den Zuschauern ausgiebig zuwinkte, auf dem Monitor.

»Vielen Dank an das Team an der Strecke und in der Fabrik. Jedem von euch gehört ein Teil dieses Titels. Und an meine Fans: Ihr habt mich all die Jahre unermüdlich unterstützt, an mich geglaubt, auch wenn ich es selbst nicht getan habe.«

»Wir danken dir, Kumpel. Du hast uns heute alle stolz gemacht«, funkte Carl.

»Hey Carl, wusstest du, dass ich bald heirate und Vater werde?«

Mein Gesicht färbte sich knallrot als der gesamte Kommandostand sich ruckartig zu mir umdrehte, breit grinste und ungeniert auf meinen Bauch starrte.

»Riley, ich hoffe du hörst das: Ich liebe dich, Baby. Ohne dich hätte ich es nicht geschafft«, legte Dante nach.

»Das sind fantastische Neuigkeiten. Ich gratuliere, Dante.«

»Danke Carl.«

Mit glühenden Wangen schlich ich begleitet von sämtlichen TV-Kameras zurück in die Garage, wo meine Freundinnen sich vor Lachen kringelten. Mein wütender Blick beeindruckte sie nicht im Geringsten.

Ich würde ihn umbringen.

Hoffentlich hatte er seine zwei Minuten als Weltmeister genossen. Denn sobald er mir über den Weg lief, würde ich ihm unverzüglich das Licht ausknipsen und seine Leiche den Haien zum Fraß vorwerfen.

In diesem Moment fuhr Dantes Rennwagen mit gedrosseltem Tempo die Boxengasse entlang.

Eigentlich sollte ich jetzt an der Absperrung stehen, Dante um den Hals fallen und ihn durch den Presseandrang zur Siegerehrung schleusen.

Eigentlich.

Uneigentlich würde ich mich in der hintersten Ecke verkriechen und warten, bis sich meine Mordgelüste legten.

Von draußen drang lauter Jubel in die Garage. Eilig verließ ich Dantes Box und suchte im Strategieraum der Ingenieure nach Zuflucht.

Da sich sämtliche Teammitglieder in der Boxengasse versammelt hatten um Dantes Sieg zu feiern, gehörte dieser Raum im hinteren Teil der weitläufigen Garage nun mir allein.

Ich beugte mich hinab und fischte eine Flasche Wasser aus dem kleinen Kühlschrank.

Im selben Moment spürte ich, wie jemand meinen

Rock hochschob und mir ungestüm eine Hand zwischen die Beine schob.

Ich erstarrte.

»Du hast also ausnahmsweise auf mich gehört und das Höschen ausgezogen, mein Schatz«, knurrte Dante erregt und drang mit zwei Fingern in mich ein.

Ich entspannte mich augenblicklich und erlaubte mir, seine Liebkosung für fünf Sekunden zu genießen.

»Aber du warst nicht da, als ich aus dem Auto gestiegen bin und meiner Freundin einen Weltmeisterkuss geben wollte.«

»Das liegt daran, dass du mich vor der ganzen Welt blamiert hast«, fauchte ich und drehte mich zu ihm um.

»Wieso?«

»Weil du geschätzten dreißig Millionen Menschen vor laufenden Kameras erzählt hast, dass du bald Vater wirst und jetzt denkt jeder, ich sei schwanger.«

»Du bist ja auch so gut wie schwanger«, erwiderte Dante und zog mich an sich.

Hungrig küsste er sich an meinem Hals hinab.

»Bekomme ich einen Siegerkuss?«

»Nein.«

»Komm schon, Riley. Nur einen.«

»Du hast der ganzen Welt gesteckt, dass wir zusammen sind. Spätestens jetzt weiß es wirklich jeder.«

»Ich habe der ganzen Welt gesagt, dass ich dich liebe. Weil ich dich liebe und weil ich will, dass es jeder weiß. Jeder soll wissen, dass du zu mir gehörst.«

Dante zog am Reißverschluss seines Rennanzugs

und schälte sich aus den Armen der feuerfesten Montur. Dann schob er ihn bis zu seiner Leiste hinab.

»Was machst du da? Du musst zur Siegerehrung.«

»Ich habe denen gesagt, dass ich vorher noch dringend etwas erledigen muss«, murmelte er und knöpfte meine Bluse auf.

»Was musst du denn so dringend erledigen?«

»Ich muss meine Fast-Ehefrau schwängern.«

Dante hob mich hoch und setzte mich auf einem der Tische ab.

»Hier haben wir vor drei Stunden die Strategie für meine Weltmeisterschaft gebastelt. Und hier werde ich jetzt unser Weltmeisterbaby mit dir basteln.«

»Das geht nicht, Dante. Du musst zur Siegerehrung«, gab ich zu Bedenken und blickte besorgt zur Tür.

»Ich gehe schon noch dahin. Die Siegerehrung wird kaum ohne mich stattfinden, Riley. Aber zuerst kümmere ich mich um meine Frau. Die muss sich dringend abreagieren, so aufgebracht wie sie ist.«

Er zog sich sein feuerfestes Nomex Top über den Kopf und entblößte seinen durchtrainierten, erhitzten und überaus verschwitzten Oberkörper.

Bei diesem ultraheißen Anblick entwich mir ein gequältes Keuchen. Willig spreizte ich die Beine für Dante.

»So ist es brav, mein Schatz.«

»Ich bin wirklich wütend auf dich.«

»Ich weiß, Baby. Und es macht mich unglaublich an, wenn du wütend auf mich bist. Denn dann bist du nicht zu zähmen.«

Dante positionierte sich vor mir und drang mit einem einzigen Stoß in mich ein.

Wir stöhnten beide auf und genossen das lustvolle Gefühl, das wir einander verschafften.

»Siehst du, mein Schatz. Jetzt fühlst du dich gleich schon besser, wo ich in dir bin. Es ist meine Schuld. Ich habe dich vernachlässigt und dich nicht ausgiebig genug gevögelt. Dabei weiß ich doch, wie unersättlich und bedürftig du bist. Aber keine Sorge. Jetzt, wo ich Weltmeister bin, werde ich all das wieder gut machen und dich so lange und oft vögeln, bis du wund bist und nicht mehr gehen, geschweige denn, sitzen kannst.«

Ich schnappte nach Luft, weil Dantes schmutzige Worte sie mir raubten.

Dieser Mann war der Inbegriff eines versauten, wilden und hemmungslosen Bad Boys. Und doch konnte er auch so zärtlich und einfühlsam sein, dass ich in diesem heiß-kalt Kontrast vor Liebe, Hingabe und Leidenschaft regelrecht zerfloss.

Ich war Wachs in seinen Händen und das wusste er. Er konnte noch so großen Mist bauen: In dem Moment, in dem er in mich eindrang, war alles vergessen. Denn das Gefühl, von ihm ausgefüllt und in Besitz genommen zu werden, entschuldigte einfach alles.

Er war der einzige Mann, der mich glücklich machen und mir das geben konnte, was ich brauchte. Er liebte mich auf alle nur erdenklichen Arten. Seelisch. Körperlich. Mit Worten. Und mit Blicken. Ich musste ihm nur in die Augen sehen, um zu wissen, was er für mich empfand und dass er ohne zu zögern für mich sterben würde.

Dante liebte mich, wie ich noch nie zuvor von jemandem geliebt wurde und ich liebte ihn so sehr, dass es physisch schmerzte.

»Lass es zu, mein Schatz. Lass zu, dass ich mich um dich kümmere. Du weißt, dass du es willst. Also kämpf nicht gegen mich an«, verlangte Dante lockend und legte seine Hände um meine Kehle, wo seine Finger über meine erhitzte Haut fuhren.

»Bist du dafür nicht zu müde?«, fragte ich provozierend und zog eine Augenbraue in die Höhe. »Glaubst du wirklich, du bist noch in der Lage, mich zum Kommen zu bringen?«

Er lachte amüsiert. »Baby, der Tag, an dem ich zu müde bin, um es dir zu besorgen, ist der Tag, an dem ich sterbe. Ich wurde geboren, um dir Lust zu schenken und ich lebe dafür, dich stöhnen zu hören. Ohne deine Orgasmen wäre mein Leben sinnlos.«

Seine Worte ließen mich erschaudern und trieben mir die Tränen in die Augen, weil ich wusste, dass er das ernst meinte. Er war so bemüht, sich um mich zu kümmern und scheute keine Mühen, um mich glücklich zu machen.

Dante Di Santo war ein wahrer Glücksgriff. Der Mann, auf den ich mein Leben lang gewartet habe. Mein Traummann, wobei dieser Begriff nicht ganz zutraf. Denn Dante war mehr, als ich mir erträumt hatte. Er war zu viel, um es ertragen zu können. Und doch war er genau das, was ich brauchte, um mich geborgen, angekommen und glücklich zu fühlen.

Er war mein Leben. Mein ein und alles.

Ich legte meinen Oberkörper auf dem Tisch ab,

schlang meine Beine um Dantes Hüften und beobachtete ihn fasziniert dabei, wie er leicht über mich gebeugt, zielstrebig in mich stieß. Seine Hände streichelten neckend meine Brustspitzen, was mich schier in den Wahnsinn trieb. Ich wusste nicht, wie er das immer anstellte, aber er kannte jeden meiner Schaltknöpfe und brachte mich binnen kürzester Zeit an den Rand der Verzweiflung.

»Deine Brüste sehnen sich nach mir. Ich will heute Nacht auf ihnen kommen. Das habe ich mir verdient«, knurrte er und lächelte süffisant, als sich meine Nippel daraufhin hart zusammenzogen.

»Das gefällt dir, nicht wahr?«

»Ich hasse es.«

»Ach ja? Und das hier?«

Seine linke Hand wanderte zwischen meine Beine und massierte sanft meine Perle.

»Oh Gott, das ebenfalls.«

Dante lachte leise und zog mich zu sich hoch.

»Ich liebe dich, Riley.«

»Und ich liebe dich, *Il Diavolo*. Du bist mein Universum. Mein gottverdammtes Glück.«

Mit der stummen Forderung nach einem Kuss, näherte er sich meinem Mund. Als ich meine Lippen für ihn öffnete und er gleichzeitig mit seiner Zunge in meinen Mund und mit seinem harten Schwanz in meine feuchte Mitte glitt, überkam mich ein wohliger Orgasmus, der von Dantes ersticktem Stöhnen begleitet wurde. Ich spürte, wie sich sein warmer Samen in mir ergoss und Dantes angespannter Körper sich kurz darauf entspannte.

Ein teuflisches Lächeln zierte sein Gesicht, als er seine Stirn erschöpft gegen die meine lehnte.

»Darf ich jetzt allen erzählen, dass ich Vater werde und bald die Mutter meines ungeborenen Kindes heirate?«

Du willst dich noch nicht von den Titan Racing Girls verabschieden? Musst du auch nicht. Denn es geht direkt weiter mit Band 3 der *Titan Racing Legacy* Reihe: **Pitlane Secrets**. Erhältlich ab dem 2. April 2025 und ab Mitte März vorbestellbar. Pitlane Secrets erzählt die Geschichte von Dakota.

Als **Dankeschön für deine Treue** möchte ich dir außerdem Zugang zu einem **Kurzroman und zu 20+ exklusiven Bonuskapiteln** zu meinen Büchern ermöglichen. Scanne dazu einfach diesen QR-Code (Zum Beispiel mit deiner Handykamera).

PITLANE SECRETS

**Band 3 der Titan Racing Legacy Reihe
Die Geschichte von Dakota & Grayson**

**Einer der reichsten Männer Amerikas hat mich
nach Las Vegas gelockt, damit ich ihn heirate.
Und ich bin auf sein eiskaltes Spiel hereingefallen.**

Der milliardenschwere CEO Grayson Parker ist es gewohnt, immer zu bekommen, was er will. Doch ausgerechnet für den größten Deal seines Lebens, braucht er eine Ehefrau an seiner Seite. Die Wahl fällt auf Dakota Bennet, weil sie die einzige Frau ist, die ihn abgrundtief verachtet und sich niemals in ihn verlieben könnte. Mit einem einzigen Schachzug zwingt er Dakota in eine skandalöse Lage, aus der es kein Entkommen gibt. Er glaubt, sie dominieren zu können. Doch je tiefer sie sich in dem verführerischen Sog aus Luxus, Macht und verbotener Begierde verlieren, desto mehr verschwimmen die Grenzen zwischen Kalkül und Verlangen. Und plötzlich stellt sich nicht mehr die Frage, wer dieses Spiel kontrolliert, sondern wer als Erster die Regeln bricht.

Lesermeinung:

» Wer spicy Boss Romance liebt, wird diese Billionaire CEO Romance verschlingen. Heiß, heißer, Grayson Parker. «

Bitte beachte: Hierbei handelt es sich um die erweiterte und komplett überarbeitete Neuauflage von (Don't) Marry the CEO.

DIE REIHE AUF EINEN BLICK

Die beliebte Titan Racing Legacy Reihe umfasst insgesamt 6 Bände:

Band 1
Crashing Hearts
Allegra & Hunter

Band 2
Love Laps
Riley & Dante

Band 3
Pitlane Secrets
Dakota & Grayson

Band 4
Circuit Rush
Kenzie & Cesare 1

Band 5
Trackside Kisses
Kenzie & Cesare 2

Band 6
Wild Velocity
Skye & Austin

PUCK FOR LOVE

Romantische & spicy Eishockey Romance mit Herz

Stell dir vor, das Leben schenkt dir deine große Liebe, nur um sie dir kurz darauf wieder erbarmungslos zu entreißen.
Würdest du das zulassen?

<u>Maverick Wolf:</u>

Neben meinem Job als Eishockeyprofi und Kapitän der Arctic Bears will ich vor allem eins: Meine Ruhe. Das gestaltet sich jedoch seit dem Eintreffen der neuen Physiotherapeutin Melody Dawson als unmöglich.

Denn Melodys engelszarte Berührungen und ihre wärmende, wohltuende Nähe wecken Gefühle in mir, von denen ich dachte, ich wäre unfähig, sie jemals wieder zu spüren. Gefühle, die mir die Kontrolle entreißen und die die mühsam aufgerichteten Mauern meines Herzens zum Einstürzen bringen. Doch Melody hütet ein gefährliches Geheimnis, das sie ihr Leben kosten könnte und bevor ich mich versehe, bin ich der Einzige, der sie noch vor der drohenden Katastrophe retten kann.

Bitte beachte: Hierbei handelt es sich um die erweiterte und komplett überarbeitete Neuauflage von Arctic Ice Love, einer Eishockey Sports Romance, die 2021 erschienen ist.

MEHR VON AVA AVERY

Mittlerweile (stand März 2025) gibt es mehr als 30 Ava Avery Romane in den Bereichen:

Eishockey
American Football
Formel 1
Boss & CEO Romance
Mafia Romance
Daddy & Baby Romance
Wholesome Romance

All diese Romane sind als eBook, Taschenbuch und für Kindle Unlimited erhältlich. Viele dieser Romane gibt es auch als Hörbuch.

Zu meinen Romanen gelangst du,
indem du diesen QR-Code scannst:

ÜBER DIE AUTORIN

 Ava Avery ist Autorin aus Leidenschaft. Sie ist mehrfach ausgezeichnete Bild-Bestseller & Kindle #1 Autorin. Ihre Bücher verkauften sich über 1 Million Mal und wurden in sechs Sprachen übersetzt.

Wenn sie sich in drei Wörtern beschreiben müsste, dann wären das: Freigeist, Abenteurerin und Romantikerin. Ihre Lieblingsautorin ist Enid Blyton. Mit den 5 Freunden, Hanni und Nanni, sowie Tina und Tini hat Ava ihre Liebe zum Lesen und später zum Schreiben entdeckt.

Neben dem Schreiben ist Ava eine begeisterte Weltenbummlerin. Fremde Länder, Kulturen und Menschen kennenzulernen, ist für sie eine Quelle der Inspiration und Freude. Italien nimmt dabei einen besonderen Platz in ihrem Herzen ein.

Exklusive Einblicke aus ihrem Alltag und von ihren Reisen teilt sie in ihrem Newsletter und auf Social Media.

Website: www.avaavery.de
Instagram: avaavery.autorin
TikTok: @avaaverybooks
Facebook: www.facebook.com/avaavery.autorin

BLEIB AUF DEM LAUFENDEN

Besuche mich gern auf Social Media, wo ich **exklusive Details** zu meinen Romanen und spannende Einblicke aus meinem Alltag teile. **So nehme ich dich zum Beispiel virtuell mit auf Buchmessen, zu Eishockeyspielen und ins Tonstudio, wo meine Hörbücher vertont werden.**

Außerdem findest du auf Social Media und in meinem Newsletter regelmäßig tolle **Gewinnspiele**, aufregende Ankündigungen und jede Menge **kostenloses Bonusmaterial**, sowie **limitierte Charakterkarten und Book Merch** zu meinen Romanen.

Website: www.avaavery.de

Instagram: avaavery.autorin

TikTok: @avaaverybooks

Facebook: www.facebook.com/avaavery.autorin

ALLES LIEBE FÜR DICH

Hat dir dieser Ava Avery Liebesroman gefallen? Ich würde mich über eine **Rezension** oder eine **Bewertung** auf Amazon, Thalia & co. sehr freuen, egal ob 3 oder 30 Sätze lang. Denn jede einzelne Rückmeldung ist ein wunderbarer **Liebesbeweis** an meine Geschichten und begeistert möglicherweise auch **neue Leser** für meine Bücher.

Natürlich darfst du diesen Liebesroman auch gerne weiterempfehlen.

Liebe Grüße,

Deine Ava

TRIGGERWARNUNG

Bitte beachte, dieses Buch thematisiert unter anderem
folgende Inhalte:

Alkohol
Drogen
Gewalt
Depressionen
Tod